그는 바다로 갔다

그는 바다로 갔다

첫판 1쇄 펴낸날 2009년 3월 31일

지은이 문성수
펴낸이 강수걸
펴낸곳 산지니
등록 2005년 2월 7일 제14-49호
주소 부산광역시 연제구 거제1동 1493-2 효정빌딩 601호
전화 051-504-7070 | **팩스** 051-507-7543
sanzini@sanzinibook.com
www.sanzinibook.com

ⓒ문성수, 2009
ISBN 978-89-92235-62-4 03810

값 10,000원

* 이 도서의 국립중앙도서관 출판시도서목록(CIP)은
  e-CIP 홈페이지(http://www.nl.go.kr/cip.php)에서
  이용하실 수 있습니다.(CIP 제어번호 : CIP 2009001043)

* 이 책은 부산광역시 2009년 '문예진흥기금'을 지원받았습니다.

그는
바다로
갔다

문성수 소설집

산지니

질곡의 어둠 속에서도 고개 들어 하늘의 별빛을 찾는 구도자의 간절한 심정으로,
그 잘난 주의 주장이 난무하는 거친 들판에서도,
흔들리지 않는 인간애를 잡초처럼 간직하게 되기를,
나는 항상 염원하며 글을 쓴다.

부끄러움과 자기화해를 위하여

어린 시절의 기억들이 송두리째 파헤쳐지는 광경을 목격한 적이 있었다. 주택 재개발 사업으로 인해 우리 일곱 식구가 단칸방에 세 들어 살았던 산등성이 낡은 토담집이 맥없이 무너져 내리고, 폐병에 걸려 뼈만 남은 앙상한 시선으로 문지방에 걸터앉아 햇빛바라기를 하던 이웃집 아저씨의 방이 병든 먼지만 남긴 채 사라져 갔고, 동네아이들 놀이터가 되었던 친구 집의 마당이 부서진 집들의 잔해로 덮여져 버렸다.

그뿐 아니었다. 늘 싸우는 소리가 들리지 않으면 오히려 불안하게 여겨졌던 골목길이 흔적도 없이 지워졌으며, 둥둥거리며 굿을 하던 무당집도, 한없이 사람이 좋아 언제고 물을 길어 가도록 허락했던 명자 할매, 그 집의 깊은 우물도 모두 폭격 맞은 집터처럼 순식간에 폐허로 변해 버렸다.

속이 다 시원했다. 보기 흉하고 거추장스럽기만 하던 안면의 혹이 깨끗하게 떨어져 나간 기분이었다. 다시는 되돌아가고 싶지 않았던 어린 시절, 그 빈궁의 기억이 스스로 무장해제하여 이제 나를 자유롭게 놓아줄 듯 영원한 작별을 고하는 것 같았다. 아쉬움도 없었다. 나의 음울한 흔적이 곰팡이처럼 자라던 그곳이 반듯하게 정리되면서 과거의 괴로움으로부터 이제는 정말 놓여날 줄 알았다. 그러나 그건 착각이었다.

그토록 부정하고 거부하고 싶었던 기억의 공간이 제 모습을 감추는 순간, 모질고도 질긴 인연은 묘한 웃음을 날리며 나의 남루하고 냄새나던 누더기 옷 한 벌을 억지로 내게 선사했다. 황당한 노릇이었다. 들추어 드러내기에는 너무나 부끄럽고 그렇다고 버리려 하니 지나간 삶의 땟자국마저 부정하려는 몹쓸 인간이 되는 것 같아, 어쩌지 못해 엉거주춤한 상태로 걸치고 있어야 하는 숙명적 누더기를 말이다.

이 시대를 살아온 사람들은 대부분 그런 기억의 누더기를 한 벌쯤 지니고 있을 법하다. 간혹 그 누더기를 들여다보며 아련한 추억의 향수에 젖어 눈물을 흘릴 수도 있고, 동화 「목동의 작은 방」에서처럼 입신양명 후에도 자신을 정제하는 기제로 삼기 위해 몰래 감추어 보관할 수도 있을 것이다. 그러나 나에게서 그 누더기는 중뿔나지도 않은 삶의 궤적을 덕지덕지 꿰매 이은 부끄러운 대상으로만 여겨질 뿐이었다. 그래서 나는 항상 이렇게 생각해 왔다.

소설쓰기라는 것은 그 누더기를 세상에 드러내 놓는 뻔뻔스런 작업이라고 말이다. 냄새나고 남루한 그것을 까발려 내놓는다는 것은 그만큼 부끄러움을 감추는 뻔뻔스런 행위가 아닐 수 없고, 또 너그러운 독자들을 감언으로 현혹하여 이해를 구하려는 몰염치한 짓거리라는 것도 잘 알고 있었다. 그러면서도 이렇게 부끄러운 행위를 계속해 오는 이유를 어떻게 설명해야 옳을까. 그것은 나에게 숙명으로 느껴졌기 때문이라고 말한다면 과연 그 말을 인내하면서 믿어줄 것인가.

　일곱 식구가 모여 다리도 제대로 펼 수 없었던 그 징벌방에서 내가
할 수 있는 짓이라곤 제발하고 이곳을 벗어날 다른 세계, 현재가 아닌
미래의 생활을 꿈꾸며 상상하는 일이었다. 그래서 현실의 고통이 가
중될수록 더욱 빠져들 수밖에 없었던 곳이 바로 상상의 세계, 곧 소설
이 될 수밖에 없었고, 그곳만이 내가 안식을 누릴 수 있는 유일한 도
피처이자 피난처로 여겨졌다. 그때부터 나는 도무지 벗겨지지 않는
이 남루한 누더기를 숙명처럼 걸쳐 입었는지 모른다. 그리고는 성장
하면서 자연스레 그 누더기라는 창을 통해 세상을 바라보며 이해를
도모해 왔다.
　그 창에는 늘 바다가 있었다. 그때의 바다가 부산이라는 지리적 장
소로서의 전경으로 비처졌든, 원형적 심상을 지닌 공간으로서의 추
상성을 내포했든 간에, 육지와 경계선상에 놓여 끝과 새로운 시작이
라는 순환적 의미로 생성되면서 나에게 어떤 가능성의 세계를 열어
놓았다. 그 속에 빠져 들어가 살면서 나는 수없이 절망도 하고 또 희
망을 건져 올리기도 했다. 그래도 여전히 남는 건 역시 남루한 부끄러
움이었다. 부끄러움의 이름으로 누더기 같은 소설들을 엮어 드러내
보일 수 없었다.
　그러나 이제 그 부끄러움과 결별하고자 한다. 늘 그 속에 갇혀 촉수
잃은 벌레처럼 제자리를 맴도는 것은 나의 과거와 미래를 기만하는
행위가 될 뿐 아니라 거듭되는 자책으로 인해 존재성마저 부정하는
삶의 피곤만 느껴졌기 때문이다. 그래서 새로운 떠남의 연습을 하기

위해 우선 나의 누더기 같은 부끄러움과 화해를 청하고자 한다. 그 시도는 모질고도 질긴 인연의 끈에 한 매듭을 짓는 일일 것이며 아울러 그간 사생아처럼 내질러 논 내 소설로부터 용서를 구하고 떠나는 일이 될 것이다. 그것이 비록 쏟아지는 비판 속에 내몰려 피를 흘리게 될지라도 나는 부끄러움의 구속에서 벗어나 좀 더 뻔뻔스런 자유를 누리고 싶은 것이다.

어찌 되었든 그것들은 산고 끝에 얻은 나의 분신임에 분명하고, 여태껏 세상을 이해하려는 나의 시선이 고스란히 녹아 있음을 솔직히 인정함으로써 누더기 같은 부끄러움을 은밀한 기억의 창고에 보관할 수 있는 계기가 될 것이다. 그리하여 나를 괴롭혀 온 부채감에서 놓여나 또 다른 세상에 대한 인식과의 만남을 설레는 마음으로 기대하면서 소설을 쓰고 싶은 것이다.

이제 내 소설과의 화해는 너그러운 사랑의 모습이 되어야 한다. 지진으로 무너진 땅에도 샘은 솟고, 폭풍우가 지나간 들에도 꽃은 피듯이, 세상을 바라보는 나의 시선에도 어떤 가능성이 담보된 사랑의 열정을 담아야 한다. 그리고 간절히 소망해야 한다. 나의 언어로 빚어진 그릇이 비록 경지 높은 신전에 놓이지 못할지라도 고통 받는 자의 아픔을 조금이나마 덜어 낼 수 있는 용도로 쓰이기를, 그래서 내 의식의 닻이 고달픈 이웃들의 삶 속에 든든한 뿌리로 내려지기를…….

2009년 3월
문 성 수

출항지 出航地

그는 그제야 비로소 깨달을 수 있었다.
그들은 모두 일상의 굴레를 벗고 어디론
가 떠나고 싶어 했다는 것을……. 그래
서 늘 이곳에 찾아와 출항을 앞둔 선원
들을 바라보며 새로운 세계를 향한 떠남
의 연습을 계속해 왔다는 것을…….

'카페 테네리페'

건물 중앙의 캐노피 출입문 위에는 반달 모양의 목판이 걸려 있었다. 원 주변을 따라 'Cafe Tenerife'가 둥글게 쓰여 있었고, 그 아래 지름까지의 공간에 '出航地'라고 쓰인 상호가 흐릿한 불빛 속에 드러났다.

홀 안에는 원초적인 음성으로 흐느끼듯 부르는 스티브 고울드의 'Sympathy'가 축축한 공기 속에 떠다니고 있었다. 벽면에는 선등(船燈) 모양의 백열등이 여러 개 달려 있었으나, 오래되고 낡은 목재 양식의 어두운 색조 탓인지 제 빛을 발하지 못하고 있었다. 비 내리는 부둣가의 어둠과 별 나아 보이지 않았다.

그는 여급이 가져다 놓은 맥주를 컵에 부어 천천히 마시면서 주위를 살펴보았다. 30여 평의 장방형인 홀 안은 온통 선박에 관련된 기구들로 장식되어 있었다. 바텐더가 위치한 목로 뒷면에는 커다란 조타기와 육분의, 측심기가 걸려 있어 그곳이 마치 브리지와 같은 인상을 주었고, 긴 탁자가 놓인 곳의 벽에는 커다란 해도와 선등, 세마포르 신호기가 걸려 있어 배를 타고 있는 것으로 착각할 지경이었다. 음악이 'Darin Rilli'로 천천히 바뀌면서 분위기를 더욱 고혹적으로 흐느적거리게 만들었다.

그는 창문을 통해 밖을 내다보았다. 오후 들어 태풍경보가 내린 탓인지 세찬 비바람이 적막한 어둠 속의 부둣가를 훑고 지나갔다. 태풍을 피해 내항으로 몰려든 배들이 밝힌 돛대 등과 정박 등은 높은 파도에 못 이겨 제멋대로 일렁거리고 있음이 창밖에 비쳐졌다. 그때 웬 사내의 울울한 음성이 터진 구름 사이로 비치는 햇살같이 들려왔다. 탁자 몇 개 건너 창문 쪽에 앉아 홀로 술을 마시고 있던 사내였다.

아, 무서운 폭풍이여! 난폭한 숨결이여! 바다 밑바닥까지 끌어올릴 힘으로 지구 건너편 어둠까지 몰고 와, 그 앞에 두려움으로 떨고 있는 나를 조롱하듯 비바람을 쏟아 붓는 폭풍이여! 그러나 두려움의 원천은 내 마음이 정처 없음에 비롯된 것. 갈 길을 잃어 절망에 빠진 사람처럼 기가 죽어 있음에 비롯된 것. 무엇이든 사랑하는 사람은 두려워하지 않는 법…….

사내는 마치 무대 위의 배우처럼 팔을 벌려가며 커다랗게 읊조렸으나, 이상한 건 아무도 그에게 관심을 보이지 않는다는 점이었다. 군데군데 탁자를 차지한 사람들은 모두 자기 일행과 담소하며 술을 마실 뿐이었다. 사내 역시 독백조의 읊조림을 마치고는 곧 아무 일도 없었다는 듯 바텐더에게로 가, 술을 한 잔 청해 가지고는 자기 자리에 가 앉았다.

그의 시선이 사내를 따라다니는 사이, 긴 머리를 흰 블라우스 위에 늘어뜨리고 짧은 스커트에 앞치마를 두른 여급이 그의 탁자에 와 걸터앉았다. 30대 초반쯤 보이는 늘씬한 미모의 여자였다.

"여기 처음 오셨죠? 여기에 오는 분들은 정해져 있어요. 거의 매일 이곳에서 살다시피 하는 저기 몇 사람들과 출항을 앞둔 선원들이죠. 배타는 사람은 아닌 것 같고……. 뭐 상관있나요. 술은 어느 종류든 다 있어요. 원하시는 걸 드실 수 있어요. 그러나 안주는 간단한 마른 것 약간 뿐이에요. 어떤 사람들은 먹고 싶은 안주를 밖에서 사 들고 오기도 하지만 아무래도 상관하지 않아요."

그는 미소를 흘리며 말하는 그녀에게 뭔가 묻고 싶은 표정으로 잔을 건네 술을 권했으나, 그녀는 손으로 막으며 일어섰다.

"이곳 규칙이에요. 저희들은 술을 못 먹게 되어 있거든요. 조금 있다가 캡틴이 인사하러 오실 거예요."

"캡틴이라니?"

"저기에 있는 바텐더 말이에요. 이곳 주인인데 우린 그냥 그렇게 불러요. 그럼 이따……."

그녀는 쟁반을 들고 건너편 좌석으로 옮겨 갔다. 그는 무엇에 홀린 듯 어리둥절한 표정으로 한동안 주위를 두리번거렸다. 아까 그 사내는 의자에 몸을 깊숙이 파묻고 한쪽 다리를 탁자 위에 올려놓은 채 술을 마시고 있었고, 다른 사람들은 일행과의 담소에 열중이었다. 음악

이 바뀌면서 불현듯 사내가 읊조린 독백의 내용이 그의 귀에 공명치
듯 되살아남을 느꼈다.

　　두려움의 원천은 내 마음의 정처 없음에 비롯된 것…….

　어찌 보면 가장 보편적인 의미를 담고 있는 평범한 말에 지나지 않
았으나, 오늘 그에게 와 닿는 느낌은 그게 아니었다. 꼭 자신의 내부
상황을 가장 직설적으로 드러낸 것 같은 아픔이, 마음속에 어떤 전율
처럼 스쳐 지나갔기 때문이었다.
　그는 요즘 무엇을 어떻게 해야 할지 모르는 번민 속에 빠져 있었다.
그 원인이 딱히 무엇이라고 끄집어내기는 힘들었으나, 그가 몸담고
있는 잡지사의 일로 비롯되었다는 것은 어렴풋이 느끼고 있었다. 그
랬다. 처음 입사할 때의 당당했던 패기와 순수한 열정이 그만 누더기
같은 경력이 쌓일수록 찬물에 뭐 줄듯이 쪼그라져 버렸다는 사실과,
잡지를 통해 세상을 변화시킬 수 있으리라 자신했던 지난날들이, 얼
마나 무모한 믿음에 지나지 않았던 가를 요즘 들어 아프게 깨우치게
되면서부터 무력감과 자괴감에 빠졌던 것이다.
　얼마 전의 일이었다.
　'도시 속의 섬'이라는 주제로 물밑에 가라앉아 있는 소외된 지역
의 삶을 수면 위로 끌어올려, 도시의 일상 속에 드러내기 위한 특집
기획이 있었는데, 그 연속물이 2회째 나가게 되자 그간 그의 잡지에
별 신통함을 보이지 않던 독자들이 의외라는 반응을 나타냈었다. 판
매 부수의 증가는 물론이고 실린 내용의 장소가 실제로 어디이며, 또

그 주인공들을 한 번 만나 보게 해 줄 수 없겠느냐는 문의 전화가 하루에도 몇 건씩 편집실에 날아왔던 것이다. 그런 독자들의 호응에 한껏 고무된 주간은 내내 싱글벙글하면서 자축연으로 술자리까지 마련하여 특집을 담당했던 기자들의 그간 노고를 침이 마르도록 칭찬하며 건배를 외쳤었다.

그런데 그날 술좌석의 분위기가 한껏 고조되었을 때, 갑자기 주간은 마이크를 뺏어 잡더니 느닷없이 그를 가리켜 다음 달의 3회분을 그가 맡아 써야겠다며 정식으로 지시하였던 것이다.

"강 기자! 요즘 왜 그래? 날이 갈수록 나빠지잖아! 잡지가 어디 편안히 앉아서 머리로 쓰는 거야 응? 머리로? 쇼킹하면서도 쌈박한 이색적 소재를 발굴해 한번 칼클케 써 보라구, 칼클케! 잡지쟁이 10년이면 송아지, 하고 부르면 적어도 '음메~에' 정도는 나와야 하잖아!"

흥에 들떠 있던 동료들은 예상하지 못한 주간의 갑작스런 태도 돌변에 의아해하다가, 그게 농담이 아님을 깨닫고는 주간과 그의 눈치를 살피느라 그만 주흥이 깨져 버린 적이 있었다. 그는 주간이 자신을 못마땅하게 여기고 있다는 것을 전부터 짐작하고 있었다. 주간의 빈정거림대로 10년 경력을 가졌음에도 기획 특집 같은 데는 언제나 그를 제외시켰고, 3년 전부터는 아예 편집부에 남게 하여 겨우 다른 기자들의 뒤치다꺼리나 하게 만든 일부터 시작해…….

이번 일만 해도 그랬다. 그런 중요한 지시를 다른 곳도 아닌 자축연 술자리에서 그렇게 내던질 성질은 아니었다. 해마다 거듭되는 소비 불황으로 인해 더욱 나빠진 잡지 출판업의 사정을 감안해서라도, 이번 특집 기획으로 겨우 적자를 줄일 정도인데, 아니 어쩌면 독자들의 인식을 획기적으로 바꿀 수 있는 잡지사의 명운이 달린 문제일 수도 있었는데, 그렇게 정식 편집회의가 아닌 술자리에서 농담하듯 빈정거리며 내던질 수 있는 문제가 아니었다.

그러면서도 한편으론, 그걸 모를 리 없는 주간의 돌출적 행동은 요즘 무력감에 빠져 헤어나지 못하는 자신을 용케 읽어 내고, 어떤 저의를 숨긴 의도로써 그렇게 지시했다고밖에 인정할 수 없었다. 동료들은 다시 분위기에 불을 지펴 흥을 돋우려 했으나, 한 번 사그라진 물건은 좀처럼 불길을 일으키지 못했다. 술판은 그만 파장이 되어 버렸다.

그는 홀로 그곳을 나와 허한 마음을 그대로 안고 집으로 돌아갈 수 없어서 포장마차에 들렀을 때, 후배인 정 기자가 따라와 붙었다.

"선배님, 너무 언짢아하지 마세요. 주간의 어투가 원래 그렇잖아요? 허지만 선배님, 내가 보기에도 안타까울 정도로 너무 오랫동안 슬럼프에 빠져 있는 것 같아요. 대체 무슨 일이 있는 거예요? 과정이야 어찌 되었든 이번 특집 기획을 맡게 됐으니 예전처럼 한번 멋지게 일구어 보세요. 건방진 소리지만 제가 소스 하나 제공할게요. 저 부둣가 수산물 시장 아시죠? 그곳에서 남항 방파제 쪽으로 가는 꺾어진 길 있잖아요. 왜 냉동 창고들이 있는 쪽 말이에요. 그곳에 가다 보면 '테네리페'라는 카페가 있어요. 그곳에 한 번 가 보세요. 뭔가 얻을지도 몰라요."

그녀는 지난 호의 특집을 담당했었다. 전속 자리 하나 얻지 못해 떠돌아다니는 악사들의 인력시장 일명 딴따라 노동시장과, 생활의 궁핍 때문에 화가로서의 대성을 포기할 수밖에 없었던 이들이 은밀히 모여 동서양 명화들을 모작으로 임화하여 수출까지 하고 있는 그늘진 곳을 다루어서 호평을 받았던 여기자였다. 그날 둘은 만취가 되도록 술을 먹었다.

"저의 카페에 오신 걸 환영합니다. 분위기가 마음에 들지 모르겠습니다."

그는 깊은 생각 속에 잠겨 있다가 자기 앞에 불쑥 나타난 인물에 조금은 놀라면서 엉겁결에 인사를 받았다. 희끗희끗한 머리에 수염을 알맞게 기르고 눈초리가 매서운 초로의 사내였다. 작업복을 아무렇게나 걸쳤으나 상체가 발달되고 키가 커서인지 잘 어울리는 것 같았다. 곧 그가 주인 겸 바텐더임을 알았다.

"이곳 주인 되신다구요. 좀 앉으시죠. 여쭐 말씀도 있구. 저는……."

하며 그는 자신이 이곳에 오게 된 이유와 목적을 밝히려 하자, 사내는 그의 말꼬리를 냉정히 잘라 버렸다.

"아닙니다. 일을 봐야지요. 그리고 이곳에선 누가 누구일 필요가 없어요. 그저 느낀 대로 생각한 대로 자유롭게 지내다 가면 됩니다. 우리의 빈약한 혀로 뭘 그리 장황하게 말할 필요가 있나요?"

브리지 같은 둥근 목로로 되돌아가는 바텐더는 오른쪽 다리를 심하게 절고 있었다.

그는 갑자기 머릿속에서 의구심을 동반한 난기류가 일어남을 느꼈다. 어느 외국 항구의 술집에 들어온 것 같은 이국적 정서, 캡틴이라고 불린다는 바텐더의 이해할 수 없는 첫인사. 그리고 자세히 살펴보니 실내도 두 공간으로 구분되어 있는 것 같았다. 바텐더를 중심으로 자신이 속한 왼쪽 공간의 사람들은 하나같이 제멋대로였다. 광대 같은 그 사내는 두 다리를 탁자 위에 올린 채 몸을 의자에 푹 파묻고 있었고, 아까부터 주위에는 아랑곳없이 뭔가 열심히 그리고 있는 젊은 사내, 하얀 해군 제복을 입고 실내를 이쪽저쪽 천천히 거니는 노인, 그런데 오른쪽 공간은 이쪽과 사뭇 다른 모습이었다.

간혹 욕지거리와 함께 웃음소리가 들려오고 어떤 여자를 무릎 위에 앉혀 놓고 희롱을 즐기는가 하면, 한 손에 술잔을 들고 벽에 붙은 해도를 가리키며 "우린 이곳으로 가게 될 거야"라며 먼 대양을 바라보는 듯한 모습으로 술을 마시는 등, 이쪽의 차분하게 가라앉은 분위기에 비해 그런대로 생기가 있는 것 같았다.

그는 이곳의 분위기를 도무지 이해할 수 없었다. 그런데 정 기자는 왜 이런 곳을 찾아보라고 했을까. 분명히 여느 술집과는 다른 이색적인 면이 있다는 것은 인정하지만, 어느 누구도 거기에 대해선 말을 해주지 않았다. 그녀는 왜 이곳을 찾으라 했을까. 그가 맥주를 들이켜며 머리 위에 꽃봉오리처럼 피어오른 의문에 싸여 있을 때, 출입구에는 비에 흠뻑 젖어 세찬 바람과 함께 들어서는 사내가 있었다.

그는 잠시 멈추어 서서, 들고 있던 가방을 바닥에 내려놓고 손수건을 꺼내 물기로 흐려진 안경을 닦아 다시 썼다. 그리고 바텐더를 향해 손을 약간 올려 보이고는 주변의 사람들에게 목례를 하면서 광대 같은 사내 맞은편에 가 앉았다.

오, 친구여! 이렇게 올 수 있도록 폭풍우가 그대를 용서했는가.

그대는 오늘도 진정 사랑해 보지 못한 사랑의 이야기를 또 어떻게 강의하고 돌아왔는가. 그대가 사랑하고픈 여자의 눈에는 그대가 캄캄한 밤이었고, 그대를 사랑하고픈 여자에게는 그대의 눈이 칠흑같이 어두웠던 지난날. 가엾은 그대여! 그대의 학식과 명예가 그대의 눈을 점령했도다. 자아도취의 죄악에 대한 치료법은 없나니, 다만 세월의 잔인한 칼에 의한 주름 속에 청춘이 매몰되어 가는 것을 볼 수 있을 뿐. 그대에게 여자는 그림자 같은 것이었다. 쫓아가면 도망가고 달아나면 쫓아오는, 아! 그대의 운명이 정녕 그러한가. 그래서 인생을 허무하다 할 것인가. 친구여! 늦지 말게나. 호달마(胡達馬)도 기울면 왕십리 거름 싣게 되고, 기생도 그릇되면 길가의 주막에 나앉게 되는 법. 사랑할지어다. 미친 듯이 사랑할지어다.

의미 모를 광대 같은 사내의 읊조림이 길어지는 동안, 여급은 바텐더가 내어 주는 마른 수건과 술을 받아 조금 전에 들어온 사내에게 가져다주었다. 안경 쓴 사내는 마치 거실에서 자기 아내에게 대하듯 자연스럽게 받아 머리를 닦았다.

그는 그들의 기이한 분위기가 궁금해서 견딜 수 없었다. 바텐더가 여기에선 누가 누구일 필요가 없으며, 쓸데없는 설명은 불필요하다고 말했으나 참고 견디며 그들을 지켜보기엔 궁금증이 더욱 심해만 갔다. 그래서 그는 광대 같은 사내 곁으로 갔다. 그리고는 명함을 꺼내 그에게 주며 인사를 건넸다.

"이게 뭔가? 이것이 그대에 대해 무엇을 말해 줄 수 있는가. 그래 그대는 무얼 말하고 싶은가."

그는 거의 일상적인 수인사를 생각하며 손을 내밀었으나, 돌아오는 사내의 반응은 전연 예상 밖이었다. 그는 당황하여 자리에 앉지도 못해 엉거주춤한 상태로 서 있을 수밖에 없었다.

"그러지 말고 앉게나. 구름 같은 신하들을 거느리고 한마디 명령으로 세상을 바꿀 수 있다고 자신하는 제왕이나, 남이 먹다 버린 쓰레기통을 도둑고양이처럼 뒤지는 거지들이나 누구든지 와서 앉을 수 있는 자리일세. 그래 그댄 무얼 알고 싶은가?"

그는 사내의 어투와 행동이 마치 가르침을 얻으러 머리를 조아리는 제자에게 내리는 위대한 스승의 거룩한 말씀처럼 들려, 한편으론 우스꽝스럽기까지 하면서도 황당하고 한편으론 어떤 야릇한 신비감도 느낄 수 있었다. 그래서 더듬거리며 잡지사의 특집 계획을 이야기하고 이색적인 이곳 분위기를 한번 다루고 싶다는 뜻을 정중히 피력하였다.

"여보시게 친구들! 잠깐 이리 모이시겠나? 여기 이 자가 이곳과 우리들에 대해 뭘 좀 알고 싶다고 그러는데, 대체 누가 말해 줄 수 있겠나?"

그는 무대 위에서 배우가 연기를 하듯 한 사람 한 사람을 가리켰다. 그럴 때마다 그들은 모두 고개를 가로저었다. 그림을 그리던 젊은이는 고개도 들지 않은 채 제 일에 열중이었고, 해군 제복을 입은 노인도 목로 주변을 서성거릴 뿐, 조금 전에 들어온 초로의 사내는 수건으로 머리를 매만지면서 누구와 약속이나 한 듯 출입구 쪽만 흘끔거리고 있었다. 바텐더는 손으로 턱을 괸 채 이쪽에서 벌어지는 일들이 재미있다는 듯 미소를 띠고 바라보고 있었다. 광대 같은 사내는 두 팔을 벌려 으쓱해 보이고는 말을 이었다.

"그대여! 보시다시피 그대의 일상적인 말로써는 얻을 것이 없을 것 같으이. 우리는 말로써 모든 것을 이해할 수 있다고 자신하는 환상에 간혹 빠지지는 않았나? 말이란 게 뭔가? 뱉어 놓고 나면 실체는 사라져 버리고 껍데기의 의미만으로 둥둥 떠다니며 실체에 대한 환상만 난무하게 만들 뿐, 마치 밤하늘의 수많은 별들이 그 빛으로만 우리에게 보이듯이……. 용서하시게, 그러면 정작 그런 너는 왜 수많은 말들을 쏟아내고 있는가 묻고 싶겠지. 이해하시게나. 나는 이렇게 나에게 담겨 있는 쓸데없는 말들을 하나하나씩 붙들어 내 메아리 없는 어둠 속으로 던져 버리고 있는 중일세."

그는 달리 반응을 보일 수 없었다. 무어라 대꾸할 수도 없을 것 같았다. 광대 같은 사내가 뱉어 내는 과장된 어투가 그와의 관계를 서먹서먹하게 만들었을 뿐 아니라, 그렇다고 그의 말이 전연 그르다고는 생각할 수 없는 탓이었다. 그랬다. 그의 말대로 말로써 무엇을 설명할 수 있을까. 어떤 사건이나 자신의 의도를 말이나 글로써 옮기려 할 때, 과연 사실의 실체를 어느 정도나 꿰뚫어 전달했다고 볼 수 있을까. 이미 말이나 글로 옮겨지는 순간, 윤색되거나 본질과는 멀어져 실체를 흐트러지게 만들지는 않았던가. 그것은 오랫동안 자신을 괴롭혀 오던 물음, 잡지를 통해 세상을 변화시켜 보려 했던 무모한 시도에 대한 물음과 무엇이 다르다고 할 수 있겠는가.

그는 제자리로 돌아와 괴로운 심정으로 술을 마시지 않을 수 없었다. 그러면서 그의 머릿속에는 새로운 의문이 떠올랐다. 그렇다면 저 자들은 무엇인가. 즐겁게 떠들면서 혹은 남을 씹으면서 적당히 여자들과 즐기면서 술을 마시는 저쪽 편과는 달리, 대화는 별로 없었지만 무엇에도 구애받지 않는 행동으로, 제멋대로인 것 같이 보이지만 그래도 다소 자유로워 보이는 저 자들은 누구인가. 사내의 말대로 우리 일상에서 살기 위해 가져야 하는 쓸데없는 것들을 비워 내기 위해 이곳을 찾은 자들인가. 자기로부터 자유로워지기 위해?

그가 빠르게 스치는 의문을 쫓아다닐 때, 저편에서 술을 마시던 일행들이 일어나 출항을 위한 건배를 외치고는 밖으로 나가려 하고 있었다. 바텐더는 그들을 배웅하기 위해선지 그들 곁에 다가서고 있었고, 곧이어 광대 같은 사내의 울울한 읊조림이 또 들려왔다.

바다의 자비로움에 폭풍우는 이제 노기를 거둬들이고, 세상의 보석을 모두 깔아 놓은 듯 물결은 찬란하게 반짝거리는구나. 이제 바다의 알맞은 숨결로 돛은 부풀고, 만물을 밝히는 태양이 구름 속을 비집고 나와 뱃전에 부서지는 파도를 환히 비추도다.

이쪽에 앉아 있던 사람들은 모두 떠들며 바깥으로 나가는 그들을 그윽이 바라보았다. 그는 묘한 분위기 속에서 자신만이 이방인처럼 느껴졌는지 어색한 행동으로 주위를 돌아다보았다. 그러다 그는 갑자기 정 기자를 떠올렸다. 이곳을 찾아보라고 한 만큼 그녀는 뭔가 알고 있지 않을까. 무엇이든 여기에 대해 말해 줄 수 있지 않을까. 그는 어색한 분위기를 헤집고 일어나 밖으로 나왔다.

세찬 비바람은 여전했다. 일렁거리는 배의 돛대에 부딪히는 바람 소리가 잉잉거렸다. 마치 악마가 내뿜는 입김 같은 세찬 바람이 짙은 어둠을 이리저리 몰고 다녔다. 그는 스산스런 부둣가를 빠져나와 남포로 건너편에 있는 호텔의 칵테일 바로 향했다. 입구에 도착해 휴대폰으로 정 기자에게 연락을 취하였다. 마침 그녀는 사무실에 남아 있었다. 그는 그녀가 이리로 올 수 있음을 확인하고는 바 안으로 들어갔다.

겨우 10시를 넘긴 시간임에도 실내에는 태풍경보가 내린 탓인지 손님이 거의 없었다. 그는 도로가 내려다보이는 창가에 앉아 담배를 꺼내 피웠다. 조금 전까지 있었던 그곳이 마치 꿈속에 보았던 어떤 곳처럼 아련하게 떠오르는 것은 이상한 일이었다. 취재를 위해 구석진 삶의 현장까지도 두루 다녀 보았다고 생각했으나 〈테네리페〉처럼 기이한 느낌을 주던 곳은 없었다. 자꾸 광대 같은 사내의 읊조림이 귓전을 맴돌았다. 그런데 머릿속에 공명치는 그 말을 자꾸 되뇔수록 그것은 꼭 사내의 입에서 나온 말이 아니라, 자신의 내부 한구석에 웅크리고 있던 말들이 되살아나, 자신을 깔깔대며 조롱하는 것 같은 느낌을 주는데 적잖이 곤혹스러워하고 있었다. 그는 담배를 연이어 피워 댔다.

그가 생각에 묻혀 있는 동안 정 기자가 바 안에 들어섰다. 청동상같이 묵상에 잠겨 있는 그를 발견하고는 앞좌석에 가 앉았다.

"어딜 다녔기에 이렇게 물에 빠진 사람처럼 해 가지고 앉아 있어요? 그리고 핸드폰은 왜 꺼 놨어요? 저녁 때 주간이 찾던 눈치던데……."

"으응, 집에 가 쉴 텐데 이렇게 나오라고 해서 미안해."

그는 아직 생각의 마취에서 덜 풀린 사람처럼 더듬거리며 말했다.

"괜찮아요. 이런 일이 언제 있었나요? 난 선배님이 가끔은 이렇게 불러 주었으면 좋겠어요. 술도 종종 사 주시구요."

"그렇게 말해 주니 고맙군. 근데 정 기자, 나 오늘 정 기자가 말하던 그곳에 갔더랬어."

"그곳이라뇨? 아, 아, 그 카페 말인가요. 이렇게 비가 오는데……?"

"응, 〈테네리페〉에 대해 정 기자가 뭐 좀 아는 게 있으면 물어보려고 불렀어. 우선 술을 좀 시키지. 뭘루 할까?"

"오늘은 양주 한잔하고 싶어요. 커티샥으로 하죠."

"커티샥?"

"왜 대양을 헤쳐 가는 큰 범선이 그려진 위스키 말이에요. 1860년대 스코틀랜드에서 가장 빠른 배 이름에서 유래되었대요."

"정 기자는 범선에 흥미가 있는 거야 아니면 술에……."

그는 웃으며 웨이터를 불렀다.

"꽤 부드러우면서도 이름만큼이나 빨리 취하죠. 그러면서 배를 타고 바다로 나가는 듯한 여행 기분에 빠질 수도 있고요."

그는 웨이터에게 커티샥 두 잔을 부탁했다. 그러면서 배를 타고 있는 듯했던 까페 〈테네리페〉를 떠올리며 정 기자에게 물었다.

"정 기잔 그곳을 어떻게 알았지?"

"제 친구 남편이 상선 항해사인데 출항 전에는 꼭 그 집에 한 번은 간대요. 순조로운 항해를 하기 위한 징크스라나 뭐라나. 어지간한 선원들 사이에는 거의 불문율로 통하는 출항 절차라고 해서 약간의 호기심도 생기고, 또 무슨 쓸거리라도 얻을까 해서 찾게 됐어요. 그 집 분위기가 이상하지 않던가요?"

그는 웨이터가 갖다놓은 술잔을 들어 맛을 음미하면서 브리지와 같이 꾸민 목로 뒤편에 서서 망망대해를 바라보는 것 같은 바텐더의 행동과 선실 같던 분위기, 그리고 광대 같은 사내의 연극대사를 읊조리는 듯한 과장된 몸짓과 주변 사람들을 떠올렸다.

"마치 연극 무대를 연상시키는 작위적인 면도 보이지만 인물들의 행동은 너무 자연스러운 것 같았고, 무엇보다도 일상이 꿰뚫고 들어오지 못할, 말하자면 일상적 궤도를 벗어난 것 같은 분위기인데도 어떤 자유스러움이 풍겨 나오는 기이함에 젖게 되더군."

"선배님도 역시 그렇게 느꼈군요. 그곳에선 현실적인 누가 누구일 필요가 없어요. 무슨 행동을 해도 상관하지 않았어요. 그들은 단지 그들로서만 존재하는 것 같았어요. 주인과 그곳에 자주 오는 사람들에 대해 누구도 말하려 하지 않아서 나름대로 알아내는데 제법 시간이 걸렸어요. 선배님, 오늘 톡톡히 한잔 사셔야 해요. 그런데 많은 기대는 말아요. 투자한 시간에 비해 알아낸 사실은 얼마 되지 않거든요."

그녀는 반쯤 비워진 잔을 들어 입에 털어 넣고는 웨이터를 불러 다시 주문을 했다. 그리고는 나름대로 파악한 인물에 대한 정보를 풀어놓았다.

쉰이 조금 넘은 주인 겸 바텐더는 전직 기관장 출신이라는 것. 테네리페를 기지로 한 대서양 어장에서 조업을 하다 불의의 낙상사고로 인해 다리를 심하게 다쳐 배를 탈 수 없게 되자, 귀항 후 창고로 사용하던 적산 건물을 개조해 카페를 운영하게 된 지 근 15년이 되었다는 것. 광대처럼 행동하는 사내는 이 도시 연극계에서 지난날 꽤나 이름이 알려져 있던 배우인데, 한창 연기가 물이 오를 때, 무슨 이유에서

인지 홀연 사라져 버려 화제가 되었던 수수께끼 같은 인물로서 몇 년 전부터 그곳에 자주 나타난다는 것. 그리고 안경 쓴 이는 현재 대학 철학과 교수로서 학생들로부터는 '깐깐이'라고 불릴 정도로 원칙에 매달리는 독신남이라는 것과 해군 제복을 입은 노인은 중령으로 제대한 해군 출신으로 가끔 나타나 말은 거의 하지 않고 갑판 위를 거닐 듯 그곳을 어정거리다 술에 취해 돌아가곤 한다는 것이었다. 또 그림을 그리는 젊은이는 화가 지망생으로 구석에 놓인 캔버스 앞에 앉아 있지만 한 번도 완성시키지 못한 채, 스케치만 끼적거리는 시작을 되풀이한다는 이야기였다.

"아, 그리고 또 한 사람이 있어요. 제 또래의 여자예요. 늘 어디론가 떠나기 위한 사람처럼 캐주얼한 복장에 여행용 가방을 메고 간혹 나타나는데, 어쩐지 정상이 아닌 여자처럼 보였어요. 앞뒤가 맞지 않은 이야기를 자주 하거든요."

그녀는 자신의 주관적인 견해는 숨긴 채 간단명료한 보고 양식을 택한 듯 인물 소개를 하였다. 그런데 그녀가 알려 준 내용은 그가 〈테네리페〉에 앉아 나름대로 상상의 날개를 달아 추리한 것과 크게 다르지 않았다.

"선배님, 출항을 앞둔 선원들은 무엇 때문에 생긴 징크스인지 모르지만 그곳을 찾는 이유는 명백하다고 볼 수 있어요. 그렇지만 그 사람들은 왜 그곳을 자주 찾는 걸까요? 그곳이 주는 자유로운 분위기에 묻히고 싶어서일까요? 생각해 보세요. 혹시 그들 모두 자신의 어느 반쪽 면만 가지고 행동하는 것 같은 느낌은 받지 않았나요?"

그는 공감했다. 망망대해를 달리는 배 안과 같은 분위기 속에서 자연스럽게 행동하는 그들은 모두 일상을 벗어난 저쪽 면만 보여 준 것 같았다. 그렇다면, 그렇다면……. 갑자기 그의 머릿속을 스치는 의문이 있었다.

"정 기자, 정 기자 나름대로 많은 것을 취재해 놓고, 왜 그곳을 내게 제공했어? 도대체 그렇게까지 나에게 베푸는 진의가 뭔지 알고 싶군."

"주간이 선배님에게 특집 3회분을 쓰라고 했지만, 다른 기자에게도 은밀히 똑같은 주문을 할 수 있다고는 생각지 않나요? 그럴 수 있다면 그 이유는 선배님이 더 잘 알 수 있을 터이고. 어때요? 그곳의 삶을 일구어 한번 쌈박하게 특집을 꾸밀 가치는 충분히 있다고 보는데……. 하지만, 하지만 진짜 이유는 말씀드리지 못하겠어요."

그는 그녀를 똑바로 쳐다보지 못하고 고개를 숙인 채 끄덕였다. 그리고 몇 잔을 더한 후 그곳을 나왔다. 비바람은 여전했다. 휘어지는 우산으로는 겨우 얼굴만 가릴 지경이었다. 로비에서 택시를 불러 그녀를 태워 보내고 그는 다시 빗속을 걸어 〈테네리페〉로 갔다. 머릿속에는 진짜 이유를 밝히지 않겠다는 그녀의 말이 비수가 되어 뇌리를 아프게 찔러 댔다.

자정이 가까운 시간에도 그곳의 홀 안은 여전했다. 한 선원이 싫다고 도리질하는 어떤 여자와 입을 맞추는 사이, 다른 사람은 치마 속을 더듬는 등, 진한 행동으로 분위기에 열을 올렸고, 이쪽 편은 제멋대로의 자세로 앉아 선원들의 술자리를 흘끔흘끔 쳐다보다가는 광대 같은 사내의 이야기를 경청하는 등 자기들만의 담소에 열중이었다. 그런데 목로에 앉아 바텐더와 이야기를 나누는 웬 여자가 눈에 들어왔다.

비에 젖은 머리카락은 어깨 위에 흩어졌고 여행용 가방이 그녀 곁에 놓여 있었다. 그는 정 기자가 말하던 이상한 여자일 것이라고 생각했다.

"캡틴, 한 잔 더 주세요. 걱정하지 마세요. 아직 취하지 않았거든요. 난 곧 테네리페로 갈 거예요. 그런데 캡틴, 테네리페가 어디죠? 어디로 가야 하죠? 어딘지도 모르는데 난 자꾸만 가야 해요."

바텐더는 아무 말 없이 술을 따르고 나서 그녀 앞에 밀어 놓았다.

"오늘은 산에 올라갔거든요. 그런데 테네리페가 아니었어요. 어떻게 아냐구요? 하늘에 해가 없었어요. 별두 없구요. 비에 젖은 나무만 있었어요. 그 나무가 나를 가지 못하게 붙잡았어요. 겨우 도망쳤거든요. 그래서 여기에 늦게 왔어요. 나 여기에 와도 괜찮죠?"

바텐더는 그녀의 말에 고개를 끄덕여 가며 묵묵히 듣기만 했다. 정기자의 말대로 그녀는 정상이 아닌 것처럼 보였다. 초점을 잃어 풀린 눈동자 하며 가늘게 벌어진 입이 오히려 천진스럽게 보였다.

그때, 출입문이 갑자기 열렸다. 웬 사내가 허겁지겁 들어와 실내를 두리번거리며 살펴보더니 목로에 앉아 있는 그녀를 발견하고는 재빨리 뛰어갔다. 숨을 헐떡이는 그는 온몸이 비에 젖은 상태였다.

"여기 있었군! 얼마나 찾아 헤맸는지. 여보! 제발 집에 있으라고 해도 이렇게 돌아다니면 어떡하겠다는 거야? 제발 정신 좀 차려, 아이들 생각도 해야지! 응. 자, 어서 일어나. 집으로 가야지. 애들이 울며 찾고 있잖아, 응."

그는 주위의 시선에는 아랑곳하지 않고 어린애 달래듯 그녀를 조심스레 일으켜 세웠다.

"그래, 그래. 병만 나으면 내가 어디든 데려다 줄께. 가고 싶은데 어디든 데려다 준대두, 응?"

남자의 팔에 기대어 얌전히 일어서던 그녀가 갑자기 고함을 내지르며 앞으로 내달았다.

"싫어! 싫어! 나를 도와주세요! 나무가 나를 붙잡으려 해요! 나를. 나는 집에 안 가! 나는 멀리 떠나고 싶어. 멀리 가고 싶어!"

사내는 재빨리 뒤쫓아 가 그녀를 우악스럽게 붙잡더니 강제로 겨드랑이에 팔을 끼고서 끌고 나갔다.

"빌어먹을. 그래, 어디든 가도 좋아. 가도 좋다구! 그런데 오늘은 안 돼! 집에 가야 해. 제발 정신 좀 차려! 이게 무슨 꼴이야!"

홀 안의 사람들은 모두 일어나 문 밖으로 거칠게 끌려나가는 그녀를 바라보았다. 그리고는 한마디씩 내던졌다.

"미친 여자였구먼. 얼굴이 아까워."

"집안 식구들 골병깨나 들겠어. 여자가 저 모양이니."

"대체 어디로 가겠다는 거야? 어디로 가고 싶은 거지?"

그러나 이쪽 편의 사람들은 모두 침묵으로 출입구만 바라보고 있었다. 바텐더도 마찬가지였다. 모두 넋을 잃은 사람들처럼 그녀가 끌려나간 빈 공간을 응시하고 있었다. 그때 광대 같은 사내의 우울한 목소리가 들려왔다.

가엾은 여인이여! 그대의 실체는 무엇인가. 그대의 비애는 무엇으로 비롯되었는가. 대부분의 사람들은 하나의 그림자로 만족하지만, 그대는 두 개의 그림자를 가졌기 때문이리라. 머물 수 없어 달아나는 마음. 미지의 섬을 찾아 닻을 올려 망망대해로 달려가는 마음. 그대의 여행이 비록 고달프고 우울할지 모르지만, 그대가 진정 바라는 목적지는 안락과 휴식이 아니라 이곳에선 찾을 수 없는 자유의 환상이 가득한 저 미지의 섬인 것을……. 그러나 나는 지난날 갈구했던 모든 것을 갖지 못했음에 한숨짓고, 귀중한 시간을 낭비한 옛 비애에 새삼 괴로워하노라. 그리고 이 밤의 어둠 속에 숨어 있는 이 친구들을 위해 메말랐던 나의 눈에 눈물을 흘릴 수 있을 뿐. 떠나지 못하는 아픈 마음에 한숨으로 위로하려 할 뿐…….

그들은 모두 눈물을 흘린 채, 사내의 읊조림을 들으면서 먼 허공에 시선을 던지고 있었다.

그는 그제야 비로소 깨달을 수 있었다. 그들은 모두 일상의 굴레를 벗고 어디론가 떠나고 싶어 했다는 것을……. 그래서 늘 이곳에 찾아와 출항을 앞둔 선원들을 바라보며 새로운 세계를 향한 떠남의 연습을 계속해 왔다는 것을…….

그런데, 그런데, 그것이 다름 아닌 바로 자신의 모습일지도 모른다는, 그들과 닮은 자신일지도 모른다는 생각이 들자 갑자기 슬픔이 밀려들어 견딜 수가 없었다. 그리고 그는 정 기자가 왜 이곳을 찾으라고 했는지 그 진의를 알 것만 같았다.

그가 그들과 같이 멍한 시선을 허공에 던지고 있는 사이, 'Sailing' 이 무겁게 가라앉은 분위기를 헤집고 울려오기 시작했다. 마치 '당신은 어디로 항해하고 있나요?' 를 묻는 것처럼.

배는
돌아오지
않는다

매듭은 역시 바다였다. 젊었을 때 바다
는 늘 새롭게 떠나는 설렘이었고, 막연
한 환상이었고, 시시각각 채색되는 미지
의 공간이었다. 그러나 동생의 죽음 이
후 바다는 늘 타고 넘어야 할 고통스런
현실이 되어 버렸다.

배의 항진 속도를 높일수록 바다는 더욱 거칠게 달려들었다. 사방에 드리워진 어둠의 장막마저 집어삼킬 듯, 바다는 한껏 몸을 부풀려 여기저기에 흰 포말을 잉태했다. 뱃전에 부딪혀 튀어 오른 물보라가 브리지 견시창까지 날아들어 현란한 파상무늬를 만들며 번져 내렸다.

 "풀, 어헤드! 풀, 어헤드!"

 그는 공포에 질린 얼굴로 다급하게 외치면서 전속력으로 파도를 뚫었다. 공중으로 솟구쳐 오른 포말이 하얀 불꽃처럼 쏟아져 내리는 순간, 갑자기 선수(船首)가 수평선 위로 들려 오르더니 순식간에 바다 밑바닥으로 내리꽂혔다. 이어 너울 두 개가 연이어 스타보드 쪽을 때리며 상갑판을 넘어갔다. 둔탁한 소리와 함께 묵직한 충격이 가해지면서 그는 브리지 안을 나뒹굴었다.

바다의 균열된 틈으로 한없이 떨어지는 것 같은 현기증을 느끼며 그는 정신을 놓지 않으려 애를 썼다. 조타기에 의지해 비틀거리듯 겨우 일어났을 때, 좌현 쪽으로 너울이 까마득히 솟아올라 하얗게 부서지는 것이 보였고, 그 위에서 자기를 애타게 부르고 있는 것 같은 어떤 두 얼굴에 그는 경악했다. 놀랍게도 동생과 보승(갑판장) 강씨의 얼굴이 어둠과 함께 너울 끝에 얹혀 쓸려가고 있었다. 그들이 얼핏 보인 포트(좌현) 쪽으로 기어가려 애를 썼으나 몸은 물먹은 솜처럼 무거워져 움직일 수 없었고, 뭐라고 말을 하려 했으나 목소리는 입 안에 갇혀 도무지 빠져나오질 못했다. 수렁에 빠져 허우적대는 무력감이 온몸을 고통스럽게 마비시킨 탓이었다.

"사장님! 세네갈 다카르에서 정 이사님 전화에요. 돌려 드릴게요."

김제호 사장은 인터폰이 울리고 이어 경리부 박 양의 목소리를 어렴풋이 들으며 잠에서 깼다. 책상에 엎드려 잠깐 존 사이에 꿈을 꾼 모양이었다. 그러나 그 꿈의 실체는 너무나 뚜렷해서 아직도 그가 브리지 안에 있다고 여길 정도의 강렬한 인상이 계속되었다. 그는 얼른 안경을 찾아 쓰고 수화기를 들었다.

"으응, 정 이사, 그래, 우찌 됐노? 오전 내내 전화 기다렸다 아이가."

그의 목소리에는 학수고대하며 전화 오길 기다렸다는 초조감과 아직 잠에서 덜 깬 것 같은 꿈의 잔해가 서로 뒤엉켜 어정쩡한 어조를 나타냈다.

"사장님, 선원들과 배는 곧 풀려날 것 같아요. 우리 공관에서 애를 많이 써 벌금도 최소화했고요. 공탁금 이만 불만 납부하면 곧바로 출항허가서를 내 주겠대요. 여기 애들 생각보단 퍽 우호적이던데요."

지구 반대편에서 걸려온 전화였지만 위성전화라서인지 대화하는 데 약간의 시차만 느낄 수 있을 뿐 감도는 좋았다. 그리고 일을 매끄 럽게 처리했다는 그의 우쭐대는 표정이 달뜬 목소리에 담겨 그대로 전해지는 것 같았다.

"그래? 일이 빨리 해결돼 천만다행이다. 정 이사, 정말 수고했데이, 수고했어."

"그런 일 제가 전문 아닙니까? 그리고 또 다른 희소식이 있는데요."

"희소식? 희소식이라 카면 배를 인수하겠다는 회사라도 나타났다 말이가?"

김제호 사장은 미간을 찌푸려 이마의 주름을 깊게 하며 말을 받았 다.

"네, 라스팔마스를 떠나 여기에 오기 전 한 사람과 계속 접촉했는 데 인수할 의사가 아주 높더라고요. 우리 교민이에요. 산타 카탈리나 부두에서 '란사로테 롱라인' 이라는 수산회사를 경영하고 있는 데……."

"가만가만!"

그는 정 이사의 성격으로 보아 대화가 길어질 것 같은 느낌이 들었 는지 대화의 허리를 자르고 자기 말을 이었다.

"정 이사! 우선 선원들과 배가 무사히 풀려나게 됐다이 인자 한시 름 놓겠고, 그 배 문제는 말이제. 자네가 라스에 돌아가 일이 진척되 는 대로 다시 연락해 주면 안 되겠나?…… 그래, 안다, 알아. 그쪽 일 들은 정 이사에게 일임할꾸마……. 정말 수고했어. …… 선장 말이

38

가? 아이다. 선장 탓만 할 수 없제. 자네도 알다시피 조황 나쁜 거 어디 우리 배뿐인가. 그래, 그래, 그 일도 자네가 적당히 처리하그라. 응, 그럼 수고해라."

그는 정 이사가 늘어놓는 공치사를 쾌히 들어주고 치사하려 했지만, 머리를 무겁게 가라앉히는 꿈의 잔상 때문에 오래 통화할 기분이 아니었다.

김제호 사장은 요즘 잠을 제대로 이루지 못했다. 자주 나타나는 가위눌린 꿈 때문만은 아니었다. 남대서양 참치조업규제도 규제지만, 선령 20여 년의 노후선으로는 배당받은 쿼터량도 채울 수 없을 정도로 어획량이 적어 항차가 길어지는 바람에 적자의 폭은 날로 늘어만 갔다. 설상가상으로 제승2호가 세네갈 경제수역을 침범해 조업하다 나포되는 바람에 치러야 할 벌금액은 요즘 경영 상태로는 도저히 감당할 수 없는 한계에 이름을 느꼈다. 사무실이 있는 건물도 은행에 넘어가 버리고 이제 남은 재산이란 게 겨우 배 두 척뿐인데, 그마저도 처분하지 않고서는 깨끗하게 회사를 정리할 수 없었기 때문이었다. 그는 근 30여 년을 대서양과 함께한 자신의 운명이 이제 기울어 가는 해가 빛을 잃듯 거의 소진되어 감을 아프게 느꼈다. 그래서 요즘 나타나는 꿈들이 그 징조를 보인 것이라 생각했다.

그는 세월의 고랑에 검버섯까지 핀 얼굴에 수심을 가득 담고 자리에서 일어났다. 그리고 책상 맞은편 벽에 걸린 세계전도 앞으로 다가갔다. 아프리카 서북부 카나리아제도, 이름만 들어도 가슴이 뛸 것 같았던 라스팔마스, 테네리페, 라팔마, 이에로, 기니비사우. 김제호 사장은 금방이라도 검푸른 대서양의 파도가 넘실거릴 것 같은 지도 위에서 회한으로 촉촉해진 눈을 떼지 못했다. 그 위에 아직 배 두 척이 떠 있었다. 300톤급 제승1, 2호 참치 연승선. 자신의 열정과 고통, 성공과 좌절이 고스란히 담긴 과거가 늘 그곳에 함께하고 있었다.

그래도 운이 좋았던 편이었을까. 수산대학 어로학과를 졸업하고 라스팔마스 기지선인 대양수산의 선미식 참치 트롤선 2항사로 대서양에 나갔던 70년대 초반은 그야말로 원양어업 사상 가장 찬란한 시기였다. 1항차가 불과 3개월밖에 걸리지 않아 운반선에 전재할 필요도 없이 만선으로 기지에 돌아올 수 있었다. 그것도 고급 어종인 블루핀(참다랑어)과 빅아이(눈다랑어)를 어창에 가득 채우고서 말이다.

보합제로 거액을 손에 쥘 수 있는 꿈같은 시절은 몇 년이나 계속되었다. 그 후 200해리 경제수역이 선포되어 어장이 축소되자, 차츰 철수하기 시작한 일본의 미나마 선사로부터 고철 값으로 내 논 중고 참치 연승선을 인수하기까지는 10년이란 시간밖에 걸리지 않았다. 비록 헐값에 인수할 수 있었지만 무리를 해 사 들인 이유는 따로 있었다. 그간 같이 남대서양 어장에 갑판원으로 나갔던 동생이 양승 작업 때 일어난 사고로 바다에 추락해 실종되는 사건이 있었다. 시체도 찾지 못한 비통의 세월 속에 떠다니다 도저히 아물지 않을 것 같은 상처에 조그만 보상이라도 하기 위해, 동생이 그토록 소원했던 배를 사 선명을 동생의 이름으로 '제승1호'라 정했던 것이다.

김제호 사장은 아직도 자신이 선주이자 선장으로 조업 나갔을 때를 생각하면 배의 기관소리보다 더 큰 가슴의 전율을 느끼며 몸을 떨곤 했다. 망망대해에 떠 너울 끝에 얹혀가며 근 20킬로미터에 걸쳐 주낙에 베이트를 달아 투승한 후 다시 양승하기까지 기다리는 서너 시간 동안, 사방이 수평선인 그곳에서 무언가 불쑥 나타날 것만 같은 알 수 없는 실체를 기다리며 가슴 졸여야 했던 30년의 세월들. 마치 두 눈을 가린 채 빛이 솟아나는 장소를 더듬어 나아가는 순례자의 고통과 환희로 점철된 듯한 세월도 가뭇없이 지나가, 이제 그곳을 떠나 사업을 접을 수밖에 없다는 낭패감이 곤혹스런 내밀함과 함께 그를 우울하게 만들었다.

그는 시선을 돌려 사무실 창밖을 내려다보았다. 작은 톤수의 어선들이 방파제 안쪽 내항에 줄지어 늘어서 있었다. 먼 대양의 흔적들을 묻혀 온 어선들은 마치 자신의 얼굴에 내려앉은 세월의 그늘처럼 검붉은 녹물로 번들거렸다. 돛대에 앉아 봄볕에 조는 갈매기처럼 항구의 내항은 은밀한 고요가 내려앉았다. 방파제에 막힌 물결이 독(dock)을 조용히 찰랑거릴 뿐이었다. 냉동 수산물을 부지런히 운반차에 옮기는 부두노동자들의 고함소리만이 아련한 소음처럼 들려왔다. 그는 시계를 들여다보며 감천항에서 냉동 창고를 운영하는 조 사장과의 약속을 생각했다. 옷걸이에 걸린 외투를 껴입고 사무실을 나왔다.

"내가 늦었제?"

"어데, 나도 금방 왔다. 어서 앉그라."

조 사장은 먼저 와 식탁 위에 놓인 신문을 읽고 있었다. 그는 아무런 격의 없이 평상심을 느끼게 해 주는 조 사장을 늘 편하게 생각했다.

"그래, 유 선장 글마, 정신 나간 놈 아이가? 아무리 아프리카라도 그렇지 세네갈은 좀 다른 거 아이가. 지그 경제 수역을 손바닥 보듯 감시하고 있을 낀데 대체 무슨 맘 묵고 그릴 들어갔다 카드노?"

소문은 이미 날개를 달고 수산업계에 퍼져 있는 모양이었다. 조 사장은 그가 자리에 앉자마자 아무리 생각해도 이해가 되지 않는다는 듯 언성의 도를 높였다. 김제호 사장은 자기 일처럼 걱정해 주는 조 사장이 고마웠다. 어디서 소문을 들었는지 위로주를 사겠다며 두 번이나 전화를 해 준 그이다.

하긴 원양어선을 타 본 선원들이면 다 안다. 공해상에 몇 년씩 떠서 생활하다 보면 본선에서 몇십 킬로나 떨어져 조업하는 배거나 혹 수평선을 지나가는 배에까지 시시콜콜 신경을 곤두세우는 촉수가 동물적으로 발달해 있다는 것을. 마치 지난 시절 동네 아낙들이 이웃집 대소사까지 지나친 관심을 가지듯 말이다. 그래서 원양어업에 몸담고 있는 사람들이면 자기 회사만의 기밀이란 게 어느덧 공공연한 비밀이 되고 마는 것을 모르는 이가 없었다.

"고길 보고 안 들어가는 놈이 어딨겠노? 옛날처럼 배부른 시절도 아이고. 한 달 동안 죽자고 건져 올려 봐야 개우 빅아이 5톤 정도라니……."

"자네같이 양심적인 경영인은 갠디기 힘들 끼다. 그래서 인자 배를 팔아 뿌고 회사를 접을라 카나?"

김제호 사장은 그의 시선을 피해 창밖을 무연히 쳐다보았다. 미리 주문해 놓았는지 음식이 들어왔다. 자갈치 시장의 왁자지껄한 소음이 함께 밀려들어 왔다.

"마, 한 잔 받아라. 사업하다 접는 기야 여자 애 낳는 일처럼 흔한 거 아이가. 운명이 다 되면 어쩔 수도 없고……. 조 사장, 니도 요즘 많이 힘들 낀데 우짤끼고? 시에서 원양 수산물 위탁어시장을 만든다는 소식이 있던데."

그는 친구가 자기를 걱정해 주는 것은 고맙지만 어차피 회사를 정리해야겠다고 방향을 잡은 만큼 그의 굳은 마음이 친구의 걱정으로 약해질까 두려웠다. 그래서 화제의 초점을 은근히 조 사장 쪽으로 넘겼다.

"공동어시장이 개장되면 대형 냉동 창고로 경쟁해야 할 낀데 나 같은 영세업자는 타격 받을 게 뻔하지. 허나 아직은 괘않다. 자네 말대로 이래도 저래도 안 되면 치아뿌면 될 거 아이가? 우리도 인자 안 늙었나. 늙는다는 건 서러운 일이제. 젊었을 땐 몰랐던 이것저것을 다알아 빼고 나이 뜨거운 열정도 시들어 그만 삭아 버리고……."

김제호 사장은 건네주는 잔을 받아 조금씩 마시면서 친구를 물끄러미 쳐다보았다. 조 사장과는 대학 동기였다. 조 사장은 기관학과 출신으로 그와 같은 회사 배를 탄 적은 없었지만 십수 년을 남대서양 어장의 파도 위에서 같이 생활했다. 어쩌다 운 좋게 같이 기항할 때면 출항 준비 기간 동안 서로 어울려 라스 골목이나 무예그란데 술집에 앉아 이국에서의 회포를 우정으로 달래곤 하였다. 그러다 조 사장은 어선 생활이 도무지 적성에 맞지 않는다며 일찍 배에서 내려 수산물 냉동 창고를 지어 운영하였다.

"그간 자네에게 가진 궁금증이 하나 있었는데 물어도 되겠나?"

"궁금증? 내가 지금껏 조 사장한테 무슨 비밀이라도 있었나?"

"내 언젠가는 한 번 물어볼끼다, 라고 생각해 왔다만……. 와 자네는 평생을 남대서양 어장만 그렇게 고집하노? 처음 원양어선 탈 때부터 시작해 선장이 되고 또 선주가 되어서도 그곳을 떠나 본 적이 없었제? 남들은 조업규제가 심해지고 어획량도 줄어들자 재빨리 다른 어장으로 옮기고 안 했나? 그래가 재미 본 회사도 많고……."

조 사장은 그의 고집스런 선택에 늘 안타까운 심정을 지녀왔다는 듯 그윽이 말했다.

"난 또 무슨 얘기라꼬. 궁금한 것도 많다. 내가 배를 오래 탔고, 그 후 선주가 돼 회사를 운영했지만 니도 알다시피 내가 가진 기술이란 게 블루핀이나 빅아이 잡는 거밖에 더 있나? 마, 씰데없는 소리 말고 술이나 한 잔 받거라."

"아이다! 무슨 이유가 있제? 그렇지 않고서야 평생을 파도와 싸워 가며 일바킨 회사를 이 지경으로 만들면서까지 그곳만 고집하것나? 와? 말하기가 싫나? 내가 한 번 말해 볼까?"

그는 조 사장의 진지한 표정에 갑자기 정신이 얼떨떨해지며 그의 입에서 무슨 이야기가 나오더라도 치명적인 상처를 받을 것 같은 예감이 스쳐 갔다.

"동생 때문이제! 대서양에서 사고로 죽은 동생 말이다."

역시 고통의 화살이 과녁은 제대로 뚫은 셈이었다. 너울 끝에 얹혀 어둠 속으로 쓸려가는 동생이 자기를 애타게 부르는 것 같던 아까의 꿈이 상기되었다. 짐승 같은 신음이 저절로 나왔다. 눈물이 핑 돌았다. 연이어 고통스런 기억이 술잔에 가득 담겨 파르르 떨렸다.

"오선3호 햇또(갑고수)가 바다에 떨어져 실종됐답니다. 수색 협조 전문이 왔습니다."

선장에게 보고하는 국장(통신장)의 건조한 목소리가 그에게는 하

늘이 무너지는 듯한 충격과 고통의 심연으로 곤두박질치는 비극적
어조로 들려왔다. 그의 배가 산타 카탈리나 항으로 돌아갈 준비를
하고 있을 때, 인근 어장에 있던 오션3호에서 전문이 급히 날아왔던
것이었다. 선장은 확인 후 즉시 항로를 바꿔 사고 해역으로 향했다. 4
시간을 항해해 사고 수역에 도착했을 땐 이미 주변에 있던 배들이 모
여 있었다.

선장끼리 통화하는 내용을 그는 브리지에서 가슴 졸이며 들을 수
밖에 없었다. 뿌려 놓은 주낙을 양승하던 중, 한 갑판원이 미처 부이
를 떼어 내지 못하는 바람에 일어난 사고였다. 부이가 주낙줄에 한데
엉켜 양승기에 감겨 올라오는 걸 본 햇또가 그 갑판원을 위험에서 밀
쳐 내는 와중에 그만 부이가 그의 머리를 쳤다는 것이었다. 얼굴이 피
범벅이 된 채 비틀거리며 바다에 떨어졌는데 그만 행방을 찾을 수 없
었다는 내용이었다. 모두들 정신없이 일하던 중 순식간에 일어난 사
고라 어찌 손을 써 볼 틈이 없었다고 했다.

모여든 배들은 일렬횡대로 선단을 이뤄 3일간 수색을 하였으나 동
생의 흔적은 어디에서도 발견되지 않았다. 그는 고통스런 절규와 절
망과 분노로 3일 동안을 입술이 부르틀 정도로 하얗게 지새웠지만,
대양에 떠 있는 조그만 배 안에서 동생을 위해 무엇 하나 할 수 없는
무력감에 깊은 상처만 안고 그곳을 떠날 수밖에 없었던 처절한 기억
이 아른거렸다.

조 사장은 그때 동생이 탄 배의 기관사였기 때문에 누구보다도 그
가 아픈 기억 속에 너울대고 있음을 짐작했다. 조 사장은 말없이 자작
하며 한동안 그를 내버려 두었다.

"미안타, 자네를 볼 때마다 너무 안타까바서……. 진작 이 말을 하고 싶었지만 차마 하지 못하고 지금까지 왔는 기라. 자네가 처음 산 배에 동생의 이름으로 선명을 지을 때부터 짐작은 했제. 인자 늦었지만 십수 년을 헤매고 다닌 걸로 할 도린 다 안 했건나? 그란다고 죽은 동생이 살아서 배에 오를 것도 아이고……."

김제호 사장은 소용돌이치는 기억 속에 갇혀 빠져나오질 못했다. 눈물이 주르륵 흘렀다. 동생은 유품을 제대로 남기지 못한 채 흔적도 없이 사라져 버렸다. 유품이래야 옷가지 몇 벌, 마스코트처럼 간직했던 모형 배 조형물 하나뿐이었다. 동생의 꿈은 오직 자기 배를 갖는 것이었다. 어떻게든 돈을 벌어 선주가 되겠다더니 동생은 꿈만 남기고 그렇게 갔다. 결국, 그는 노후선이지만 연승선을 인수해 동생의 이름으로 그의 꿈을 대신한 것이었다.

"뱃놈들은 말이제, 약간은 몽상적인 데가 있는 기라. 와 그리 되는 줄 아나? 사방을 돌아봐도 보이는 건 망망대해와 수평선밖에 없제, 늘상 고기와 파도와 싸우다 보면 자연적 현실 감각이 사라지게 되는 거 아이겠나. 밤이고 낮이고 간에 같은 크기의 바다에만 갇혀 있으이 늘 그곳이 아닌 다른 곳을 꿈꾸게 되는 것은 당연할 끼고, 그런 생활에 익숙해진 뱃놈들은 바다에선 터무니없는 육지를 꿈꾸고, 상륙해서는 또 오래 견디지 못하고 수평선이 자기를 부르듯 바다로 나가기만을 꿈꾸게 되제. 난 그게 싫어 배를 내려 냉동 창고나 지키고 있으니 진정한 뱃놈이 못 되는 기라."

그는 조 사장의 말이 자신을 두고 하는 것 같아 쓴웃음을 지었다. 그렇지만 '몽상적'이란 말에 지난 기억들이 머물러 상념의 우물을 만들고 있었다. 아득한 꿈의 높이에 매달려 있던 수평선. 뭔가 떠오를 것만 같이 막연한 가능성으로 하염없이 바라보던 수평선. 안개와 같이 희뿌연 바다 밑에서 '형!' 하며 동생이 불쑥 나타날 것 같은 환상을 더듬어 배를 몰고 다녔다. 그러나 바다는 언제나 그대로 있었을 뿐, 그의 간절함에 대해 아무것도 보여 주지 않았다.

"인자 배를 팔아 뿌고 회살 정리하면 뭐 할 끼고? 아, 아이다. 낼 모레면 칠십인데 쉴 때도 됐제."

"마, 걱정마라. 자네를 귀찮게 따라다니며 술 사라꼬 카진 않을 테이. 그라고 조만간 라스에 한 번 댕기와야겠다. 매물로 내 놨지만 그간 분신처럼 아꼈던 내 배를 마지막으로 한 번 보고도 싶고……."

"그래, 이참에 거길 가거든 자네 일뿐 아니라 동생의 일도 마 깨끗이 정리하고 오거라. 그간 마음고생 많았다 아이가."

그는 고개를 끄덕였다. 언젠가 동생의 시체를 찾으면 묻어 주겠다며 라스팔마스 외곽 산 라자로 선원공동묘지에 가묘를 만들었다. 그렇게라도 하지 않으면 비통을 견딜 수 없을 것 같아서였다. 이제 그곳에 가면 동생의 유품이라도 정리해 돌아와야겠다고 마음먹고 있었다.

"그라고 전에 자네 배를 탔던 그 보승 강씨 말이다."

조 사장은 회 한 점을 입에 넣고 우물거리며 말했다.

"누구? 보승이라 카면 강 노인 말이가?"

"맞다. 강 노인. 진짜 뱃사람이었던 그가 요즘 영 행핀없이 됐다 카데. 행색도 말이 아이고, 정신마저 온전치 못하단 소문이 나돌던데. 와? 금시초문이가?"

금시초문이었다. 구릿빛 얼굴에 다부진 체격으로 능란하게 갑판을 지휘하던 모습이 떠올랐다. 나이 들어 배를 내린 후, 바다와는 인연을 끊은 사람처럼 한 번도 그를 만나볼 수 없었는데, 그의 소식을 들으려고 오늘 꿈에 나타난 게 아닌지 이상스럽게 여겨졌다.

"정신이 온전치 못하다이?"

"거, 이상하네. 두 달 전인가 부두에 불쑥 나타나 이 회사 저 회사 사무실을 찾아다니며 난데없이 배가 언제 들어오느냐고 매일 똑같이 묻고는 나간다 카던데, 자네 사무실엔 오지 않았던 가배?"

"배가 언제 들어오느냐구 묻는다 말이가?"

머릿속에는 꿈의 장면과 그와 함께 생활했던 지난 기억들이 재빠르게 뒤섞여 지나갔다.

"하도 똑같은 질문을 매일 하니까 귀찮기도 하지만 요즘 그 양반이 나타나지 않으면 섭섭할 정도가 됐다고들 이야기하데. 근데 자네 사무실엔 왜 안 나타났을꼬."

김 사장은 생각 속에 잠겼다. 그가 2항사로 처음 배를 탔을 때, 보승 강씨에 대한 소문은 익히 들은 바 많았다. 라스팔마스 어장뿐 아니라 인근의 기니비사우, 코나크리, 모리타니 어장 등 남대서양을 꿰고 있었다. 아무리 국장이 인근 배에서 정보를 캐내고 경험 많은 선장이 탔다 해도 그 없이는 그렇게 빨리 만선을 기대하기 어려울 정도였다. 그는 물빛과 바람 냄새만 맡아도 빅아이가 어디로 몰려다니는지 찾아낼 수 있다는 등 가히 전설적인 존재로 불리고 있었다.

한 배를 탄 선원들은 그를 의지해 믿고 따랐으며 선장조차도 깍듯한 예우로 그를 대했다. 그러나 그는 늘 외로워 보였다. 작업이 없을 땐, 풋데크에서 먼 수평선을 망연히 바라보는 그를 쉽게 발견할 수 있었다. 그리고 김 사장이 동생의 사고로 견디기 힘든 시간들을 보내고 있었을 때, 가장 따뜻하게 감싸준 이도 그였다.

"보소, 2항사, 바다가 와 이렇게 시퍼런 줄 아능교? 수많은 뱃사람들의 죽음이 씻기 힘든 한으로 남아 저 파도 구비마다 서려 있기 때문인 기라요. 지금 당장은 이 죽일 놈의 바다로 뛰어들어 한 번 맞서고 싶겠지요. 그러나 그건 시퍼런 바다에 한을 하나 더하는 것에 지나지 않는 기라요. 이 거칠고 너른 바다에 우리 25명이 타고 있는 이 조그만 배를 한 번 보소. 지금은 살아 있다 해도 당장 폭풍이 몰아치면 어찌될 줄 모르는 기 뱃놈들의 운명인 기라. 뱃놈 가족 중 한이 없는 사람들이 없소. 그러니 동생도 바다가 되었다고 생각하소. 바다에 늘 동생이 있다고 생각하면서 이 바다와 함께 살아가는 기라요."

날카로운 인상에 비해 낮고 굵은 톤의 목소리는 대조를 이루며 비탄과 절망에 빠져 한없이 약해진 그의 마음을 어느 정도 진정시켜 주었다.

그는 조 사장과 헤어져 자갈치시장을 통해 사무실이 있는 남항 부두로 걸어왔다. 몇 잔 먹은 술의 취기가 계속해서 보승 강 노인에 대한 기억 속을 헤매게 했다. 해가 저무는 부두는 고요했다. 새벽부터 분주히 드나들며 수산물과 짐을 부려 놓던 어선들도 오후가 되면 한적한 휴식 속에 들어가고 냉동 창고의 작업마저 끝나는 저녁이 되면 부둣가는 정적이 내리듯 조용해지는 것이었다. 항구에 드리워진 냉동 창고와 수산회사 건물의 그림자가 하나의 현존처럼 짙은 실루엣으로 무게를 더해갔다. 그의 얼굴에도 굴곡진 주름이 부두 바닥을 더

럽히고 있는 비린내 나는 물웅덩이처럼 어둠으로 변해 갔다.

김 사장은 동시다발적으로 스쳐 지나는 혼란스런 기억의 침입을 제대로 막아 내지 못하는 노인의 유약함처럼 집요한 추억의 공세에 밀려 천천히 허물어져 갔다. 보승 강 노인이 사무실마다 찾아다니며 언제 배가 돌아오느냐고 묻는 모습이 기억의 틈바구니를 파고들었다. 그 기억은 먼 대양의 습기를 머금고 온 해풍과 함께 그를 산타 카탈리나 부두의 어둠 속으로 몰아넣었다.

몇 개월을 바다에 떠서 생활하다 기지로 귀항할 때, 수평선 너머로 테네리페 섬의 테이데 산이 어슴푸레 보일 즈음이면, 늘 수평적 생활에 익숙했던 선원들에겐 그야말로 수직 상승된 꿈과 환상 속에 들뜨기 마련이었다. 카탈리나 부두는 오랜 항해와 힘든 조업으로 지친 그들을 어머니 품처럼 정겹게 받아들이던 넉넉함이 있었다.

활처럼 굽은 해안도로를 따라 길게 늘어선 석조 건물들. 그 사이에 미로처럼 얽힌 좁은 골목에는 오래된 카페들도 많았다. 그 중 항구를 한눈에 내려다볼 수 있는 카탈리나 공원 아래 산타 크루주란 카페가 아련하게 떠올랐다. 200년이 넘었다는 건물의 내부는 배의 현창처럼 어둡고 침침했다. 돌로 쌓은 벽면에는 수많은 낙서가 기억의 파편처럼 흐릿한 불빛 아래 드러나 있고, 나무 탁자와 목로는 거의 검은색으로 번들거리고 있어 숱한 선원들이 스쳐 간 시간의 퇴적을 말해 주었다. 그곳은 주로 동양계와 남미계 선원들이 모여들었는데, 서로 섞여 알 수 없는 소리로 왁자지껄하게 떠들었지만 그래도 그들이 피우는 시가 연기와 포도주인 피노 향이 달콤하게 어우러져 오랜 항해로 지친 향수를 어루만질 고즈넉함이 있었다.

동생이 바다 속으로 흔적도 없이 사라져 버린 비통을 견디지 못해 배가 기항한 후 산타 크루주를 찾아 홀로 셰리주를 마시며 통음하고 있을 때, 술에 취한 보승 강씨가 곁에 와 말을 했다.

"보소, 2항사! 세상이 언제나 늘 그렇게 있을 끼라고 믿는 놈이 있겠능교? 그런 놈은 너무 순진하거나 아니면 바보것제. 왜냐하면 세상보다 인간이 늘 먼저 변한다 하지 않던교? 그러나 바다는 그렇지 않제. 바다는 말이오. 어제도 오늘도 내일도 변함이 없제. 늘 변함없이 언제 어디서곤 죽음을 음모하고 순산하니 말이오."

그의 말이 차츰 현실이 되었다고 생각했다. 대서양을 떠돌아다니는 동안 견딜 수 없을 것 같던 동생의 죽음에 대한 비통도 차츰 흐른 세월만큼 깎이고 희석되어, 라스팔마스를 떠나 부산으로 돌아와 수산회사를 운영해도 견딜 수 있게 되었으니 말이다.

그러나 보승은 늘 바다에 머물러 있기를 원했다. 부두에 내리면 그는 거의 말이 없어졌다. 카페 구석자리에서 혼자 셰리주를 마시거나 어두운 라스 골목을 걸어가는 그의 뒷모습에는 언제나 숱한 역경을 인내한 듯한 침묵만이 늘 맴돌았다. 혹 선원들은 그 침묵의 휘장 속엔 바다에서 죽은 부친과 형의 죽음이 있다 했고 또 다른 이는 딴 놈과 눈이 맞아 자식을 버리고 도망친 아내가 있다고 했다. 그러나 그건 확인할 수 없는 뜬소문 같은 거였다. 그는 누구에게도 자신의 이야길 꺼내지 않았다. 그런데 그가 바다에 나와 있을 땐 달랐다. 마치 밤하늘을 밝히는 항성처럼 생기가 맴돌았고 눈에는 야수 같은 정기를 느낄 지경이었다. 영락없는 뱃사람이었다.

신비한 베일 속에 있던 보승도 세월이 흐르자 차츰 전설 같은 소문

속에서만 존재하게 되었다. 예순이 넘어서는 그의 늙음이 과거의 전설을 대신하진 못했다. 결국 김제호 사장이 선주로 있는 제승2호를 마지막으로 배에서 내린 후 행방을 감추었다. 따라서 그의 소식도 가뭇없이 사라져 버렸다. 그런 그가 요즘 남항 부두에 나타났다니. 김 사장은 어두운 부두 길을 걸으며 내내 그의 생각에 빠져 있었다.

그는 천천히 걸었다. 새벽 출항을 위해 불 밝힌 몇몇 소형 어선 이외엔 모두 은밀하게 내려진 어둠의 베일 속에 한 몸이었다. 그는 저물어 가는 운명의 어둠과 같은 기억 속을 헤매다 냉동회사의 담벼락이 가로막아 기역자로 꺾인 길에 다다랐을 때, 구석진 곳의 허름한 술집에서 새어 나오는 고함소리를 들었다. 부둣가에 널린 널빤지를 주어다 얼기설기 세우고 천막으로 그 위를 덮은 간이 건물이었다.

"니, 뭐시라 캤노! 뭐라? 내가 이래도 대서양 카나리아에서 제승2호 보승까지 한 몸이다. 니그같이 연안이나 돌아댕기며 멸치 떼나 쫓는 놈들과는 다르다꼬."

"보승 좋아하네. 상갓집 개처럼 기웃거리며 여기저기서 술이나 얻어먹는 주제에 뭐……."

그는 안에서 흘러나오는 제승2호 보승이란 말에 자기도 모르게 발걸음을 돌려 허리 굽혀 안으로 들어갔다. 어둡고 좁은 실내엔 원형 탁자를 놓고 젊은이 세 사람이 둘러앉아 술을 마시며 빈정거리고 있었고, 그들 앞에 꾀죄죄한 옷차림으로 허리까지 굽은 웬 노인이 제 분을 참지 못한 듯 팔을 걷어 삿대질을 하고 있었다.

"못 믿는다는 말인가? 그래, 함 보이 주까?"

그러면서 노인은 상의를 들어 올려 배를 내밀어 보였다. 살가죽을 짓이겨 놓은 듯한 상처가 흐릿한 불빛에 드러났다.

"이기 다 내가 갑판을 지휘할 때, 블루핀을 양망하다 너무 마이 그물에 담겨 주승이 터지는 바람에 재빨리 호이스트로 걸어 감아올리다 딸려 들어가 생긴 상처다. 야, 이 자석들아. 이 상처가 얼마짜린 줄 아나? 블루핀 20톤짜리다. 내가 죽음을 무릅쓰고 호이스트를 걸지 않았다면 그때 돈으로 십오만 불은 물거품이 될 뻔한 기라. 또 그물은 우찌 돼구……."

"영감! 마 그만 하소. 그게 언제 적 소린교? 술만 취하면 그 소리 아잉교? 듣기 좋은 꽃노래도 한두 번이어야 말이제……."

김 사장은 노인을 찬찬히 훑어보았다. 그가 처음 배를 탔던 대양수산 소속 선미식 트롤선의 주자(조리장)였음을 금방 기억할 수 있었다. 높은 풍랑 때문에 주방에서 끓던 국이 그의 배에 쏟아져 한바탕 소동이 벌어졌던 일이 생각났다. 희미한 웃음이 저절로 나왔다. 정작 그때 호이스트를 걸어 위기를 모면하게 했던 사람은 보승인 강씨였다. 그의 인기척에 뒤를 돌아보던 노인은 깜짝 놀란 표정을 지으며 말했다.

"아이고, 이게 누군교? 선장님! 아니 김 사장님 아입니꺼? 우찌 이런 데서 다 만나다이."

술내가 확 풍겨 왔다. 주름진 그의 얼굴은 고생으로 균열되어 하루하루의 생이 간단치 않았음을 말해 주었다. 늙어서도 부둣가를 떠나지 못하고 이리저리 돌아다니며 한 잔 술을 구걸해야 하는 그의 모습에 연민이 겹쳐졌다. 김 사장의 가슴에는 쓸쓸해진 우울의 그림자가 한 차례 쓸려갔다. 그는 노인의 손을 이끌고 밖으로 나왔다. 젊은이들에게 인간 대접 받지 못하고 거지 늙은이 취급당하는 모습이 보기 싫었다.

"반갑심더, 사장님! 근데 내 꼴이 영 말도 아이지요? 그렇게 됐심더. 비록 주자로 오랫동안 배를 탔지만 우리 같은 뱃놈들은 어데 한 군데 진득하게 붙어 있을 수 있어야 말이지예. 배 내려 차린 음식점도 마 다 말아묵고, 기술도 없는 늙은 놈 어데 쓰겠다는 곳도 하나 없으이……. 근데 저긴 와 들어왔능교? 술 자시러 온 건 아일 끼고……."

그는 몸을 제대로 가누지 못한 채 게슴츠레해진 눈으로 올려다보았다. 김제호 사장은 그곳을 지나다 제승2호 보승 이야기가 들려 혹시 강 노인인가 싶어 들어가게 됐노라고 말했다.

"밖에서 다 들어뺏는 모양이네예. 내 참 우세시러바서 우짜노. 근데 그 보승 강 노인 소식을 아능교? 그렇게 영민했던 사람이 와 그리 됐는지……. 영 행핀없이 됐심더. 전에 같이 배를 탔던 1기사 정씨 말로는 배에서 내린 후, 육지 생활이 맞지 않은지 방향을 못 잡고 술에 절어 살다, 인생이 안 될라꼬 그랬는지 집사람마저 암으로 오랫동안 앓다 죽고 나서부터 마 사람이 이상하게 됐다 카데예. 인자는 사람도 못 알아보고, 꼭 정신 나간 사람 맨크로 이리저리 돌아다이며 무신 배를 기다리는 줄 모르지만 배가 언제 들어오느냐고 맨날 묻고 다니는데, 그 나이에 배를 탈 수도 없을 끼고 또, 누가 배 태워 주기라도 하겠능교?"

그는 숨이 차는지 띄엄띄엄 낮은 목소리로 말을 이었다.

"그라면서 낮이면 가끔 저기 남항 방파제에 앉아 먼 바다만 치다보고 있는 기라요. 내가 소주 한 병 얻어가 갈라 묵기도 했지만서도……. 이건 할 말이 아이지만 보승은 늙어 추잡어지기 전에 마 바다에 빠져 죽었어야 하는 사람이라요. 바다에 빠져 죽었다면 그 냥반은 영 전설이 됐을 낀데……. 고기가 뭍에서 살 수 없드키 그 양반도 바다를 떠나 살 수 없는 운명을 타고 났는 기라요. 아니, 보승 강씨만큼 바다를 아는 뱃놈이 어데 있던교?"

김 사장의 얼굴에 회한이 스쳐 갔다. 그들과 한 배를 타고 생활했던 지난날이 한순간에 겹쳐 지나갔다. 김 사장은 그를 물끄러미 바라보더니 외투 안주머니에서 지갑을 꺼내 돈이 잡히는 대로 그에게 쥐어 주었다.

"보소, 맨날 술이나 묵지 말고 필요할 때 쓰소."

그는 마치 과거의 인연에 대해 해 줄 수 있는 것이 이것뿐이라는 듯 허탈한 어조로 말하고는 어두운 길을 향해 돌아섰다. 주자였던 노인은 돈을 두 손에 움켜쥐고 "이라면 안 되는데, 안 되는데"를 연발하며 어둠 속을 걸어가는 그의 뒤에 대고 허리를 굽실거렸다.

김 사장은 사무실 쪽으로 향했다. 마음 한구석의 상처가 썰물에 쓸려나가는 것 같이 아려 왔다. 그 상처는 보승이나 주자나 자신이 모두 운명의 매듭을 풀지 못해 어쩔 수 없이 그 속에 갇혀야 하는 노년의 고독 같은 거라고 생각했다. 매듭은 역시 바다였다. 젊었을 때 바다는 늘 새롭게 떠나는 설렘이었고, 막연한 환상이었고, 시시각각 채색되는 미지의 공간이었다. 그러나 동생의 죽음 이후 바다는 늘 타고 넘어야 할 고통스런 현실이 되어 버렸다. 파도 굽이마다 맺혀 풀리지 않는 시퍼런 한이 되었다.

보승은 동생이 죽어 바다가 되었다고 생각하라 했지만 정작 그는 또 무슨 맺힌 한이 있어 그 나이에도 바다를 못 잊어 나가려고 하는지 알 수 없는 일이었다. 모두 바다에서 건져 올린 생의 무게만큼 지금 고통을 느끼는 것이라고 생각했다. 서글픔도 밀려왔다. 미화하고 조작된 과거의 모습에 매몰되어 현재의 누추함을 대신하려는 몸부림은, 끝이 다 닳은 헌 옷처럼 미약한 바람에도 올이 풀려 너덜너덜해진다는 느낌이 들었다. 어디서 뱃고동 소리가 길게 울렸다. 그게 출항을 알리는 것인지 귀항을 알리는 것인지 알 수가 없었다. 그는 자기 자신이 너무 과거형으로만 생각하는 게 아닌가 하는 의문이 들었다.

다음날이었다. 회사 사무실에 출근하니 벌써 라스팔마스에 있는 정 이사로부터 팩스가 도착해 있었다. 거래가 성공리에 성사되었다는 내용과, 김 사장이 라스에 도착하는 대로 선적항을 모리타니로 등록할 준비가 다 되어 있다는 내용도 부기되어 있었다. 역시 그다운 빠른 솜씨였다. 정 이사는 김 사장이 선주 겸 선장으로 배를 탈 때부터 아는 사이였지만 제승수산의 현지 주재원은 아니었다. 라스팔마스를 기지로 하는 소규모 수산회사들의 보험관계, 입어 라이센스 업무, 사고처리와 선박 매매업까지 대행하는 현지교민으로 능력과 수완은 이미 정평이 나 있었다.

그는 서류를 밀어 놓고 의자에 기대어 눈을 감았다. 제어할 수 없는 기억들이 대서양의 검푸른 파도 위에 넘실거리며 카나리아제도의 아름다운 풍광 속에 속절없이 허물어져 갔다. 반평생 동안 지나온 시간들이 방 안에 밀려든 허무에 의해 하나하나 해체되어 감을 느꼈다. 그렇게 오랫동안 마음을 들뜨게 하고, 긴장과 불안에 억눌려 한없이 웅크린 자신을 놓아 버릴 수 있었던 카탈리나 부두에도 허탈의 그림자가 짙게 드리워져 버렸다. 그는 숙명에 의해 허물어지는 자신의 모습에 늙음과 같은 황폐함을 느끼며 이제 미련을 접어야 된다고 생각했다.

그는 밖으로 나와 방파제 쪽으로 걸었다. 아무렇게나 널어놓은 그물과 부이, 해저에 오랫동안 박혀 있다 끌어올린 듯한 녹슨 앵커, 구부정한 허리로 항구 안을 물끄러미 들여다보는 기중기, 오랫동안 자기 생의 무대에 배경 그림처럼 등장했던 그것들도 이제 그의 흩어진 마음을 붙잡지 못했다. 영도의 해안 절벽을 끝으로 대양을 향해 열려 있는 묘박지에 배들이 떠 있었다. 배들은 역광에 비친 윤곽뿐으로 항로를 잃어버린 채 화석처럼 굳어 있는 듯 보였다. 방파제 끝의 등대가 눈에 들어왔다. 그가 짐작했던 대로 등이 굽은 한 노인이 등대의 구조물처럼 오도카니 앉아 먼 바다를 바라보고 있었다.

가까이 다가갔다. 보승이었다. 인기척을 느끼지 못하는 노인은 고독으로 탈진된 듯한 두 눈에 배 두 척을 담고 있었다. 풋데크에 서서 먼 수평선을 바라보던 지난날의 모습이 노년의 정체된 슬픔 속에 고스란히 용해된 것 같았다. 대양으로 나갈 수 없다는 숙명적인 한계가 두터운 그늘을 이루어 그의 눈을 무겁게 누르고 있었다. 이제 바다는 보승이나 그에게 무엇으로도 채색할 수 없는 추상적인 대상으로 변해 버렸음을 아프게 느꼈다. 그는 내부 속에 밀폐된 어떤 설움을 애써 참으며 나지막하게 말했다.

"보승, 이제 배는 돌아오지 않소. 배는 돌아오지 않는다 말이오!"

그 소리는 갈매기 울음에 뒤섞여 꼭 자기한테 말하는 것처럼 공허하게 들려왔다.

선셋 Sunset

내게 준비된 건 허무의 바다뿐이에요.
당신이 내게 안겨 온다면 우린 그냥 고
통의 한 몸이 되는 거예요. 그런데 그 다
음에 남는 건 뭐죠? 뭐가 남는 거죠?

상처받지 않은 사람은 먼 길을 떠나지 않는다.

나는 지금 길을 걷고 있다. 몹시 피곤하다. 도대체 며칠을 이렇게 걸은 것일까. 그동안 잠을 자기라도 한 걸까. 나의 의식과는 관계없이 움직이는 다리는 끊임없이 이어지는 길만 따라 무작정 걸어왔음이 분명하다. 어디든 길은 길로 이어졌었으니까.

발끝에서 일어나는 흙먼지 같은 부연 의식으론 아무것도 기억할 수가 없다. 스산한 바람에 낙엽을 굴리는 길만이 피곤한 나를 이리저리 끌고 다녔다. 걷는 동안 길은 나에게 많은 생각을 하게 만들었고 내가 생존해 있음을 확인할 수 있는 유일한 통로처럼 다가왔으나, 지긋지긋하게 괴롭히는 이 무기력의 시간에 대해서는 입을 다물고 좀처럼 열지 않았다.

길이 언덕 너머 허공으로 사라지려 하고 있다. 바쁜 걸음으로 재를 넘어가는 어머니를 바라보다 뒤늦게야 울며 뒤따르는 아이의 심정으로 허위허위 언덕 위에 올라서 본다. 사라질 듯한 길은 다행스럽게 아래의 해안도로로 이어지고 그 왼편으로 시퍼렇게 얼은 바다가 시야에 가득 들어온다. 황급히 올라오는 바람에 피곤해진 다리를 잠시 놓아두고 양지 바른 둔덕에 걸터앉아 아래를 내려다본다. 바다로 이어지는 노해에는 보리밭이 바다와 닮아 있고 옹기종기 모여선 해송들이 바닷소리를 내고 있다. 그 아래 언덕에 하얀 등대의 탑이 머리 부분으로만 보인다. 갑자기 울음이라도 터뜨리고 싶은 심정이다. 아, 바다 냄새를 가슴속 깊이 가득 담고 싶어.

등대에는 온통 바람 소리뿐이었다. 해안절벽에 부딪치는 파도는 하얀 포말로 부서지며 거친 숨소리를 내었다. 바람에 날려 온 바다 냄새가 텅 빈 머릿속을 소용돌이로 채웠다가 '덧없음'이란 의미만 남겨 놓고 사방으로 흩어져 갔다. 절벽 아래를 내려다본다. 까마득한 현기증. 내 몸이 가볍게 날아 파도처럼 그렇게 부서져 버린다면, 가슴 가득한 이 허무는 하얀 포말을 이루었다 과연 어디로 사라져 갈 것인가…….

등대에서 얼마 떨어지지 않은 언덕 위에 카페 〈선셋〉이 있었다. 세모꼴의 지붕과 통나무 벽, 조그만 창문, 알프스 산록의 어느 집을 그대로 옮겨다 놓은 듯한 느낌을 주는 카페였다. 검은 유리문을 밀어 안으로 들어갔다. 원두커피의 향내와 미송에서 풍겨져 나오는 수향이 잔잔히 어우러지면서 코를 부드럽게 자극했다. 너무 어두운 실내조명. 조그만 창을 통해 들어오는 햇살이 어두운 공간을 빗살무늬로 수

놓았다. 어둠의 분위기에 익숙지 않아 한동안 어정쩡한 모습으로 서 있다가 창가의 자리로 옮겨 어깨에 멨던 가방을 놓고 의자에 앉았다.

창밖에는 등대가 있는 언덕 너머 초승달 같은 백사장의 끝이 보이고, 그 너머로는 바다로 인해 길이 막힌 산들이 역광 때문인지 희미한 보랏빛 윤곽으로만 길게 이어져 있음이 눈에 들어왔다. 웨이터가 주문을 받으러 와서야 테이블 하나 건너 카운터 근처에 앉아 나를 지켜보고 있는 여인을 발견할 수 있었다. 목을 길게 내민 채 팔을 괴고 비스듬히 앉아 있었는데 검은 물결 같은 숱 많은 머리카락이 어깨와 팔을 온통 가리고 있었다. 실내의 어둠과 짙은 연미복 차림의 옷을 입은 탓인지 드러난 목덜미와 얼굴이 유난히도 희게 보이는 것이 루벤스의 배경 짙은 인물화를 대하는 느낌이었다.

그러나 난 피곤했다. 그녀가 만들어 내는 아름다운 실루엣도 귀를 간질이는 감미로운 음악도 가슴 가득한 뿌연 안개 속에서 무력했고, 그 위에 무겁게 쏟아지는 피곤의 심연이 나를 깊게 가라앉혀 버렸다.

"몹시 지친 모양이죠? 이곳은 처음인 것 같고."

잠결을 스치는 여인의 목소리에 눈을 떴다. 맞은편에 앉아 턱을 괴고 있는 여인의 모습이 가물거렸다. 테이블 위엔 아직 뚜껑을 따지 않은 맥주병과 빈 잔이 가지런히 놓여 있다. 호주머니에서 담배를 꺼내 불을 붙이는 동안, 여인은 빈잔 가득 술을 채워 준다. 하얗고 긴 손가락 위로 하얀 거품이 흘러내렸다.

"너무 급하게 마시지 말아요. 손님께선 시간이 넉넉지 않은가요. 술이 몸에 들어가면 그만 바스러질 것 같애."

텁수룩한 수염과 먼지에 절은 토퍼를 보고 짐작했는지 모르지만,

갑자기 성숙해진 것 같은 연민을 보내오는 느낌이 나의 심기를 불편하게 했다.

"무슨 시간 말입니까? 덧없는 삶의 입장으로 측정한 시간 말이오. 나는 그런 시간이 무언지 몰라요."

"그럴 줄 알았어요. 여기 오는 손님들은 대개 한정되어 있거든요. 새해맞이 일출 행사 시기엔 발 디딜 틈도 없이 번잡하다가도 이틀만 지나면 언제 그랬느냐는 듯 썰물처럼 빠져나가지요. 그리고 나면 이곳과 등대 주변은 지금의 적막한 모습을 되찾아요. 그리곤 가끔씩 찾아오는 연인들이나 아니면 손님과 같은……."

내 모습이 그녀에게 어떻게 비치든 상관없다. 나는 피곤할 뿐이고, 갑자기 마신 술 때문인지 약간 몽롱해지는 기분이 창문에 비쳐든 햇살에 보이는 먼지같이 실내를 둥둥 떠다니고 있었다. 불현듯 'Sun rise Sun set'이란 팝송의 가사가 떠올랐다. 그리고 약간은 무료하게 앉아 있는 그녀에게 배려도 할 겸 카페 이름을 그녀가 지었느냐고 물었다.

"예. 그렇지만 내가 주인은 아니고 그저 지켜 주는 여자에 불과해요. 그런데 괜찮지 않아요? 선셋, 세상 어디 해지지 않은 곳이 있나요?"

축축하게 젖은 우수의 그림자가 그녀의 커다란 눈망울 위로 설핏 지나갔다.

"무엇이 괜찮다는 거죠. 카페 이름이? 아니면 이런 호젓한 생활?"

그녀는 입가에 잠시 머무는 미소를 보냈다.

"둘 다죠. 남들은 이런 생활이 무료하지 않느냐고 자주 물어요. 그럴 때마다 전 어떻게 대답해야 할지 몰라 곤란해지곤 하죠. 사실 이렇게 손님이 없는 날이 거의 다거든요. 그러다 보면 사람이 그리워 제가 직접 손님을 접대할 때가 많아요. 손님들의 갖가지 이야기나 사연을 듣는 게 거의 일상이 되어 버렸거든요."

매력적인 여자였다. 자세히 보니 삼십대 초반은 넘긴 듯하고 갸름한 얼굴 양옆으로 길게 늘어뜨린 검은 머릿결, 기다란 목, 균형 잡힌 몸매가 우아하면서도 서구적 미모를 풍기기에 충분했다. 다만 커다란 눈에 담긴 우수가 그녀를 슬프게 보이도록 만들었다. 그러나 진주처럼 반짝이는 슬픔의 우수도 보는 사람에 따라서는 매력으로 여겨질 정도였다.

하지만 나는 그녀에게 들려줄 이야기가 많지 않았다. 대학 졸업 후, 십 년 동안 다닌 직장을 그만둔 이유나 아내와의 평탄치 못한 결혼생활 등 갑자기 허무로 녹아내린 삶의 찌꺼기를 털어 내지 못해 이리저리 헤매고 있는 나 자신을 말하고 싶지 않았다. 어디든 길은 있었지만 나에게는 길이 보이지 않았다. 어렴풋이 길의 끝을 짐작할 수 있었지만 그것은 죽음의 다른 이름에 지나지 않음이 나를 무력하게 만들었기 때문이었다.

서로의 침묵으로 대화는 단절되었다. 나는 술만 들이켰다. 그녀는 나무 벽에 비스듬히 기대어 눈을 감고 있었다. 속눈썹 끝이 영롱한 보석처럼 햇빛에 반사되었다. 그녀의 석고상 같은 얼굴을 가만히 들여다보니 마치 온몸의 피가 모두 빠져나가 더 이상 뺨과 목을 물들이지 못할 것만 같았다. 나는 다소 엉뚱한 상상을 했다. 만약 이 여자가 죽는다면 아마 이런 모습으로 발견되지나 않을까…….

갑자기 아내의 모습이 그녀 위에 겹쳐졌다. 뭇 사내들에 둘러싸여 입술 자국이 군데군데 묻은 술잔을 내밀면서 고개를 젖혀 깔깔대는 아내의 모습. 반쯤 드러난 아내의 가슴에 사내들의 탐욕스런 시선이 빨간 꽃으로 피어나고, 어깨를 껴 안겨 한쪽 품에 들어간 것을 감읍해 하는 녀석들의 비굴한 조아림들. 그동안 벼려 왔던 분노와 질투의 칼을 양손에 쥐고 충혈된 눈으로 그곳을 찾아 들어갔을 때, 아내는 말했다. 병신! 업무 연장인 줄 몰라? 그것도 이해 못 해!

그날 밤, 술이 취한 채 한없이 헝클어진 모습으로 잠들어 있는 아내의 모습을 내려다보았다. 젊음이 사라져 버린 얼굴 위에 달빛이 가득 비치고 있었다. 아무렇게나 지워 버린 화장기 틈으로 가늘게 흘러나온 눈가의 주름살, 오만한 콧날, 완고한 입술. 아, 쓸쓸한 표정이여, 과연 이 여자가 나의 열정을 송두리째 앗아간 바로 그 여자란 말인가. 나는 결코 이 여자를 사랑하지 않아. 사랑할 수 없어. 나의 잔인함과 냉혹함은 떨리는 두 손이 되어 그만 아내의 목을 힘껏 누르고 싶었다. 죽이고 싶어, 그래, 죽이고 싶어…….

눈이 번쩍하는 강한 충격이 어깨를 관통했다. 나는 테이블 위에 그대로 엎어졌다. 병과 컵이 바닥에 떨어져 깨지면서 하얀 거품을 일구었다. 목덜미를 붙잡혀 우악스럽게 일으켜 세워지는 동안 그녀의 놀란 표정이 파도처럼 일렁거렸다.

"내가 대체 무슨 짓을 한 거죠 예? 무슨 짓을……?"

어깨가 결리는 심한 통증을 간신히 견디며 고개를 돌려 보니, 공격 자세를 한 웨이터가 금방이라도 주먹을 뻗을 기세였다.

"가만가만, 왜 이러는 거요? 내가 무슨 짓을 했기에……."

몽롱한 의식 속엔 어깨의 통증뿐이었다. 웨이터에게 질질 끌려나가며 죽을힘을 다해 버둥거렸으나,

"같잖은 새끼, 이분이 누구라고 감히 추행을 하려고 덤벼! 뼈를 확추려 버리기 전에 어서 꺼져 이 새끼야!"

욕지거리와 함께 내 몸은 문 밖으로 튕겨 나갔다. 왼쪽 어깨를 감싸 안으며 처연히 뒤돌아보니 그녀는 창가에 기대서서 나를 물끄러미 바라보고 있었다. 나는 영문을 모른 채 비틀거리면서 그곳을 뒤로 했다. 내가 무슨 짓을 한 거지? 무슨 짓을 했기에……. 욱신거리는 아픔이 술기를 몰아내고 그 자리에 똬리를 틀었다. 피곤함도 그와 가세하여 나를 어지럽히면서 괴롭혔다. 어디라도 가서 좀 쉬어야겠다는 생각뿐이었다. 아, 좀 쉬고 싶어.

바닷가에 게딱지처럼 붙은 마을을 찾아 언덕을 내려갔다. 야트막한 돌담을 의지하여 겨우 선창에 내려섰을 때, 방파제 옆 공터에서 웬 확성기 소리가 울려 퍼지고 있었다. 타이탄 트럭의 짐칸에 연단을 만들어 놓고, 합판으로 막은 한쪽 면을 선거용 벽보로 가득 채운 벽보 속의 주인공이 쉰 목소리로 토해 내는 고함소리가 귀에 가물가물 들려왔다.

내가 늘 존경해마지 않는 나사리 주민 여러분, 우리 면 내에서도 가장 오지로 낙후되어 있으면서 정부의 혜택이라곤 눈곱만치도 받아보지 못한 우리 나사리 주민 여러분!

그가 고함을 지르는 트럭 앞에는 거동이 불편할 것 같은 노인 몇이 쪼그려 앉아 있었고, 햇빛에 그을려 겉늙어 보이는 중년들은 군데군데 모여 팔짱을 낀 채 서로들 이야기에 열중이었다. 아이들이 그 앞을 뛰어다니며 까르르까르르 웃어 젖혔다.

이제 기회가 왔습니다. 저 등대의 불빛처럼 서광이 비치기 시작했습니다. 김오탁, 저를 군 의원으로 밀어 주십시오. 여러분도 보지 않았습니까? 지난 새해맞이 일출을 보러 구름처럼 모인 수많은 관광객들을. 이곳은 천혜의 조건을 갖춘 일출 장숩니다. 이곳이 관광 특구가 되면 여러분들은 생계 걱정하지 않고도 정붙이고 살 수 있습니다. 나 김오탁, 밀어 주십시오. 내가 만들겠습니다.

유세장이 썰렁함에도 피를 토하듯 외치는 그의 정성은 대단했다. 타이탄 옆에는 빈 봉고 두 대가 서 있었는데 노인들의 시선은 연단보다 그곳에 쏠려 있었다. 나는 비틀거리면서 그들 사이를 지나 담벼락에 흰 페인트로 '민박'이라고 쓰인 집을 찾아갔다. 어깨의 통증은 좀 덜했지만 자꾸 밑으로 감기는 피곤만큼은 지칠 줄 몰랐다. 몸을 누이고 쉬고 싶었다. 집 앞을 서성이는데 뒤에서 웬 여자의 목소리가 들려왔다.
"누굴 찾능교?"
"요즘 민박을 합니까?"
그녀는 나를 위아래로 살피더니 영 마뜩찮은 표정을 지었다.
"울매나 있을라꼬 그라는데?"

나는 그녀의 심중을 재빠르게 알아채고 얼른 손가락 하나를 내밀어 단 하루임을 알렸다. 그녀는 내 손가락을 바라보며 잠시 머뭇거리더니 대문 안으로 들어가며 따라오라고 하였다. 그리고는 안채 옆에 아무렇게나 지은 별채를 가리켰다.

"방 청소도 해야 하고 보이라도 때야 하룻밤 지내제. 저 툇마루에 좀 앉아 쉬소. 방은 금세 따시질 끼구만."

나는 툇마루에 앉아 어지럽게 놓인 어구에 몸을 기댔다. 해가 서쪽으로 뉘엿뉘엿 지고 있었다. 산등성이로 번져 나온 해의 잔광이 바다와 하늘을 벌겋게 물들였다. 하루, 하루라. 그녀에게 무슨 의미로 단 하루만을 알린 것인가. 단지 그녀가 수용할 수 있도록 제시한 의미였다면 그것은 긴 나날들에 비해 매우 짧음을 말했을 것이다. 그러나 나에게서 하루란 권태로움의 긴 시간이었다. 출구가 보이지 않는 터널을 막연히 헤매는 자에게 엄습해 오는 공포와 절망의 시간들을 어찌 하루의 짧음으로 재단할 수 있을까.

그녀는 걸레를 들고 다니면서 혼잣말을 내뱉었다.

"미친 자슥, 관광특구로 맨든다꼬 여기 땅 헐값에 다 사 논 다음, 장사도 안 되는 카펜가 뭔가를 지어 그 여시 같은 년을 턱 앉혀 놓았을 땐, 다 이유가 있었던 기라. 허가 나면 떼돈은 누가 버노? 마 정치한다 카는 놈들은 말케 도적놈 할애비제. 흥, 내가 지 저녁 한 그릇 얼어묵고 표 찍어 줄 줄 알면 오산인 기라. 내가 그렇게 뱉 없는 년인 줄 아는 가배."

그녀는 방바닥을 걸레로 벅벅 문지르며 식식거렸다. 그리고는 나에게 들어오라는 손짓을 했다. 내가 방으로 들어가니 그녀는 문지방을 내려서며 손을 내밀었다. 호주머니에서 돈을 꺼내 주며 물었다. 저 위의 카페 주인이 아까 그 입후보자이냐고.

"그건 와 묻소? 손님도 거길 가 보았는 가배. 그 여시 같은 년 조심하소. 김오탁인가 뭔가 하는 놈의 첩사이요 첩사이. 그것도 모르고 침을 질질 흘리는 남정네들 참 딱도 하제. 그저 젊은 년이라 카면……."

문을 닫고 방 안 구석에 놓인 이부자리에 그대로 엎어졌다. 곰팡내가 코에 가득 들어왔다. 상관없었다. 미지근해 오는 방이 어서 절절 끓어 그 뜨거움 속에 푹 파묻히고 싶었다. 모로 돌아누우려니 어깨가 심하게 결렸다. 조심스럽게 돌아누워 천장을 올려다보았다. 바다로부터 밀려온 어둠이 파도처럼 일렁거리면서 애써 가라앉혔던 기억의 잔해를 아프게 일깨웠다. 내가 도대체 그녀에게 무슨 짓을 했을까. 무슨 짓을 했던 걸까.

그래, 그때 난 아내 생각을 했어. 아내, 아내와 난 서로 사랑하던 사이였을까. 아내는 결혼 후 아일 갖길 원하지 않았어. 그건 단지 다니던 직장을 그만둘 수 없다는 이유였지. 여자도 직장을 가져야 능력을 펼 수 있고, 그래서 인간다운 대접을 받는다고 말이야.

내가 다니던 생명보험회사를 그만두었을 때, 아내는 말했어. 그따위 낭만적 치기 때문에 회사를 그만둬? 당신 지금 제정신이야? 남들은 구조조정 피하느라 상사의 똥구멍이라도 빨면서 발버둥치는 줄 몰라! 그들은 인격이고 배움이 당신만 못해서 그러는 줄 알아? 어디 배부른 수작을 부려. 이게 다 사는 거야. 다 그렇게들 살아. 뭐야, 남자가 나약하게……. 그래, 보험료 지급판정은 당신 업무니까 냉정하게 처리해야지. 뭐, 죽은 사람을 놓고 한 푼이라도 더 받으려 악을 쓰는 유가족들이 너무 비인간적이라고? 그런 그들과 매일같이 승강이 질해야 하는 그 일이 뭐? 인간으로서는 차마 할 짓이 못된다고? 웃기고 있네. 당신이 그렇게 고상해! 나를 봐. 여자로서 과장이 돼 부하직원 거느리는 게 쉬운 줄 알아? 나도 고민이 많다구.

아, 그래, 당신은 당신의 용기와 자존심으로 당신의 미숙함을 충분히 숨길 줄 알지. 불리한 상황을 이용할 줄 아는 천부적 소질도 있구. 그래서 남들보다 술을 더 먹으려 했고, 그들보다 더 진한 농담과 상스런 욕설로 여자로서의 자신을 감출 줄도 알아. 당신이 옳아. 나는 나약했어. 그러나 당신은 나를 사랑하지 않았어. 당신이 사랑한 건 당신 자신뿐이야. 그래! 그게 어쨌다는 거야? 남자가 위약해서 사회 적응이 안 되는 게 무슨 특권이라고 자랑이야! 병신같이! 병신 같은게……. 죽이고 싶어. 아, 죽이고 싶어.

불행의 극한까지 왔다는 절망감도 시간이 흐르자 새로운 안정을 안겨 주었으나, 그것은 또다시 견딜 수 없는 독한 허무감의 다른 모습에 지나지 않았다. 가물거리는 의식은 피로와 권태가 한 덩이로 엉켜져 깊은 잠의 나락 속에 빠져들게 하였다.

밖에서 여자들이 싸우는 고함소리에 잠을 깼다. 몸은 물먹은 복어처럼 무거웠으나 어둠의 빛이 눈에 들어와 하얀 의식을 밝혀 주었다.

"니가 부녀회 회장이면 회장 일이나 똑바로 해라. 니가 뭔데 선거에 나서긴 나서노? 뭐, 표를 몰아 주자꼬? 니가 돈 받아 처묵고 그런 짓 하나?"

"허, 이년이 생사람 잡네. 니가 내 돈 묵는 거 봤나, 봤나?"

"그럼 니년이 돈 안 묵었으면 그렇게 나서것나. 그래 좋다. 안 그라
몬 그놈이 니 씹구녕 달게 해 주디나. 그렇게 좋드나?"

"아니! 동네 사람들아. 이년 보소. 기가 차서 말이 안 나오네. 뭐라
꼬? 그것도 째진 입이라꼬 함부로 놀리나. 입주딩이를 콱 뭉개뿔라."

그대로 누워 있을 수 없었다. 머리가 지끈지끈 아팠다. 머릿속은
텅 빈 고무공이 되어 파도 위를 넘실넘실 떠다녔다. 담배를 찾다가
가방을 〈선셋〉에 두고 쫓겨났음을 기억해 냈다. 나는 살며시 방을
나와 웅성거리는 여자들을 피해 언덕길을 올라갔다. 다리가 휘청거
렸다. 가만히 올려다본 하늘은 지상의 뒤엉킨 혼돈과는 달리 영롱한
별 밭을 이루고 있었다. 초겨울의 밤바다와 총총한 별들의 어울림은
눈물이 나도록 아름다웠다. 이따금씩 밤바다의 어둠을 훑어가는 등
대 불빛은 바다와 하늘을 이어 주는 유일한 길처럼 펼쳐졌으나 그건
그리 오래 가지 못하고 순간 속으로 사라졌다. 그리고는 다시 어둠이
깔렸다.

머뭇거리는 심정으로 홀 안에 들어섰다. 실내의 어둠은 여전했다.
주방과 각 테이블 위로 스폿 불빛이 비쳐지고 있어 사람들의 얼굴은
어두운 목재 장식을 배경으로 명도대비가 뚜렷한 윤곽을 내 보였다.
손님이라곤 원형 테이블에 여인과 함께 둘러앉은 두 사람뿐이었다.
주방의 웨이터가 재빠른 동작으로 나에게 다가왔다. 그의 억센 완력
을 생각하니 어느 정도 진정되었던 어깨가 또다시 결리는 것 같았다.
나는 그의 접근을 팔을 뻗어 저지하며 뒷걸음질치면서 말했다.

"아까 내가 무슨 짓을 했는지 정말 모르고 있소. 저 정말이오. 너무
피곤한데다가 술을 먹어서 그랬는지 정말 기억이 나지 않아요. 나중

에서야 가방을 두고 온 것 같기도 하고, 만약 내가 무슨 짓을 했다면 저분에게 사과하고 싶소. 그래 다시 온 거요. 저 정말이오."

웨이터는 내 꼴이 한심한지 한마디도 하지 않고 손가락으로 출입문을 가리키며 밀어내려 했다.

"김 군, 가서 일 봐요. 내가 알아서 얘기할 테니까."

어느새 곁에 나타난 그녀의 조용하면서도 기품 있는 한마디에 웨이터는 부동자세를 취했다가 목례를 하고는 주방으로 되돌아갔다. 나는 그를 힐끔힐끔 돌아다보면서 그녀가 안내하는 자리에 가 앉았다.

"술을 다시 하겠어요? 아니면 차라도……."

그녀는 맞은편에 와 앉으며 〈선셋〉의 분위기와 어울리는 어둡고도 슬픈 미소를 보냈다. 나는 그녀의 시선을 애써 피하면서 술을 청했다.

"어디 숙소는 정했어요? 여기도 빈방이 있기는 한데."

"그건 그렇고, 내가 아까 댁에게 무슨 짓을 한 거죠?"

"호오, 댁이라 불리니 기분이 참 묘하네요. 한 번도 들어 보지 못한 호칭이라서요. 갑자기 제가 정숙해지는 느낌이 드는데요. 저도 손님께서 무슨 짓을 했는지 잘 몰라요. 저기 웨이터의 말로는 한동안 술만 마시던 손님께서 비틀거리듯 일어나더니 천천히 저의 목을……. 누굴 죽이고 싶도록 미워한 적이 있나 보죠?"

역시 그랬구나. 온몸의 피가 분화구 속의 용암처럼 들끓어 올랐던 모멸감. 아, 아내에 대한 증오심. 휴화산처럼 평온을 유지하다가도 어느 한순간 미친 듯이 솟구쳐 오르는 난폭한 살해 욕구. 미워하는 사람과는 같이 지낼 수 있어도 증오하는 사람과는 도저히 공존할 수 없었다. 나는 한없이 허탈해진 심정으로 그녀에게 사죄했다.

"이해해요. 무슨 이유인지는 모르지만 이해할 수 있어요."

그녀는 손깍지를 끼고 오도카니 앉아 나의 행동에 흥미로운 눈길을 보내며 말했다. 이 여자는 무엇을 이해할 수 있다는 걸까. 마치 삶을 체념하거나 달관한 듯 동요 없이 말하는 이 여자는, 그러기에 이 여자는 너무 아름답지 않은가. 민박집 여자가 말해 준 그녀의 기구한 운명이 아름다운 이마를 흘러내려 저 큰 두 눈에 가득 고여 있을지라도.

"손님께서 두고 가신 가방을 허락도 없이 열어 봤어요. 상상한 대로 가방 안엔 비워진 삶이 고스란히 담겨져 있더군요. 손님께서 우리 집에 처음 들어섰을 때 난 직감적으로 느꼈지요. 돛마저 찢겨져 풍랑에 시달리는 폐선 같은 느낌. 나는 손님의 그런 모습에서 오랜만에 나를 보았거든요. 그리고 한동안 지켜보면서 즐겼지요. 손님이 내뱉는 허무의 파편들을. 그리고 하나하나 주워 모아 제 모습을 꿰맞추는 상상 속에 있었지요."

지금 이 여자가 하는 이야기는 허무의 심연을 정처 없이 헤매고 돌아다니는 동류임을 밝히려는 것일까. 아니면 어둠 속의 무료한 시간을 지키고 앉아 있어야 하는 생의 무력감을 표현하려는 것일까.

"아직 젊고 아름다운 분인데 왜 이런 곳에서 무료하게 사는 거죠?"

그녀는 희미한 미소를 지었다.

"내게 어울리는 곳은 이곳 외에 아무 데도 없어요. 난 겨우 여기에 안주하게 된 걸요."

그렇다면 말하지 않아도 짐작되는 일이었다. 돈 많은 중늙은이가 젊고 아름다운 여자를 데리고 산다는 것. 그녀의 신산스런 지난날들이 현대적 신화로 직조되어 상상의 바다를 부지런히 넘나들었다. 그러나 여자는 사랑스러웠다. 이 여자의 가슴에 안길 수만 있다면. 아, 안기고 싶어.

부질없는 일이었다. 그때, 저쪽에 앉아 있던 두 사람 중 하나가 그녀를 불렀다. 그녀는 의미를 알 수 없는 야릇한 미소를 남겨 놓고 그곳으로 갔다. 그녀가 앉아 있던 빈자리에 그녀의 체취가 고스란히 남아 있는 것 같았다. 따뜻한 체온도 느껴지고……. 그녀의 품안에 안길 수 있다면, 언제부터인가 비틀어져 버린 이 일상을 어쩌면 위로받을 수 있을 지도 모를 일이었다. 그러나 그것은 부질없는 상상이었다.

시선을 돌려 바라본 창밖은 내 마음과 같이 어둠이었다. 몸속을 돌고 있던 알코올이 흐물흐물 어둠 속으로 빠져나가 어떤 형상을 만들어 냈다. 분주한 사무실의 풍경, 악머구리처럼 쏟아내는 무수한 말들이 서로의 화살이 되어 날아들다 서로의 가슴에 깊숙이 박힌다. 분화구 같은 상처에서 선혈이 뚝뚝 떨어진다. 고개를 흔들어 다시 보니 아까의 장면은 나의 아파트로 바뀌어 있다. 아무도 없다. 눈에 익숙한 가구들. 아내는 어디로 간 것일까. 칠흑같이 어두운 바다 위로 등대 불빛이 반짝 비쳐진다.

"저분들은 우리 〈선셋〉에 자주 오는 유일한 단골이에요. 한 분은 도예가이시구 다른 분은 중학교 교감선생님인데 다들 인근에 살고 있죠. 합석하기를 원하시는데……. 괜찮은 분들이세요."

나는 그녀를 한동안 올려다보고 있다가 천천히 일어났다. 그리고 그들 곁으로 갔다. 그들의 대화에 참여하기 위해서라기보다 그녀를 따라갔다는 것이 옳을 것이다. 짙은 회색의 개량 한복을 입고 수염을 길게 기른 도예가와, 단정한 양복 차림으로 안경 속의 눈이 날카로운 초로의 교감이 여유 있는 표정으로 환대했다. 나는 서먹서먹한 분위기를 그들이 권하는 술을 받아 마심으로써 대신했다.

"요즘 사람들은 말이죠"라고 도예가는 나로 인해 끊어졌던 이야기를 다시 이어 말하는 것 같았다.

"예술을 몰라요. 내 작업실을 찾아오는 사람들의 대다수가 작품에 매겨져 있는 가격에만 신경을 쓰죠."

"거기에 동감해요. 시대가 시대니 만큼 예술이나 문화가 상품화되고 있는 현실이긴 하지만……."

"난 그게 영 못마땅하단 말이에요. 예술을 어떻게 돈으로 환산합니까. 물론 나도 창작품을 판매는 하지만 거기에 깃들인 예술적 노력을 값어치로 환산할 수 있는 거예요? 아, 글쎄. 값을 깎으려는 인간도 다 있다니까."

"그들은 돈 몇 푼으로 그 힘든 예술가의 작업에 무임승차하는 꼴이죠."

"역시, 역시 예술을 이해하는 강 교감다운 지적입니다 허허. 그런데 말이야, 김 마담? 왜 여자들은 늙으나 젊으나 사진 찍기를 좋아하지? 지금까지 내가 방문객들과 찍은 사진을 모으면 천 장이 넘을 거야. 그녀들은 가끔 그 사진을 꺼내 보고는 무슨 생각들을 할까. 김 마담 같으면 어떤 생각을 하겠어?"

그녀는 술잔을 만지작거리다 희미한 웃음만 지었다.

"무슨 생각을 하겠소. 김 여사 같은 분이 어떻게 그런 천박한 생각을 할까. 아마 그들은 예술을 이해하기보다는 추억 만들기에 열중한 탓일 거요. 작업장이니 가마니 무슨 관심이 있겠소? 그곳이 도예가 아무개의 집이라는 것, 그 집에 내가 갔다 왔다는 것만으로도 화젯거리를 만드는 부류 아니겠소?"

"아니 그런데 김 마담. 오늘따라 얼굴이 왜 그리 어두워? 김 마담의 우수 띤 그 모습이 매력이라면 매력일 수도 있겠지만 오늘은 유난히……."

도예가는 긴 수염을 아래로 쓸어내리며 어떤 걱정거리라도 드러내 보인다면 자기가 자신 있게 해결해 줄 수 있다는 표정으로 바싹 다가앉았다.

"그러게 말이오. 김 여사의 근심스런 표정을 보니 가슴이 철렁 내려앉는 것 같소. 근데 저분은 우리의 화제에 별 관심이 없나 보죠? 계속 술만 마시게……."

교감은 마치 그녀의 우울함이 나로 비롯된 게 아닌가 하는 의심스런 눈초리를 보냈다. 나는 그녀의 옆모습을 보았다. 하얗고 긴 목, 비스듬히 비치는 불빛 아래 더욱 윤곽이 또렷한 얼굴선, 바람이라도 불면 출렁거릴 것 같은 긴 머리칼. 그들의 이야기와는 상관없이 그녀는 사랑스런 모습이었다. 아, 이 여자의 품에 안길 수 있다면, 그녀에게서 풍겨 나오는 고독한 바다 냄새에 허우적거려도 좋을 것 같았다.

"내가 분위기도 바꿀 겸 여자들에 대한 우스운 얘기 하나 하지. 처음에는 답까지 말해 줄 테니 그 다음은 여러분들이 이어서 말해 보도록. 자, 사십대 여자들의 특징이 뭔지 알아요. 사십대 여자들? 그것은 배운 년이나 못 배운 년이나 별 차이가 없다는 거."

교감은 갑자기 얼굴을 찡그리며 오도카니 앉아 있는 그녀의 눈치를 자꾸 살피면서 도예가를 힐난하는 듯했다. 그러나 도예가는 이죽 이죽 웃으며 말을 계속했다.

"그러면 오십대는 뭘까? 뭘까, 흥미롭지 않아? 예쁜 년이나 못생긴 년이나 별 차이가 없다는 거야. 누가 지어냈는지 모르지만 기가 막힌 비유가 아니요?"

그녀는 한쪽 손으로 웃음을 가리면서 일어나 잠시 내실에 다녀오겠다고 자리를 뜨는 바람에 이야기는 중단됐다. 교감은 그녀의 부재가 못내 아쉬운지 침을 꼴깍 삼켜 가며 그녀의 뒷모습을 끈적이는 시선으로 쫓았다.

"강 교감, 너무 표나게 헛물켜지 마시오. 격에 어울리지 않게스리……."

"나, 나 말이오. 빌어먹을, 행여나 내가 늙었다고 가슴을 태우는 열정까지 없다고들 생각하시오? 내가 교육자라고 해서 사랑하는 감정까지 억누르며 산다고 생각하시오?"

교감은 거의 일그러진 표정으로 고뇌를 드러냈다. 그는 숨을 헐떡이며 더듬더듬 말했다.

"김 여사가 카페 마담이라고 해서 헤픈 여자라고 보지 말아요. 감히 근접할 수 없는 기품 어린 모습을 보아요. 금방이라도 별이 쏟아질 것 같은 두 눈. 그녀가 입술을 벙긋거릴 때마다 무슨 꽃이 그보다 아름다울 수 있겠소. 난, 난, 그 앞에서 늘 아이가 되어 가는 기분이오."

나이에 걸맞지 않는 정념에 들떠 헛된 욕망으로 주름 잡힌 추악한 늙은이의 모습이 보였다. 갑자기 실내가 더 어두워진 느낌이었다. 안경을 꼈다 벗었다 하는 손의 주름과 움푹 파인 볼 사이에서 실룩거리는 입술만이 흐느적거리듯 기어다녔다. 갑자기 속이 니글거렸다. 나는 될 수 있는 대로 고상한 척하는 이야기의 흐름을 쫓으려고 애를 썼다. 나는 그들이 고민한 분야의 이야기를 들으려 애썼다. 그러나 그들은 그런 고상한 영역의 거주자가 아니었다. 음악이 흘러나왔다. 도예가는 근엄한 표정으로 다리를 떨어 가며 음악에 호흡을 맞추었다. 아, 이들의 아가리에 침을 뱉고 싶어…….

갑자기 술기가 오르면서 머릿속이 하얗게 변해 갔다. 그들의 모습이 제대로 보이질 않았다. 불빛 아래에 서서 이쪽을 그윽이 바라보는 그녀의 모습만은 선명했다. 그녀는 내가 자기를 응시하고 있음을 알고 있는 듯했다. 그녀는 가장 슬픈 얼굴로 미소를 보내왔다. 〈선셋〉에 가장 어울리는 어둠의 미소를. 그러면서 말하는 것 같았다. 내게 준비된 건 허무의 바다뿐이에요. 당신이 내게 안겨 온다면 우린 그냥 고통의 한 몸이 되는 거예요. 그런데 그 다음에 남는 건 뭐죠? 뭐가 남는 거죠?

나는 짧은 시간 동안 그녀의 물음에 대답해야 한다는 조바심으로 숨을 헐떡이며, 우화 한 토막을 생각해 냈다. 그들의 동의에 상관없이 주절거렸다.

"노새가 있었죠. 자기가 끌고 있는 마차가 피안에 이르는 길을 가고 있다고 생각했어요. 이제 저 언덕만 넘으면 그 피안이 있을 거라고. 아니 보이기라도 할 것이라고. 그러나 시간이 흐를수록 점차 그 피안이 다가오지 않음을 느꼈지요. 그리고는 피곤해졌어요. 희망이라는 건초가 더 이상 자기를 언덕 위로 밀어올리지 못할 것이란 걸 깨달았어요. 그리고 자신이 얼마나 오랫동안 제자리를 맴돌고 있었는지를 비로소 깨달은 거예요."

"웃기지 마시오. 그럼 당신은 모든 게 무의미한 세계에 살고 있단 말이오? 누구나 그렇게 살고 있다고 생각하시오?"

도예가는 배를 내밀어 의자에 깊숙이 파묻히며 빈정거렸다. 나는 그의 물음에 독이 묻은 화살로 대답해 주고 싶은 생각으로 부르르 떨었다.

"그렇다면 무엇이 그토록 의미를 가져야 하는 거죠? 예술을 가장한 허위의 정욕 말입니까. 아니면 유치한 노인의 추악한 정념이 의미 있단 말입니까?"

나는 숨을 헐떡거렸다.

"그렇지만 젊은이 그대의 단견을 너무 직설적으로 표현하진 마시오. 누구나 자기가 볼 수 있는 세상만을 느끼게 되는 법이오. 보아하니 당신도 우리와 같은 동류에 불과한 것 같은데……?"

이죽거리는 그의 표정이 수많은 화살이 되어 온몸을 향해 날아들었다. 그때 갑자기 홀 안이 분주해지면서 대화가 끊겼다. 가방을 든 수행원들을 거느리고 거만한 몸짓으로 출입구에 들어서는 사내가 있었다. 웨이터는 황급히 그를 맞아 허리 굽혀 인사했다. 불빛에 드러난 얼굴은 아까 트럭 위 연단에서 열변을 토하던 그 사내임을 말해 주고 있었다. 그는 일행에게 뭐라고 지시를 하더니 우리 테이블을 거쳐 내실 쪽으로 걸어갔다. 그리고는 코트를 받아 들고 다소곳이 뒤따르는 그녀에게 고함을 질렀다.

"내가 그토록 손님 테이블엔 앉지 말라고 몇 번씩 말해야 알아듣겠어! 어서 따라 들어와!"

눈물이 주르륵 흘렀다. 그녀가 앉았던 빈자리에 어둔 바다가 가득 고였다. 멀뚱하니 앉아 있는 그들도 이제 아무것도 갖지 못했다. 헛된 욕망 속에 앉아 있다 일그러진 얼굴로 일어나 또다시 생의 권태 속으로 들어갔다. 우리 모두 완전히 비워진 공간의 일부처럼 되어 버렸다. 홀 안의 음악도 모두 어둔 바다 위에서 일렁거렸다. 나는 비틀거리면서 그곳을 나왔다. 걸음을 옮길 때마다 어둠의 심연이 혀를 날름거리며 나를 가라앉혔다. 매섭게 부는 바람과 함께 나를 바다로 이끌어 영원한 어둠 속으로 데려갈 모양이었다.

눈물 속에 내려다본 바다는 그곳에 없었다. 등대 불빛이 허공을 훑어 어둠을 밀어내는 것 같았으나 빛 뒤에는 더욱 짙은 어둠만이 남을 뿐이었다. 솟구치는 설움에 꺽꺽 우는 동안 등대의 한 줄기 빛이 다시 비쳐졌다. 어둠은 그대로 화면이 되어 길게 펼쳐졌고 그 속에 비틀거리는 아내의 모습이 드러났다. 취기에 싸여 반쯤 풀어진 눈, 유난히도 빨갛게 칠한 입술이 터질듯이 부풀어 올랐다. 현실과 호응하지 못한 낭만적 치기가 무슨 자랑이라구. 병신! 이 병신 같은 게!

가물거리는 의식 가운데 회오리처럼 솟아오르는 욕구 하나는 뚜렷했다. 아, 바다를 온몸에 깊숙이 담고 싶어, 깊숙이 담고 싶어…….

그는
바다로
갔다

젊다는 이유 하나만으로 삶의 우울과 생
활의 곤궁이 뒤섞인 시꺼먼 개펄에다 인
내라는 씨앗을 뿌려 꽃피게 할 수는 없었
다. 그러기엔 절망이 나를 앞질러 가 버
리고 하루의 피곤이 나를 심해 속으로 무
겁게 가라앉혔다. 무슨 달콤한 말이 있어
나의 가난한 젊음을 위로할 수 있을까.

온몸에 따개비 같은 집들을 다닥다닥 붙이고 머리 부분에만 겨우 숲을 간직한 도시 속의 공원은, 이제 잊혀 가는 전설처럼 바다를 향해 열려 있었다.

나는 공원의 턱 밑까지 기어오른 마지막 집을 지나 숲으로 향하는 계단을 힘들게 오른다. 숨이 차다. 늦가을의 짧은 해도 발가벗은 채 정신없이 달렸던 한낮의 궤적이 부끄러운지 산등성이에 홍조만 살짝 남겨 놓고, 아침부터 힘들게 끌고 온 어두운 그림자를 서둘러 늘어뜨리고 있다.

가쁜 숨을 몰아쉬며 계단에 털썩 앉아 이마에 맺힌 땀을 훔친다. 손등에 묻어난 어둠은 산 위에서 흘러내려 와 숲을 적신 고요와 함께 이내 나의 몸을 휘감아 돈다. 그리고는 나이 든 노동자의 피곤한 숨소리 같은 도시의 소음을 귀에서 이끌어 내, 올라온 만큼 낮아진 골목의 비탈길로 미끄러지듯 내려간다.

서로 어깨를 맞대어 의지해야 할 것 같은 골목 안의 집들. 그 집의 흐리멍덩한 창문에서 새어 나오는 아이 찾는 어머니의 목소리가 비워진 귓속의 공간에 아련한 음향으로 채워져 온다. 내가 자취하는 집이 저 아래 지붕으로만 보인다. 장독대 옆으로 비켜난 뒷방의 조그만 면적. 이 넓은 도시에서 점 하나 찍힐 것 같지 않은 그런 공간임에도 불구하고 뒷전으로 물러나 앉은 구석의 방. 나는 오늘도 퇴근 후 그곳을 그냥 지나쳐 올라왔다. 궁상들이 서로 다투다 흘린 피고름이 파상 무늬로 번져 나간 천장. 그 아래 피고름을 서로 핥으려고 아우성치며 벽을 기어오르는 시꺼먼 곰팡이들. 나의 체액에 진저리치는 궤짝 위의 이불. 먹다 그대로 둔 밥상. 밖으로 난 창 하나 없는 그곳의 빈 어둠을 열고 벽을 더듬어 불을 켰을 때, 기다렸다는 듯 우르르 안겨 오는 나의 부채와 외로운 우울과 하루의 피곤들.

나는 지쳤다. 술 취해 몽롱하지 않은 정신으로 내일은 어떻게 좋은 일이 생길 줄 모른다며, 자고 나면 이 흉한 애벌레가 보랏빛 나비로 변해 공중을 훨훨 날게 될지 모른다는 거의 불가능한 우연을 막연히 기대하며, 오늘의 곤궁을 인내로 참고 그곳을 또 기어들 수는 없었다.

내려다본 도시는 불빛을 창조하기 시작한다. 번쩍이는 네온사인과 꼬리를 물고 불을 밝혀 대는 도로의 분주함이, 양옆에 도열한 건물들과 은밀한 눈을 서로 끔벅이며 서서히 내려앉는 어둠의 심장에 거역의 화살을 마구 날리고 있다.

나는 시선을 조금 높인다. 그러면 이제의 윤곽은 초점 잃은 화면으로 흐려지고 다시 그곳은 화려한 건물들에 토막 난 바다의 모습이 굵은 창살에 갇힌 듯 눈에 들어온다. 도시 깊숙이 들어온 바다는 썩은 생선을 훔쳐 먹고 배탈 난 개가 주인의 시선을 피해 한 구석에 웅크리고 있는 아픈 형상으로 드러난다. 나는 우연히도 이 바다와 깊은 동질감을 느끼며 우울한 연민 속에 빠져들고 만다.

이 도시는 나에게 무엇인가. 사람 하나 보이지 않는 어둠 속에서 찬란한 불빛과 윤곽만으로 버티고 선 도시. 나는 이곳에 오기 위해 가난한 어머니와 불쌍한 동생을 부양할 책임감만 잔뜩 지고 고향을 떠나왔었다. 피나는 고학으로 상고를 졸업하고 학우들의 부러운 시선을 받으며 꿈과 같이 은행에 입사는 했었지만, 그 이후 도시는 나에게 말단 창구지기에 지나지 않음을 엄숙히 확인시켜 줄 뿐이었고, 고향을 떠나올 때 지고 온 부채에 대한 성실한 채무 이행만을 강요했지, 그 외 다른 관계에 대해선 차가운 미소로 허락하질 않았다. 결국, 나는 창구에 웅크릴 수밖에 없었고 더러운 나의 방에서도 웅크릴 수밖에 없었던 것이다.

계단을 마저 올라 머리 부분만 남은 공원의 숲길을 걷는다. 계단을 다 오를 때까지 나는 반드시 나의 모든 짐을 벗으려고 노력한다. 숲속의 어둠은 이미 나의 고뇌를 부인해 버리고 어둠의 모습으로만 남기를 허락하기 때문이다. 그리고 먼 바다에서 불어오는 바람은 우울 속의 안정이 무엇인지를, 도시와 은행원으로서의 차가운 관계와 울먹이며 무어라 말을 하려 하는 어머니의 슬픈 눈길을 강요하지 않았다. 내가 내 아님도 일러 주지 않았다. 아무것도 유혹하지 않았고 지친 현실이라는 것도 긍정적인 이상도 제시하지 않았다. 그래서 나는 오늘도 고스톱을 한판 벌여 술값을 마련하자는 동료들의 제의를 등

뒤로 흘렀다. 이어 따갑게 와 닿는 그들의 쑤군덕거림과 조롱의 웃음도 울에 갇힌 사자에게 먹이 던지듯 나의 가난한 우울함에 던져 줘 버리고 이곳을 향한 것이다.

숲 속은 고요하다. 찌르레기의 둥지에서 깃 터는 소리가 들릴 듯하다. 나는 공원을 한 바퀴 도는 이 숲길을 되도록이면 아껴서 걸을 것이다. 앙금처럼 내리깔린 어둠을 내 몸짓으로 헤살거리지 않고, 떨어지는 잎 대신 도시와 항구의 불빛을 반짝이는 열매처럼 가지에 달고 있는 나무들과 더불어 휴게소에 있는 포장마차에 이를 것이다. 그러면 그곳에서 난 다시 값싼 술에 취해 몽롱한 기분으로 나의 아늑하고도 칙칙한 혈거를 비틀거리며 찾아들 것이다.

밤공기가 차다. 나의 우울만큼이나 차다. 내일도 변화 없는 이 짓을 변화 없이 계속해야 한다는 절망감이 더럽게도 차다. 언젠가 영화에서 보았던 사막을 걷는 낙타가 생각난다. 차가운 둥근 달이 하얗게 떠 있는 모래언덕. 먼 영원을 응시라도 하는 눈으로 이따금씩 하늘을 보며 모두가 동쪽 같은 그곳을 타박타박 걸어가는 낙타의 행렬. 뇌리에 잔상으로 남아 있던 그 강한 실루엣. 아, 끝과 끝이 밤으로만 이어지는 그런 길은 없을까. 내가 아닌 나로써 끝없는 그 길을 낙타처럼 걸을 수는 없을까. 요즘 나는 방향감각을 잃었다. 어디로 흘러가는지 어디로 가야 할지 도통 모르는 혼돈뿐인 것이다.

부질없는 생각이 숲 속에서 조용한 파문을 일으킨다. 고개를 뒤로 젖혀 심호흡을 해 본다. 그러다 나는 담배를 꺼내 입에 문다. 내뿜은 연기는 짙은 어둠의 질감에 눌려 숨어들 곳을 찾아 기웃거리다 그만 형체도 없이 녹아 버린다. 그렇게 반복하는 행위 속에서 나의 헝클어진 사고도 차츰 연기처럼 숲의 고요 속으로 빨려들고 있다.

삼나무들이 하늘을 떠받칠 듯 서 있는 곳에 이른다. 언제 맡아도 좋은 수향이 냉기와 함께 훅 몰려든다. 잎 떨어진 오리나무, 아카시아, 떡갈나무, 졸참나무 등이 섞여 있는 혼합림에 비해 삼나무는 푸른 잎을 그대로 위로만 자란다. 삼나무의 묘목은 주변 잡목과 넝쿨들에 의해 큰 시련을 받는다고 했던가. 그러나 어느덧 저처럼 성목이 되어 짙은 그늘을 거느리게 되면 괴롭히던 잡목들은 부족한 일사량으로 인해 스스로 퇴진해 버리고 그제야 삼나무는 단단한 위용을 갖춰 하늘로 치솟을 수 있다고 그랬던가. 그런데 그 삼나무 숲길에 마치 바위처럼 앉아 있는 한 사내가 오늘 또 눈에 뜨인다. 며칠 전부터 늘 그 자리에 와 쭈그리고 앉아 있던 인물이다.

이제 차분해진 나의 안정은 그로 인해 또 방해를 받는다. 이 자는 며칠째 여기서 무얼 하고 있는 걸까. 도대체 어떤 작자일까. 모락모락 피어오르려는 호기심을 무관심으로 눌러 버리고 나는 사내 위를 스쳐 가는 바람처럼 그냥 지나치려 한다. 그런데 오늘은 그의 나지막한 소리가 어둠 속에서 들려와 나를 멈춰 서게 한다.

"형씨, 잠깐만 이리로 오지 않겠소?"

나무에 붙은 매미에 시선을 고정시킨 채, 뒤에 있는 친구에게 포충망을 달라는 것과 같이 아주 조심스런 행동으로 나에게 손짓한다. 나는 그의 진지한 모습에 이끌려 자신도 모르는 사이 그 곁에 다가선다. 잠바를 아무렇게나 걸쳐 입은 내 또래의 사내다.

"한 번 들어 보세요. 무슨 소리가 나지 않습니까?"

그는 한쪽 귀에 손을 오그려 붙인 채 삼나무 숲만 바라보며 말한다.

"글쎄요. 무슨 소리 말입니까?"

나는 그의 손짓에 따라 귀의 신경을 외부에 집중시켜 무슨 소리를 들으려 했으나 아무것도 들리지 않았다. 그저 아랫동네에서 들려오는 아주 미약한 도시의 소음과 약간의 바람소리뿐이다. 나는 이상하다는 듯 고개를 갸우뚱대며 그를 주시해 본다.

"역시 들리지 않는군요."

그는 나의 행동에서 그만 절망을 느끼는지 거의 울먹이는 표정으로 한숨만 깊이 내쉬었다가 천천히 나를 올려다본다. 어둠을 닮은 그의 턱과 입 주변 그리고 삼나무 숲보다 더 농밀한 두 눈의 어둠이 까마득한 우물처럼 드러난다.

"오늘도 지나가더군요. 확인하고 싶었어요."

"뭘 말입니까?"

나는 그의 이상한 행동에 멋모르고 끌려 들어간 자신이 객쩍어 퉁명스럽게 되묻는다. 금방이라도 울음을 터뜨릴 것 같은 그의 바보스런 표정에 나의 우울은 화를 낸다. 그래서 어깨를 들먹거리는 그를 내버려 두고 일어나 다시 걷기로 한다.

나의 선택은 마치 며칠 지난 신문을 읽는 마음으로 부담 없이 그에게서 멀어져 왔지만, 그간 단단히 세워 두었던 무관심이 그에 대한 호기심의 누수에 의해 쉽게 무너져 내림을 본다.

그는 무슨 소리를 들으려 했을까? 그의 초췌한 모습에는 오래전부터 그 무얼 찾으려 헤맨 것 같은 방황의 시간들이 군데군데 묻어 있었다. 그러나 그게 나하고 무슨 상관이 있는가, 생각하기가 싫다. 그로 인해 나의 우울한 안정의 밤을 방해받고 싶지는 않은 것이다.

삼나무 숲을 빠져나온 나의 발걸음은 조금 빨라진다. 내리깔린 어둠이 대기 속에 뒤섞이며 차가운 독소를 내뿜는 듯 얼굴에 따갑게 와 닿는다. 저기 휴게소 포장마차의 불빛이 보인다. 석쇠를 뒤적거리는 아주머니의 모습이 그림자극처럼 포장에 비쳐지고 있다. 나는 아무런 생각 없이 그곳을 향해 자동인형처럼 걸음을 옮겨 놓는다.

조그만 백열등에 익은 포장마차 안은 아늑하다. 술을 한 모금 마신다. 오후 내내 바싹 마른 내부기관은 촉촉이 적셔 오는 알코올로 갈증을 푼다. 속이 짜릿하다. 알코올은 이제 찌든 우울로 굴곡진 내부를 돌아 나의 뇌수를 몽롱함으로 마비시키리라.

아주머니는 안주로 대합을 끓여 내온다. 토막 친 조갯살이 양념에 버무려져 발갛게 익은 채 자기 집에 담겨 있다. 문득 막연한 생각을 해 본다. 바다 밑 모래 속에 박혀 은밀한 꿈을 꾸던 대합과 이렇게 잡혀져 올라와 자신의 속살을 송두리째 내놓고 있는 저 대합은 어떤 관계가 있는 걸까. 우린 바다 밑에서 살아 움직이는 그것을 대합이라고 부르는가. 잡혀 올라와 껍데기만으로 아득한 물밑을 꿈꾸는 그것을 대합이라고 부르는가. 아니면 둘 다인가.

나는 무엇인가. 이렇게 불빛 고즈넉한 포장마차에 앉아 하루가 몽롱해지길 꿈꾸며 술잔을 기울이는 것이 나인가. 매일을 변화 없이 출근하여 수많은 눈들에 포위당한 창구에 앉아, 월급의 반을 어머니와 동생에게 부칠 수 있다는 유일한 가능성 때문에 울 안에 갇힌 답답함을 우울로 씹어야 하는 것이 나인가. 이것이 내 젊음인가. 혼미스럽다. 술을 들이켠다.

그때, 내 옆자리에 누가 와 앉는 기척으로 나의 사고는 뒤죽박죽된 장면 속에서 단절되고 만다.

"아까는 미안했습니다. 한 잔 드려도 괜찮겠습니까?"

나는 그를 쳐다본다. 기름기가 모두 빠진 듯 파삭파삭한 얼굴, 덥수룩한 수염, 풍랑에 찢긴 돛을 아무렇게나 매달고 근근이 항구로 떠밀려 온 폐선 같은 그의 모습이 불빛에 어른거린다. 꼭 내 자신의 한 모습을 보는 것 같아 씁쓸하다.

나는 대답 대신 쓴웃음을 지으며 술을 급하게 털어 넣는다. 난 다른 사람의 고민에 찬 얼굴 표정이 싫다. 무너져 내릴 듯한 모습이 싫다. 그것은 나만이 간직하고픈 비밀을 또 다른 남도 가지고 있다는 소아병적 시기에서 오는 것도 아니고, 나와 똑같은 티셔츠를 입고 있는 알지 못할 어떤 사내와 한 버스 속에서 나란히 서 있는 것 같은 황당함 때문도 아니다. 더럽고 구석진 방에서 밑도 끝도 없이 침몰만 하는 생활의 허우적거림에 지쳤고, 그래서 이건 분명 나 아닌 남이 내 생활을 하고 있는 거라고 자위하며 뒷걸음치는 자신이 이젠 미워진 것이다. 그런 자신의 고민스런 모습을 남에게서 읽어 낸다는 것은 유쾌한 일이 못 되는 것이다.

그러면서도 나는 옆 사내를 다시 흘낏 쳐다본다. 그는 불빛을 향해 꿈꾸는 식물처럼 앉아 있다. 문득 그의 머리 위에 꽃봉오리로 피어오른 의문 부호가 생각난다. 그는 숲에서 무얼 들으려고 했을까. 뭘 하는 사낼까. 무엇이 그를 이처럼 황폐하게 이끌어 냈는가.

그에 대한 추측은 빠르게 회전하는 과녁으로 돌다가 문득 뇌리를 스쳐 가는 도피와 갈구라는 화살에 맞아 우뚝 멈춰 섬을 본다. 순간 나는 부끄러움을 느낀다. 추측은 이 자의 고민과 나의 고민이 방향부터가 다름을 아프게 지적한다. 나는 지친 도시 생활과 암담한 현실을 어떻게든 잊기 위해 이 숲을 찾았다면, 그는 그 무엇을 듣기 위해 숲을 찾은 게 아닐까. 잊으려는 도피와 무언가 찾으려는 갈구! 나는 그에게 술잔을 권한다.

"나는 통신삽니다."

"예? 뭐라고요?"

그의 어눌한 말투와 나 혼자만의 생각에 갇혀 그의 말을 알아듣지 못해 재차 의문을 표한다.

"통신삽니다. 배를 탔습니다."

"아, 선원이군요."

그러면서 나는 코발트 빛 바다와 먼 수평선 그리고 외항선을 연상하면서 가벼운 감동에 젖어든다. 배, 나는 방파제에 묶여 있는 배를 상상하지 못한다. 녹물이 질질 흐르는 그런 몸뚱이를 서로 의지하듯 묶여 있는 배를 생각하지 않는다. 나의 배는 먼 바다로 나가 있어야 하고, 그것도 아득한 수평선 너머로 가물가물 사라지는 그런 배를 상상한다.

"멋있겠군요."

"예? 무엇이 멋있다는 겁니까?"

그는 의아한 눈으로 나를 바라본다. 그러나 나는 개의치 않는다.

수평선 너머로 달려나가는 나의 사고를 중단할 수 없다. 바닷가 언덕에 앉아 구름 속에 덮여 있는 수평선 저쪽에 호기심을 갖고서부터 왠지 모를 그리움으로 지새웠던 어린 시절의 꿈. 가난한 어머니의 한숨 섞인 울음을 차곡차곡 접어 날릴 때마다 나를 위로하듯 감싸 주던 그 바다의 숨결.

나는 잔을 들어 입 안에 털어 넣는다. 불현듯 수많은 시선 속에 갇혀 창구에 웅크리기만 하는 내 모습이 떠오른다.

"나는 은행원입니다."

나지막한 소리로 부끄럽게 말한다.

"좋은 직장에 다니는군요. 대학을 나왔나 보죠?"

"아, 아닙니다. 말단 창구지기에 불과합니다."

나는 괜히 넥타이의 매듭을 흔들어 목의 질서를 흩뜨리며 말한다.

"그런데 어두운 숲 속에 앉아 무얼 들으려고 했어요?"

"난 배 타기를 그만뒀습니다. 그때부터 통신사가 아닌 셈이죠."

"아니 그게 뭘 들으려는 행위와 무슨 상관이 있는 거죠?"

그가 우답을 하는 것에 적잖이 화가 난다. 나를 빤히 바라보는 그의 눈동자 속에 비친 나의 모습을 보니 더욱 화가 난다. 그는 고개를 돌려 급하게 술을 마시고는 한숨을 내쉬며 허공을 응시한다. 바람에 흔들리는 불빛이 그의 얼굴 위에 어두운 그림자를 짙게 드리운다.

"나는 외롭습니다."

"어디 외로운 사람이 당신뿐이겠습니까?"

"사랑하는 아내가 집을 나갔습니다. 아니 나의 모든 것을 갖고 도망쳐 버렸습니다."

눈물이 옆 볼을 타고 주르르 흘러내린다. 눈물을 보자 나의 마음은 또 급하게 혼란되고 만다. 그놈의 눈물, 눈물. 눈물 속에는 늘 울먹이려는 어머니의 얼굴과 가난한 눈동자가 담겨 있다. 병으로 알량한 논과 밭을 다 탕진한 후에야 돌아가신 아버지. 그 후, 남의 들일을 해 주다가 학교에서 돌아오는 나를 볼 때마다 머릿수건을 풀어 눈물을 훔쳐 내던 어머니. 어느 날 밤, 오줌이 마려워 눈을 떴을 때, 머리맡에 오도카니 앉아 한없이 슬픈 표정으로 나와 동생을 내려다보고 있던 어머니의 그 눈길. 그 앞에서 나의 세상은 온통 하얗게만 보였다. 바지에 오줌을 눈 아이처럼 어쩔 줄 몰랐다. 제발 울지 마세요, 어머니. 내가 어떻게 하면 울지 않겠어요, 네? 울지 않겠어요, 어머니.

나는 그에게 술잔을 거칠게 권한다. 그러나 그는 나의 행동에 미동도 하지 않고 술잔에 고이는 불빛만 모으고 있었다.

"나는 그리워할 줄만 알았던 바봅니다. 아내는 비록 술집에서 만난 여자였지만 나는 좋아했습니다. 예, 그 시절은 정말 좋았어요."

그의 망연한 표정 속에 아쉬움의 시간들이 침으로 꿀꺽 삼켜짐을 본다. 나는 전신을 감싸 도는 알큰한 술기 속에서 그들이 다정하게 살았던 방을 상상해 본다. 여자의 손길이 닿아 깨끗이 정리된 방. 조그만 화장대에서 풍겨 나오는 여자의 체취. 옷걸이에 가지런히 걸린 옷들. 정결한 이부자리. 남편을 기다리는 여인의 아름다운 모습.

"그런데 동거 후 2항차를 다녀왔을 때, 집주인 아주머니가 내게 귀띔을 해 주더군요. 요즘 새댁을 찾아오는 남자들이 많다구요. 어떤 땐 외삼촌, 조카, 사촌오빠……."

그는 친척 용어를 되뇔 때마다 눈가에 파르르 경련을 일으킨다.

"나는 배타고 나가 있는 동안 그녀를 그리워하며 즐거울 수 있었습니다. 망망대해에서도 어떤 고독감을 느끼지 못했습니다. 안테나를 통해 들려오는 회사의 지시내용도 즐거웠고, 폭풍경보를 알리는 기상통보도 무섭지 않았습니다. 고국의 단파방송을 우연히 잡았을 때

들려오던 여자 아나운서의 목소리도 아내 목소리처럼 감미로웠습니다. 이런 감정을 뭐라고 해야 합니까. 형씨는 사랑이 무엇인지 알겠군요."

그는 '즐거웠다'라는 말에 한없는 슬픈 표정을 담으며 나에게 물어온다.

"나는 사랑할 아내가 없습니다. 그것은 아련한 향수에 불과합니다."

그래, 나는 그에 비해 사랑할 아니 사랑했던 아내라는 게 없다. 나에게 있어 사랑이란 어디에 두었는지 모르는 헌 책갈피 속의 단풍잎과 같은 것이었다. 겹겹이 누르는 나의 부채, 내일은 어떻게 전개될지 알 수 없는 불안감, 생활의 피곤, 그런 척박한 삶의 토양에서 사랑은 뿌리 내려 자라질 못했다. 단지 지나간 시간의 넉넉함 속에서만 자리를 지키고 있을지 모르는 일인 것이었다.

"그런 아내가 나를 바다로 내몰았습니다. 한동안은 그녀와 함께 지내려고 배를 내렸는데 아내는 부어 넣는 적금 운운하며 한 번 더 다녀오라는 것이었습니다. 아, 참. 형씨는 은행원이라 적금에 대해선……"

"그런 걸 내가 꼭 대답해야 합니까?"

나는 그에 의해 나의 밤이 간섭받고 또 몽롱해져야 할 기분을 은행원이라는 말로 다시 흩뜨려 놓는 데 불쾌해서 말꼬리를 끊었다. 그런데 이 자는 왜 이런 이야기를 나에게 털어놓는 걸까. 누구에게나 이런 이야길 함부로 지껄일 수 있는 걸까. 했다면 얼마나 같은 이야길 되풀이했을까. 그 흔한 이야기로 남의 동정이나 사 자기 위안을 삼으려는 얄팍한 짓거리는 아닐까. 아니 그렇진 않은 것 같다. 그는 삼나무 밑에서 무언가 들으려고 애를 썼고, 세상에 지친 그 피곤한 눈빛이 가여운 연민만을 불러일으키는 것 같진 않다. 취기가 점점 오르면서 나는 그에 대한 호기심으로 나의 시간을 약간씩 양보하기 시작한다.

"나는 그녀의 부정을 어슴푸레 알면서도 그녀가 제시하는 미래를 긍정하고 다시 배를 탔습니다. 그러나 일은 벌써 뒤틀어져 버린 것이었습니다. 아내를 그리워하는 즐거움은 그만 사라져 버렸습니다. 그 대신 하루 종일 괴롭히는 이상한 환청과 불안감이 나를 허물어뜨렸습니다. 리시버를 귀에 대고 있으면 정작 들려야 할 소리 대신에 뭣이 들린 줄 아십니까?"

정서의 균형이 깨어지는지 그 깊은 눈가에 주름으로 날을 세운다.

"그건 아내의 신음소리였습니다. 어느 낯선 사내와 시근덕거리며 질러 대는 야릇한 괴성. 형씨, 한 번 생각해 보십시오. 배는 바다로 나와 있고, 그것도 두 평이 안 되는 나의 방에서 그런 소리에 시달린다는 것은……."

"이해합니다."

"형씨, 정말 이해할 수 있습니까? 숨 쉴 수 없을 정도로 가슴이 죄어 오고 입술을 바짝바짝 마르게 하는 절망적인 그 소리를……."

나는 그의 말을 계속 이끌어 내기 위해 이해한다고 했지만, 과연 그 괴로움의 심원을 이해할 수 있는 걸까. 그의 절망감을 나의 절망감으로 환치시킬 수 있는 것일까.

"3항차를 마치고 불안한 심정으로 집에 돌아왔을 때, 예감은 그대로 실현되고 있었습니다. 온기가 사라진 지 오래된 방, 아내가 있던 그 자리엔 남은 것이라곤 허탈과 적막과 허수아비 같은 내 옷가지뿐이었습니다."

홀연 나의 머릿속에 그려졌던 그의 방이 나의 방으로 바뀌짐을 본다. 여자의 체취가 묻어나던 화장대에는 시꺼먼 곰팡이가 자라 오르고, 여자의 옷이 걸려 있던 옷걸이에는 나의 부채가 걸려 있고, 여자가 오도카니 앉아 남편을 기다리던 그 자리엔 나의 외로움이 널브러져 있다. 그 방의 어둠을 열고 들어섰을 때, 아, 고독한 항해에서 돌아와 그 빈방을 열고 들어섰을 때……. 이제 나는 그의 고뇌에 공감할 수 있을 것 같다.

"아내를 찾아 나섰지요. 갈고 간 분노와 질투를 양손에 칼처럼 들고서 말입니다."

안주로 시킨 고등어에서 흘러내린 기름이 연탄 화덕 위에서 불꽃으로 튄다. 그 불꽃은 이내 파르스름한 연기로 변해 백열등을 약간 흐려 놓았다가 곧 포장마차 안을 넓게 퍼져 나간다. 그는 한동안 말이 없다가 접시에 담겨져 나온 고등어의 살점을 묵묵히 뜯어 꾹꾹 씹는다. 나도 동화된 배신의 노여움을 같이 씹는다.

"아내를 시내 술집에서 겨우 찾아냈을 때……."

그는 흐느낀다.

"그녀는 풀어진 모습으로 어느 낯선 사내 품에 안겨 술을 마시고 있었어요. 그 모습을 보자 그동안 들끓었던 분노와 살의가 서로 아우성치며 화산처럼 솟구쳐 올랐지요. 선불 맞은 황소처럼 마구 뛰어들었어요."

아수라장이 되는 술집 안의 광경이 고등어의 기름처럼 불길 위에 튀어 오른다. 나도 모르게 침을 꿀꺽 삼키며 술을 들이켠다.

"순간 머리에 불빛이 번쩍하더니 몸이 그냥 마비되고 말았어요. 움직일 수가 없었어요. 왜냐구요? 그건, 그건 신음소리 때문이었어요. 항해 도중 내내 나를 괴롭히던 그 환청이 그 환청이 머릿속에 소용돌이치면서 그만 내 몸을 무너뜨리고 말았지요. 나는 정신이 없었고, 그래서 겨우 밖으로 기어 나와 정신을 차린 후 다시 마음을 세워 들어갔을 때, 술 취한 그 사내는 아내를 때리며 마구 욕을 하고 있었어요. 그녀는 피할 생각도 없는지 그냥 맞고 있었고, 뭐가 그리 서러운지 소리내 울기만 하고 있었소. 난, 난 거짓말같이 그녀를 찌를 수가 없었던 거예요."

그의 초점 잃은 두 눈엔 물기가 가득하다. 그의 하얀 얼굴에는 마치 입만이 살아 움직이는 것 같았다.

"체념을 했군요."

"아녜요, 아내는 다시 제자리에 돌아간 거예요."

"체념이 낳은 사생아가 뭔지 압니까? 그건 외로움입니다. 견딜 수 없는 외로움."

"나도 그녀도 너무 외로워서 그랬다고 생각했습니다."

"우린 모두 외롭습니다."

"할 일을 잊어 버렸습니다. 그녀를 그리워하는 일마저 뺏겨 버렸어요. 더군다나 배를 탈 수 없었소. 내 귀를 울리는 이 신음소리와 환영을 이겨 낼 자신이 도저히 없는 거예요."

그는 환청이 들리기라도 하는 듯, 두 손으로 귀를 감싸며 머리를 흔든다. 술잔이 파르르 떨린다. 역시 그의 운명도 나처럼 고뇌의 깊은 늪에서 한 발자국도 벗어나지 못한 것처럼 느껴진다. 그렇다면 그는 숲 속에서 무얼 들으려고 했을까? 생각이 물음으로 옮겨지려 할 때, 저쪽 자리에서 아까부터 혼자 술을 마시던 안경 쓴 사내가 술병을 들고 우리 곁에 다가왔다.

"다 들었습니다. 나도 당신들처럼 그만 외로워졌습니다."

단정한 몸차림에 깨끗한 얼굴. 지성이 안경 위에서 번들거린다. 난 이런 사내들만 보면 주눅이 든다. 뭔가 많이 알고 있을 것 같은 도도함. 선택받은 생에 대한 부러움. 차분한 이지. 좀처럼 동요될 것 같지 않은 묵직한 자신감. 웃음이 피어나는 따뜻한 가정. 내게 없는 것만 모두 갖춘 듯한 그들을 보면 나는 더욱 웅크려진다. 그러면서도 우리의 분위기를 깨뜨려 놓은 불쾌감이 적잖이 치밀어 올라 나도 모르게 퉁명스런 말을 내뱉는다.

"외로움은 안경이 아닙니다."

그는 어리둥절해 나와 통신사를 번갈아 본다. 발그레한 얼굴은 취기가 많이 올라 있음을 말해 준다. 그는 넋을 잃은 듯한 통신사의 곁에 앉아 말을 하지 않으면 견딜 수 없다는 표정으로 이야기를 꺼낸다.

"나는 결혼을 이 주일 앞두고 있습니다. 아내 될 사람은 대학을 졸업한 참한 규숩니다. 집안도 괜찮고, 우리 집도 그녀 못지않구요."

"그런데 왜 외로워졌단 말입니까? 외로움은 선택의 대상이 아니잖습니까?"

나는 흘러넘치는 여유를 과시하는 것 같은 그의 언동에 불쾌감을 노골적으로 드러낸다. 그러나 그는 마음 좋은 사람처럼 별 반응을 보이지 않고 천천히 말한다.

"어제 이곳에 와서 우린 아래 시가지와 부두, 바다의 아름다움을 이야기했습니다. 나는 그녀가 행복하다고 속삭일 때 쉽게 동의했습니다. 서로 사랑했으니까요. 그녀는 나의 웃음과 미래의 계획에 마냥 즐거워했습니다. 나도 그런 그녀를 볼 때 즐거웠습니다. 그러나 그건 어제까지 유효했습니다. 오늘 아침이 되면서 갑자기 이상한 생각이 드는 겁니다. 그게 무슨 생각인지 아시겠습니까?"

"……."

"……."

"의심스러워진 겁니다. 그녀가 행복하다는 것이 정말인지, 나도 그렇게 느끼고 있는 건지. 그래서 회사를 마치고 여길 다시 와 보았습니다. 숲도 거닐어 보고 어제 그녀와 내려다보았던 시가지와 부두도 바람에 떨리는 나무도……. 문득 두려워졌습니다. 내가 결혼해 가정을 이룬다는 것이. 아, 나는 지금 뭐가 뭔지 알 수가 없습니다. 어제까지 그토록 선명했던 게 그만 이곳의 어둠처럼 아득해지고 만 겁니다. 그리고는 서서히 외로워지더군요."

그는 자기도 모르는 사이 배반자들에게 의해 내쫓김을 당한 비운의 왕자처럼 어찌할 바를 모르는 망연한 눈길을 안경 안에 담고 있었다.

'그토록 선명했던 것이 그만 아득해지고 말았다.'

그런 홀연한 사고의 뒤바뀜은 나도 경험하고 있다. 믿음이 필요치 않았던 확고한 의식, 맨 알몸으로도 사막에서 꽃 피울 수 있으리라 자신했던 지난날의 정염. 그래서 보랏빛 향기로 휘감겨 오던 미래의 꿈이 가혹한 삶과 생존투쟁의 다른 이름인 도시의 현실 앞에서 그렇게 맥없이 스러질 줄 나는 몰랐다. 직속 대리는 그런 나를 현실 적응 실패자라고 불렀다.

　더럽고 구석진 방, 울퉁불퉁 패인 골목길, 버스 정류소에서 같은 시간대이면 늘 만날 수 있는 알지 못하는 사람들, 시계 숫자판의 헐떡거림, 남의 돈에다 열심히 찍어대는 도장, 단말기의 애처로운 비명, 십팔 번 손님 삼 번 창구로 오십시오, 나를 재촉하는 수많은 시선들, 어머니 오늘 돈을 부쳤습니다. 가서 찾으세요, 민기는 공부 잘하고 있습니까, 건강은 어때요? 예, 한 번 갈려고 하지만 워낙 일이 바빠서, 아이 울지 마세요. 어머니가 울면 나는 힘이 더 빠져요. 예, 전화라도 자주 할게요.

　고향을 떠나올 때의 다짐과 입사할 때의 그 자신감은 다 어디로 사라졌는가. 아, 이제 나는 무엇을 제대로 할 수 있는 것일까. 술기운은 어지러운 상념을 채찍으로 몰아대며 온몸을 마구 헤집고 돌아다닌다.

　"우린 뭘 항상 알 수 있는 건 아니었습니다. 그녀를 그리워했던 행복 밑에 잔뜩 도사리고 있던 불안감은 조금도 알지 못했습니다. 그녀가 나 아닌 다른 놈과 시시닥거릴 그 시간, 나는 바보같이 그녀를 미친 듯 그리워했습니다. 무엇이 확실한 겁니까? 형씨! 아까 내게 물었지요? 무슨 소릴 들으려고 했느냐고요?"

　알싸하게 술기 오른 눈에 그의 취기가 겹쳐져 보인다. 삼나무 밑에서 손을 오그려 귀에 붙이고 무엇인가 들으려 했던 그의 진지한 모습이 고뇌의 모습으로 초점을 되찾는다.

　"뭔가 확실한 걸 듣고 싶었습니다. 이 귀를 괴롭히는 신음소리 대신에 뭔가 확실한 소리를……."

"그래, 무엇을 들을 수 있었나요?"

그는 통신사의 어떤 대답에 자신도 조급한 위로를 얻으려는 듯 안경 속의 동그란 눈으로 물어온다. 나는 그를 속으로 나무란다. 많이 배운 사람이 그렇게 물어서는 안 된다. 무엇이든 쉽게 이해할 수 있다고 자신해서는 안 된다. 고뇌에 찬 얼굴을 보라. 아직도 찾지 못해 방황하는 시간들이 저토록 두텁게 쌓여 있는데……. 역시 그는 무얼 찾으려고 헤맸구나. 배신한 아내의 신음소리와 그로 인해 막연해진 세상의 괴로움을 잊기 위해서일지라도. 그런데 나는 뭔가. 촉수 잃은 벌레처럼 일상의 제자리만 뱅뱅 돌면서 한없이 무너지는 자신을 보고 있어야만 하는, 귀찮았다. 세상의 모든 일이 나를 괴롭히는 일로 다가왔다. 그래서 가능하다면 이 더럽고 두터운 허물을 훌훌 벗어 던져 버리고만 싶었다. 나는 과연 그처럼 무얼 찾으려는 노력을 했던가. 노력을 했던가.

아주머니는 더 이상 주문이 없는 시간들이 무료한지 탁자 위의 조그만 TV를 켠다. 지직거리는 소음과 함께 화면이 펄럭이는 포장처럼 흔들린다. 바깥바람이 심해졌는가 보다. 이윽고 시보음악이 흘러나온다.

"벌써 아홉 시군요."

"어떻게 알죠, 아홉 시인걸?"

통신사는 놀랍다는 듯 안경 쓴 사내에게 묻는다.

"아니 뉴스도 보지 않습니까? 난 다른 프로는 잘 보지 않지만 뉴스만은 별로 빠뜨리지 않습니다. 세상일들을 알 수 있거든요."

"그렇군요. 배를 타고 나가면 세상일은 잘 알 수 없어요. 세상일은 언제나 떠나 온 그곳과 먼 육지에만 속해져 있었어요. 그래도 난 그게 좋았어요. 그 대신 난 아내를 미친 듯 그리워할 수 있었거든요. 그런데 지금은 그리워해야 할 아내가 없습니다. 나를 괴롭히는 이 환청만 남아 있을 뿐."

그는 허탈한 표정으로 술만 묵묵히 들고 있다. 화면은 눈에 익은 뉴스 진행자가 해를 두고 자주 등장하는 정치 경제인들을 담아 내고 있다. 그리고 그들은 여전히 공허한 상투어를, 아니 이미 의미를 상실한 언어들을 누에의 실처럼 뱉어 내고 있었다. 그들의 세계는 나와 너무나도 멀리 떨어져 있었고, 공감하는 현실의 고통을 말할 적도 있었지만 그들은 전혀 고통스런 표정이 아니었다.

"저 사람들은 왜 늘 저 화면에 나올까요?"

나도 의미 잃은 공허한 소리로 말해 본다.

"아마 살아 있다는 것을 모든 사람에게 증명하려는 의도일 겝니다."

그의 대답도 공허하게 들려온다. 그러나 '살아 있다'는 말의 여운이 술잔 위에서 여린 파문을 일으킨다. '살아 있다', '살아 있다'라는 것은 무엇을 의미하나. 나는 도대체 알 수 없는 의문으로 중얼거려 본다.

"당신들은 이상하군요. 모두 세상을 잃은 사람들 같아요. 우린 아직 젊은데……. 난 당신들의 고뇌하는 얼굴을 보고 내 고민의 어떤 실마리를 얻으려고 했습니다만."

더듬거리며 무슨 말인가 계속하려는 그의 취한 입술에 제동을 걸고 일어선다. 기댈 언덕 하나 없는 도시의 현실 속에서 암담한 미래를 허덕이며 살아야 한다는 고통이 젊음을 시들게 했다. 젊다는 이유 하나만으로 삶의 우울과 생활의 곤궁이 뒤섞인 시꺼먼 개펄에다 인내라는 씨앗을 뿌려 꽃피게 할 수는 없었다. 그러기엔 절망이 나를 앞질러 가 버리고 하루의 피곤이 나를 심해 속으로 무겁게 가라앉혔다. 무슨 달콤한 말이 있어 나의 가난한 젊음을 위로할 수 있을까.

나는 돈을 지불하고 포장마차를 나온다. 그리고 한없이 뒤엉킨 허무의 격랑을 간직한 채 집으로 향하는 숲길을 걷는다. 북풍이 세차게 불어온다. 먼 산의 적막을 한 덩이로 몰고 오는 찬바람은 별 하나 보이지 않는 하늘에서 제멋대로 춤을 춘다. 사정없이 흔들리는 나뭇가지 사이로 언뜻언뜻 보이는 저 아래 시가지는 번쩍거리는 불빛으로 불야성을 이루고 있다. 찬바람에 날려 온 불빛은 나의 얼굴과 몽롱한 머릿속을 사납게 파고든다. 나는 어떻게 살아야 하는가. 이렇게 시간 뒤로 물러선 어둠 속을 매일 허우적거리며 비틀거려야 하는가.

그들도 뒤따라 나왔는지 동네로 내려가는 계단을 향해 흐느적거린다. 숲 속의 어둠은 우리를 어둠으로만 남길 바란다. 흔들리는 나무도 웅크린 돌도 비틀거리는 우리도 검은 윤곽뿐이다. 세상을 비관하는 시니컬한 웃음도 이젠 더 이상 나를 속일 수 없다는 생각마저 어둠 속에 묻히자, 왠지 모를 설움이 꺽꺽 치밀어 올라온다.

그때, 무엇에 놀란 듯 통신사의 목소리가 어둠 속을 날카롭게 헤집는다.

"잠깐 형씨! 잠깐 잠깐만 멈춰 서 보세욧!"

나는 급하게 돌아서서 어둠의 그를 찾는다.

"저, 저 소리가 들립니까? 저 기괴한 울음 같은 저 소리 말입니다!"

거의 비명에 가까운 그의 목소리가 나의 취기를 몰아내고 온몸에 솔기를 돋게 한다.

"아니 저 소리가 안 들려요! 수평선 너머 바다 밑에서 부글부글 끓어오르며 온 세상을 한 입에 삼킬 듯 하늘에서 울려 나오는 저 소리, 형씨! 저 소리가 안 들려요?"

나는 귀의 신경을 잔뜩 모아 주위를 두리번거린다. 먼데서 한꺼번에 울려 나오는 기계의 소음 같기도 하고 나무를 몰아세우는 바람 같은 것이 서로 어울려 우우거리며 달려드는 소리가 있었다.

"들리지요, 분명 들리지요? 아! 저 소리, 살아 있는 저 소리. 예, 동지나 해를 지날 때 폭풍경보가 내렸지요. 우리 배는 이미 그 영향권 안에 들어가 있었고, 그날 밤, 난 저 소리를 뱃전에서 들었어요. 배를 둘러싼 사방의 수평선이 희뿌옇게 빛나고 너울과 파도 끝이 어둠 속에서 파닥파닥 튀어 오르더니, 어디서 울려오는지 모를 거대한 짐승의 숨소리 같은, 그때 그 기묘한 감동! 아, 이제야 나는 내가 무슨 소리를 들으려고 했는지, 무슨 소리를 들으려고 했는지 알 수 있어요."

그는 나의 팔을 끌어 잡고 떨리는 목소리로 재빠르게 말한다. 나도 망연히 그 소리에 귀를 기울여 본다. 어디선지는 몰라도 진한 고통을 못 이겨 내부 깊숙한 곳에서 끓어오르는 듯한 신음소리, 신음소리, 어머니의 울음소리. 그 소리가 고뇌 음으로 울려온다. 불빛이 흐려지기 시작한다.

"형씨도 울고 있군요. 그래요. 저 미칠 듯이 그리운 저 소리를 찾아 우리 달려가지 않겠소?"

"취했어요. 저건 도시의 소음과 바다에서 오는 바람소리에 불과해요."

그는 안경 쓴 사내의 외침도 들리지 않는 양 바다 위를 걷듯이 어둠 속을 허우적거린다.

"정신 차려요! 저건 시가지를 달리는 차들의 소음과 바람소리에 지나지 않는단 말이욧!"

그는 어둠 속에 무너지는 통신사를 붙잡으려 허공을 그으면서 다급하게 소리 지른다. 나도 수풀 속에 쓰러지는 그의 곁으로 마구 달려간다.

그는 너무 취해 있었다. 그를 껴안아 일으켜 양쪽에서 부축을 한다. 축 처진 사지와 풀린 눈, 간신히 터진 입에서 더듬거리는 말이 타액처럼 흘러나온다.

"내가… 찾는… 게 뭔지 나는 들었…어…요. 이…제야 들…었…어요. 이제 나…는 배를 탈… 수 탈… 수…….."

"이 숲은 사람을 미치게 하는군요. 나는 뭐가 뭔지 알 수가 없어요. 이 사람은 정말 그토록 원하던 소릴 들었을까요?"

서리가 끼인 듯한 안경알이 어둠 속에서 하얗게 반사되어 온다.

"나는 이 사람이 무엇인가 찾으려고 많은 시간을 헤매고 다녔다는 걸 느낄 수 있었소. 이 자의 고뇌에 찬 얼굴이 그걸 말해 주고 있으니까."

"그건 그렇고 이제 어쩌지요? 우린 이 사람에 대해 알지 못하지 않습니까?"

"그렇군요. 그러나 걱정 마시오. 내가 자취하는 방이 바로 저 밑에 있으니까."

우린 아이처럼 가벼운 그를 양쪽에서 부축하고 조심스럽게 계단을 내려가 구석진 골목 안에 있는 내 방의 어둠을 열고 들어간다.

불을 켠다. 쏟아지는 불빛 아래 하얗게 바래진 그의 얼굴이 커다랗게 부각되어 온다. 나의 체액에 진저리치는 이불을 궤짝 위에서 내려 그를 덮어 준다. 뭔가 말하려는 그의 입술이 살아 움직인다. 한동안 걱정스런 마음으로 그를 지켜보다 긴장이 풀린 탓인지 나도 그 곁에 쓰러져 몽롱한 잠에 빠져들고 만다.

얼마나 지났을까. 누가 나를 급하게 깨우는 소리에 무거운 눈을 떴다.

"그 자가 사라졌어요. 밤새도록 '나는 이제 바다로 갈 수 있다. 내일은 바다로 간다'는 말을 헛소리처럼 되뇌더니 나도 잠깐 잠든 사이에……."

그가 쓰러져 있던 빈 흔적이 어슴푸레 보인다. 나는 주전자의 물을 벌컥벌컥 마시고 깨질 듯이 아픈 머리로 밖을 나와 본다. 날은 희부옇게 밝아 오고 있었다. 그런데 내려다보이던 어제의 도시는 그만 사라지고 없었다. 바다가 집 밑까지 깊숙이 들어와 있었다.

"아니 바다가 이곳까지 부풀어 있군요?"

"안갭니다. 저기 보이지 않아요? 통운빌딩의 안테나가. 해가 뜨면 다시 어제의 모습이 그대로 비칠 거예요. 아, 아닙니다. 바다인 줄도 모르지요. 네, 바다인 줄도 모른다구요."

그때, 나는 돌연 이 망망한 바다 밑에서 끓어오르는 듯한 그 기괴한 울음소리를 들을 수 있었다. 그가 그토록 절망하며 갈구했던 그 기괴한 울음소리.

그는 바다로 간 것이다. 그를 괴롭히던 혼란의 환청을 뚫고 저 깊고 아득한 수평선 너머로 그는 이제 배를 타고 갈 수 있을 것이다.

순간, 바다 밑에서 나를 부르는 듯한 소리가 들려온다. 애절하면서도 간곡한 어머니의 울음소리.

걱정하지 마세요, 어머니. 걱정 마세요. 오늘은 꼭 어머니를 찾아가 두텁게 쌓인 삶의 곤혹과 우울의 그물을 추슬러 어머니의 따뜻한 눈물로 일어서고 싶어요. 일어서고 싶어요. 어머니.

그때, 물기 어린 눈에 비쳐진 동녘에는 미명을 뚫고 고개를 내민 태양의 빛줄기가 발밑까지 부풀어진 바다 위의 어둠을 서서히 걷어 내고 있었다.

탑에
오르다

얼핏 지나가는 그의 결연한 표정이 나의
막연한 두려움을 밀어냈다. "괜찮겠어?"
라는 말이 필요 없을 것 같았다. 그는 알
수 없는 어떤 시도를 하려는 것 같았다.

나는 늘 방 안에 있다. 조그만 창문을 통해 내려다보이는 항구의 밤 풍경이 현재와 소통할 수 있는 유일한 나의 바깥 세계이다. 그런데 그곳도 그윽하게 내려다보며 몰두할 수가 없다. 들창은 의자를 놓고도 그 위에 발돋움을 해야 겨우 볼 수 있을 정도로 높은 곳에 있어 발목을 편 채 오랫동안 버티기엔 도무지 무리이고, 언젠가 내 뒤에서 누가 의자를 잡아 빼는 바람에 방바닥으로 떨어져 엉덩방아를 찧고 나서부터는 자꾸 뒤를 의식해야 하기 때문이다.

　내가 떨어져 다치는 건 별 상관하지 않는다. 뒤통수가 바닥에 부딪혀 두통이 난다거나 혹은 팔이 부러져 깁스를 한다 해도 그건 별스런 일이 못 된다. 고통을 꾹 참고 얼마간 고생을 하다 보면 결국 낫기 마련이다. 이 안에서 내가 할 일이 딱히 없기 때문에 그런 시간들은 문제가 되지 않는다. 그러나 나를 다치게 한 사람과 얼굴을 붉혀 가며 싸우는 일은 정말 하기 싫은 노릇이다. 욕을 하며 주먹을 날려도 히죽 히죽 웃기만 하는 그 낡은 얼굴과, 박수를 치며 재밌어하는 방 안 사람들의 무위에 가까운 놀이에 자진해서 동참하기 싫은 탓이었다.

그래서 나는 바깥을 내다보다 자주 고개를 돌려 방 안 사람들의 행동에 경계심을 늦추지 않는다. 그러니 나의 바깥 세계는 자주 생멸하는 신호등처럼 어둠 혹은 밝음으로 끊어지며 과거와 현재를 오간다. 그 단절되는 사이사이에 창살이 드리워진 조그만 창문이 있다.

항구의 밤풍경은 벽에 걸린 액자 속의 풍경화처럼 언제나 고요하다. 환한 불빛을 꽃등처럼 담은 건물들과 그 나누어진 공간 사이로 빛의 꼬리를 무는 도로가 잠기어 있다. 정박등을 켠 채 언제나 부두에 머물러 있는 배들도 항상 침묵 속에 놓여 있고, 짙은 윤곽선으로 이어지는 산등성이들도 마찬가지다. 유독 어깨까지 기어오른 집들로 인해 모지라지고 잘려 나간 산자락 아래 불쑥 솟아오른 공원의 탑이 시가지를 밝히는 등대처럼 거만한 모습으로 바다를 조망하고 있다. 나의 시선은 칠흑같이 어두워진 밤하늘이나 무채색으로 가라앉은 거리와 부두를 훑어 나가다 언제나처럼 공원의 탑에 이르러 한동안 머무르곤 한다. 그 탑은 지극히 단순한 모습으로 기다란 원통 기둥 위에 어울리지 않은 한옥 지붕을 얹었다.

"들창지기 형, 빨리 내려와 봐. 내 할 말이 있어요."

이 방 안 사람들 중 유독 내게 말을 걸어오는 '에나' 라는 젊은이다. 먹는 데는 귀신이어서 늘 하이에나처럼 군침을 흘리며 돌아다닌다고 해서 붙여진 별명이다. 별 먹을 것도 없는 이곳에서 말이다. 그리고 방 안 사람들은 서로 이야기하길 좋아하지 않는다. 오히려 혼자서 뭐라고 중얼거리며 히죽거린다거나 아니면 사소한 일을 가지고 다투길 좋아한다. 이를테면 붙박이로 된 자기 옷장에 누가 기대기라도 한다면 큰일 난 듯이 성을 내며 눈알을 부라린다. 특히 누가 면회라도 와 먹을 것이 생긴 날엔 더욱 그렇다. 서로 나누어 먹기도 하는 사람이 있는가 하면, 벽장 속에 꼭꼭 숨겨 놓고 어느 누구도 손을 대지 못하게 식식거리며 지키는 날엔 서로의 신경은 극도로 날카로워진다. 이곳에서 다른 사람들과 관계할 수 있는 일이란 일주일에 한 번 올라오는 의사와의 면담이 아니면 이렇게 서로 티격태격 다투는 일밖에 없는 것 같다.

"왜? 할 말이 있어!"

나의 감상을 방해하는 그의 행위에 불쾌감을 숨기지 않고 퉁명스럽게 물었다. 그리고 의자에서 내려왔다.

"아까 발작하다 끌려나간 신참 말이야. 그가 만나야 된다고 고함지르던 그 사람들이 누군지 이제 겨우 생각났어. 뭐하는 사람들인지 궁금하지?"

조금 전에 있었던 소동을 상기했다.

"내가 누군 줄 알아? 나는 이런 곳에 있을 사람이 아니야! 할 일이 많아. 만나야 할 사람이 많단 말이야!"라며 자기를 기다리는 사람들을 호명하며 비명을 지르다 보호사들에게 끌려나간 일을 말하는 것 같았다.

"9시 뉴스에 나오던 사람들이야. 마이크 앞에서 늘 '국민 여러분!'이라고 외치던 사람들. 아저씨도 보면 알 거야. 야! 신참은 밖에서 꽤나 유명했나 보지?"

그는 날 듯 말 듯한 기억에 한동안 시달리다 이제 겨우 생각이 떠올라 적이 안심이 된다는 듯 수심을 걷어 낸 말간 표정으로 말했다.

"신참을 어디로 데려갔을까? 보나마나 치료실로 갔겠지?"

나는 고개를 끄덕였다. 그도 나처럼 치료실에 몇 번 끌려갔다 오면 어쩔 수 없이 고분고분해질 것이다. 그러고 보니 내가 이곳에 온 지도 꽤 오래된 것 같다. 아내는 얼마간 요양을 하면 좋아질 것이라고 나를 여기에 데려왔지만, 내가 좋아졌다고 말하는 이는 아직 누구도 없었다. 문득 아내와 아이가 보고 싶어졌다. 나는 얼른 의자 위에 올라 들창에 매달려 밖을 내다본다.

항구의 밤풍경은 여전하다. 시선은 흐느적거리는 불빛을 따라 옮겨 다닌다. 시가지 어딘가에 아내와 같이 들어갔던 음식점, 영화관, 술집이 있을 것이다. 할 일 없이 여기저기 걸어 다녔던 거리도 그대로 있을 것이며, 함께 기다리다 몇 대를 보내 버린 버스 정류소도 어딘가에 있을 것이다. 머리 한쪽 구석의 기억으로만 남아 있던 그 사소했던 일상의 모습들이 지금은 특별한 모습으로 상기되어 눈시울을 뜨겁게 한다.

여기선 무슨 일을 할 필요가 없다. 아주 작은 노력 하나 하기가 불가능하게 보이는 무위의 시간이 계속되는 가운데 그래도 기억을 되살려 지난날을 생각한다는 것은 아주 특별한 일상이 아닐 수 없다. 흐릿해진 시선은 탑에 이르러 멈춘다. 한동안 그곳에 시선을 고정시키다 보면 탑의 불빛은 어둔 하늘을 관통하는 빛의 통로가 되어 점차 지난 젊은 날의 시간들을 비추는 과거형으로 되살아나기 시작한다.

탑 아래서 아내와 자주 만났다. 떡볶이와 꼬치를 파는 매점이 있고,

그 옆에는 늘 한국화를 전시해 둔 화랑도 있다. 탑의 내부로 들어가면 전망대로 올라가는 엘리베이터 주변에 기념품 파는 가게들이 둥그렇게 모여 있었다. 그곳은 늘 한산하다가도 공원 광장에 관광버스들이 도착하고 나면 한동안 북적거리게 된다. 주로 일본인 관광객들이었다. 아내는 탑 꼭대기에 있는 전망대에 올라가 보길 원했다. 난 고소공포증이 심한 까닭으로 그곳에 올라갈 엄두를 내지 못했다. 아낸 그런 나를 보고 웃으며 너무 소심하다고 했다. 그런데 내려다보고 있는 밤풍경 속의 아내는 언제나 과거형으로만 존재해 나를 더욱 우울하게 만든다.

다리가 몹시 피곤하다. 오늘도 꼬박 여섯 시간을 서서 일했다. 대형 마트의 파트 타이머 일이란 게 여간 힘든 노동이 아니다. 밤이고 낮이고 간에 웬 사람들은 그렇게도 많이 몰려드는지. 계산대 옆에 연방 쌓아 놓는 물건들을 보면, 꼭 난리가 나 급하게 피난가기 위해 사들이는 비상품목들 같다. 쉴 새 없이 줄을 이룬다. 조금만 지체하는 낌새만 보이면 무엇이 그리도 바쁜지 고객의 권리를 마패처럼 휘두르며 쏘아보는 바람에 나는 정신없이 바코드를 찍고 신용카드를 긁고 영수증을 떼어 주느라 허둥댔다. 소변 마려운 걸 억지로 참느라 팬티에다 질금거리기까지 했다.

오늘은 써드 파트라 밤 열 시가 넘어서 마쳤다. 지금 교대하러 들어온 사람들은 꼬박 밤을 새워야 한다. 그런데 오늘따라 이 아픈 다리를 태워 갈 버스가 좀체 오질 않는다. 그럴수록 마음은 바빠진다. 아이는 지금 뭘 하고 있을까. 저녁은 미리 밥상에 차려 놓고 왔지만 그걸 제대로 때맞춰 먹었을까. 아이 생각만 하면 가슴이 저려 온다. 그렇지만 어쩔 수 없다. 남편이 요양원에 있어 나라도 벌지 않으면 생활할 수가 없다. 지금 생각하니 아이를 하나만 낳은 것은 현명한 선택이었다고 본다. 더 현명한 처사는 남편과 만나지……. 아, 모르겠다.

고개를 들어 밤하늘을 올려다본다. 빌딩의 휘황찬란한 광고 조명 사이로 산등성이에 붙은 집들의 불빛이 약하게 반짝거린다. 버스를 기다리고 있던 젊은 남자가 옆의 여자에게 속삭인다. 역시 부산은 멀리서 본 야경이 아름답다고. 이에 여자도 동의한다. 그런데 나도 야경이 무척 아름답다고 느껴 본 적이 있었을까. 언제는 그랬을지도 모르지만 지금은 아니다. 불빛의 찬란함은 세상 고민 없는 여유로운 자들의 몫이지 불빛의 어두운 그림자에 불과한 나는 아니라는 생각이 마음을 아프게 한다.

동광동 산등성이 너머 비죽이 고개를 내민 용두산 공원의 탑이 시야에 들어온다. 번쩍거리는 시가지의 향연을 멀리서 훔쳐보기라도 하듯 이리저리 기웃거리는 형상이다. 꼭 어설픈 삼각뿔 모자를 쓴 광대의 모습과 무척 닮았다. 저 탑의 꼭대기에 올라가 항구와 먼 바다를 조망하고 싶었지만 그이의 소심증 때문에 그러지 못했다. 이 도시에서 나고 자랐으나 연애시절의 기회를 놓친 후 일부러 올라가 볼 필요를 느끼지 못했다. 뭐 그건 중요한 일이 아니다. 탑 위에 올라가야만 부산항이 내려다보이는 건 아니다. 주변 산등성이에 조금만 올라도 남항은 물론 멀리 외항까지 볼 수 있다. 그런데도 탑의 전망대에 올라가고 싶었던 이유는 무엇이었을까. 아마도 그곳에 올라가면 마치 허공 속에 멈춰서 아래를 내려다보는 쾌감과 아찔한 현기증을 즐기려던 것은 아니었을까. 마치 무서워서 보지 않겠다면서도 가린 손가락 사이의 벌어진 틈으로 훔쳐보는 야릇한 충동 말이다.

아, 기다리던 버스가 도착했다. 좌석에 앉은 다리는 이제 피곤함에서 겨우 휴식을 얻는다. 내다본 차창 밖에 불빛들이 스쳐 지나간다. 호텔, 스타벅스 커피점, 병원, 은행, 편의점, 건설회사, 나이트클럽, 제과점, YMCA의 불빛이 지난다. 버스는 집요하게 자기 존재를 알리는 불빛을 외면하고 또 다른 불빛을 받아들이면서 달린다. 그런데 도시를 밝히는 이 불빛들은 나에게 무엇인가. 나와 무슨 관계가 있는가. 당장 그것들이 불에 타 녹아내린다거나 땅이 꺼져 그곳에 파묻힌다 해도 나에게 무슨 상관이 있는가 말이다. 문득 나는 주변이 모두 증발해 버린 것 같은 외로움을 느낀다. 남편이 원망스럽다.

남편은 은행 과장이었다. 꼭 은행원이 어울릴 것 같은 고만고만한 사람이었다. 그의 착실함에 비해 너무 소심하다는 주위의 평이 있었지만 그리 흉이 되는 건 아니었다. 대인관계가 활발하지는 못해도 가정에 충실한 남편이었고, 대범한 인상을 주지 못해도 아이에겐 자상한 아버지였기 때문이었다. 그런데 오 년 전, 탈 없이 잘 다니던 은행을 갑자기 그만두게 되었다. 일생의 충격이 아닐 수 없었다. 퇴사는 신변상의 이유였지만, 직속 상사로 있었던 박애리라는 차장을 그것도 점포 안에서 성폭행하려다 미수에 그친 사건이 원인이 돼 강제사표를 쓸 수밖에 없었다는 걸 뒤늦게 알았다.

남편은 극구 부인했다. 오히려 자기는 억울한 피해자라고 울면서 말했다. 그러나 사직하지 않으면 법적으로 처리하겠다는 그녀의 강력한 분노 때문에 어쩔 수 없이 은행을 떠나야 했다. 소문은 날개를 달고 은밀하게 퍼져 있었다. 어떤 동료들은 그를 동정했고, 어떤 동료들은 그를 비난했다. 그녀는 대단한 여자였다. 도대체 거침이 없었다. 애걸복걸하며 선처를 바랬으나 요지부동이었다. 그간 정리를 보아 위자료를 청구하지 않은 것만도 다행으로 여기라며 말문을 잘라 버렸다. 인정이 들어갈 틈이 전연 없었다. 최대한 배려라는 게 허울 좋은 명예퇴직으로 명퇴금 조금 더 얻는 것뿐이었다.

그 후 남편은 어떤 분노 속에 치를 떨며 잠을 이루지 못했다. 나중엔 헛소리를 중얼거리기도 했다. 한의원에서는 화기가 머릿속에 뻗쳐 기가 뭉치고 막혀 음과 양이 무질서하게 얽혀 생긴 병이라 했다. 한약으로 다스려지지 않던 그 화기와 울증은 신경정신과를 거쳐 대학병원 정신병동에 입원하여서도 도무지 가라앉질 않았다. 남편은 아티반이 아니면 밤에도 잠을 이루지 못했다. 몸이 말라 가는 가운데 점점 딴사람으로 변해 갔다.

그동안 이 병원 저 병원을 전전하느라 얼마 안 되는 퇴직금을 거의 날려 버렸다. 할 수 없어 집에서 치료하자니 아이가 문제였다. 남편은 그 이전의 아버지가 아니었다. 아이는 자기를 몰라보는 아버지가 무서워 집에 들어오지 않으려 했다. 수소문한 끝에 실비로 입원할 수 있는 요양원을 친지의 소개로 찾았다. 그곳은 남항이 내려다보이는 까치고개 너머 비탈진 경사면에 새집처럼 둥지를 튼 종교단체 요양원이었다. 남편을 그곳에 입원시켰다.

난 아직도 누구의 이야기가 진실인지를 모른다. 남편의 평소 성품으로 보아 아무리 미모의 독신녀라지만 그녀를 강간하겠다고 덤볐다는 사실은 도무지 믿기지 않는다. 그럴 위인이 못 되는 것이다. 그러나 남자들의 음흉한 속셈은 그 누구도 모른다고 하지 않던가. 나의 경우만 해도 그렇다. 유부녀인 줄 뻔히 알면서도 관리부의 나이 든 과장은 나를 훑어보며 은근한 추파를 던지고 있지 않는가. 그의 눈길이 무엇을 원하는지 여자들은 직감적으로 느낄 수 있다. 사실 마음 한구석이 비어 달아날 땐, 그의 유혹을 못 이기는 체하며 따라나서고 싶은 날도 있다. 또 냉정하게 무시하고 도도하게 굴기엔 내가 그리 젊지 않다는 걸 안다.

그나저나 남편은 지금쯤 뭘 하고 있을까. 어둠을 껴안고 깊이 잠들 시간이지만 오늘도 그는 잠을 이루지 못하고 괴로워하고 있을까. 그에게 면회 간 지도 꽤 오래되었다는 생각이 든다. 버스는 중앙로를 벗어나 산복도로를 기어오른다. 집에 거의 다 왔는가 보다. 거칠어진 차의 신음소리가 나의 지친 숨결처럼 온몸에 와 닿으며 동심원을 그린다.

모두 잠든 것 같다. 열 시가 되면 소등을 해야 한다. 천장에 매달려 방 안을 밝히기엔 턱없이 부족했던 형광등도 이제는 어둠과 같은 색깔이다. 복도를 지나는 보호사의 발자국 소리가 울린다. 방을 지날 때마다 일부러 벽을 치는 진압봉 소리가 시큼한 냄새로 눅눅해진 공기를 메마르게 갈라놓는다. 그 소리는 괴기스럽다기보다는 어떤 엄격함으로 울려온다. 그 엄격함은 비굴한 복종을 요구한다. 어떤 땐 치료약 이상의 효능을 발휘한다. 누구나 한 번쯤은 겪었을 끔찍한 기억들을 수반하기 때문이다. 여기선 자신이 무엇이라는 게 소용없다. 모두 환자라는 것, 자신이 미쳤다는 것을 인정하고 머릿속에 즐거움이 떠오르면 그대로 즐기면 되고 고통의 아픔이 있으면 그대로 표현해 버리면 된다.

아무나 보고 '한 병만' 달라고 떼를 쓰는 바람에 '한배이' 라는 별명이 붙은 우리 방 알코올 중독자는 오늘 오후에도 제법 반반한 여환자를 따라다니며 엉덩이를 문지르고 가슴 주무르는 짓을 서슴없이 해 보였다. 모두 웃기만 했지 누구 하나 제지하지 않았다. 언제 나아서 이곳을 나갈지도 모르고, 무엇 하나 제대로 집중할 수 없는 정신적 공황상태에서 무엇이 옳고 그르냐를 따지는 사회의 도덕 따윈 바다 위에 선을 긋는 일과 같이 무모한 짓이다. 단지 지리한 무관심, 무감각해진 감정들만 더러운 건물의 먼지처럼 곳곳에 쌓여 갈 뿐이다.

여기서는 시간이 지나가기도 하고 지나가지 않기도 한다. 지나가는 것은 진료실 책상 위에 놓인 달력이나 면회실 벽에 걸린 달력 위 숫자들에 한정되어 있다. 나에게 시간이란 무중력 상태로 떠 있는 과거의 풍경 속에서만 늘 존재한다. 그것은 더러운 창을 통해 내다본 바깥세상도 마찬가지다. 이렇게 내 생활이 뒤죽박죽 엉망이 된 것은 온전히 그녀의 유혹 때문이었다. 틀렸다. 요즘은 내 안에 거주하는 음흉한 욕정 때문이었다고 생각해야 한다. 그러나 한동안 그녀에 대한 증오는 내 머릿속을 휘젓고 다니며 마치 고유한 자기 영역처럼 마음대로 유린하고 지배해 왔다.

점포 내에서 그녀에 대한 평판은 숲을 이룬 수종같이 다양했다. 미모를 갖춘 독신녀며, 각 점포에 할당된 예탁금 유치 목표액을 언제나 초과 달성할 정도로 고객관리에 탁월한 능력을 보였으며, 늘 활동적이고 무슨 일이든 적극성을 보인 그녀는 가장 젊은 나이에 지점장이 될 거라는 선망은 누구에게나 공통적이었다. 좋지 못한 평판도 있었다. 오로지 행원들의 꽃이라는 지점장이 되기 위해 사는 여자라느니, 자기 신상에 영향력을 끼칠 만한 본부 간부들이나 유력한 전주들에게 나이 불문하고 육탄공세를 서슴지 않는다느니 사생활이 너무 문란해 언젠가는 얼굴값을 톡톡히 할 거라는 비난을 하면서도 자신들이 그 상대가 되었으면 좋겠다는 이중성을 노골적으로 내보였다.

그런 그녀가 하필이면 왜 나 같은 자를 유혹했는지 알 수가 없다. 그것도 은행 점포 내에서. 그래, 그녀는 확실히 나를 유혹했다. 내가 누명을 쓴 억울함보다는 그녀에게 유혹당했다는 사실이 나를 심해 속으로 어둡게 가라앉혔다. 그날, 다른 직원들은 정산을 마치고 퇴근한 후에도 나는 처리해야 할 일이 남아 있었다. 다음날 결재를 올릴 대부 건수 확인이 덜 끝나 서류를 뒤적이고 있을 때였다. 그런데 퇴근한 줄만 알았던 그녀가 고객 상담실에서 나와 나를 불렀다.

"홍 과장, 일 다 안 끝났어? 대충하고 여기와 나 좀 도와줘."

그때 미리 눈치를 챘어야 했다. 허리에 손을 얹고 문에 기대선 그녀의 모습이 영업시간에는 볼 수 없던 흐트러진 자세였다는 점을 말이다. 상담실에 들어가니 그녀는 소파에 앉아 탁자 위의 서류를 검토하는 중이었다. 그런데 그녀는 허벅지가 훤하게 드러날 정도로 스커트를 걷어 올린 요염한 자태였다. 나는 민망한 마음에 그녀의 시선을 피하면서 맞은편에 가 앉으려 했다.

"홍 과장, 이 서류 어찌 된 거야? 가까이 와서 좀 자세히 봐 줘."

나는 묘한 긴장감을 느끼며 그녀 곁에 가 서류를 살펴보았다. 별문제가 아니었다. 공장을 담보로 대출받은 후 다시 추가대출을 신청한 사안으로 기대출금액이 평가금액보다 훨씬 낮아서 추가대출을 해 주어도 별 문제될 게 없었다.

"어때? 괜찮겠어?"

그건 나보다도 그녀가 더 잘 알 사안이었다. 나는 그녀의 살 냄새에 어찔함을 느끼며 말했다.

"다른 은행에 대출 잡힌 것도 없고, 차장님도 아시다시피 우리 은행 우수고객이잖아요?"

"그건 그래. 홍 과장 담당이니 무슨 하자가 있겠어? 사실 홍 과장을 부른 건 그게 아니고……."

그녀는 서류를 덮으며 어깨를 돌려 나를 향했다. 그때 나를 바라보는 그녀의 얼굴은 약간 홍조를 띠고 있었고, 목소리는 한층 나긋나긋해 있었다. 안 그래도 그녀에게서 풍기는 단내와 애써 가리지 않은 허벅지의 강렬함 때문에 어디로 시선을 둘까 전전긍긍하고 있는데, 듣기에도 야릇한 숨소리마저 가까이에서 느껴져 난 호흡을 제대로 할 수 없었다.

"홍 과장, 홍 과장이 워낙 착실하니 어부인은 좋겠어. 그래, 어부인께서 잘 해 줘?"

그러면서 그녀는 갑자기 나의 어깨를 자기 가슴 쪽으로 끌어당겼다. 그 순간 내 가슴은 황당함과 어쩔 줄 모르는 당혹감에 떠밀려 심하게 요동쳤고, 머릿속은 도덕과 싸우는 수많은 언어로 순식간에 균형을 잃어 가고 있었다. 몸은 이러지도 저러지도 못한 어정쩡한 상태로 겨우 "차장님, 왜 이러시죠. 예? 이러시면 안…….".라는 말만 겨우 뱉어 냈다.

"홍 과장, 오래전부터 홍 과장을 맘에 담아 왔어. 나 괜찮지 않아? 응? 여긴 우리 둘뿐이 야. 오늘 내가 왜 이런지 나도 몰라. 홍 과장, 제 발 오늘 날 좀 어떻게 해 줘, 응?"

그녀는 가쁜 숨을 몰아쉬며 스커트를 걷어 올리더니 두 손으로 내 머리를 잡아당겨 그 깊은 계곡 속에 풍덩 빠뜨려 버렸다. 그녀는 안에 입은 것이 아무것도 없었다.

머릿속이 온통 불기둥에 휩싸여 소용돌이치고 있을 때, 밖에서 인기척이 들려왔다. 야간 경비였다.

"안에 누구 있어요?"

그러자 그녀는 나를 노려보더니 갑자기 나를 밀쳐 내며 비명을 지르기 시작했다.

"사람 살려요! 밖에 누구 없어요!"

그 날카로운 비명소리가 내 머리를 사선으로 빗금 지르며 빠르게 지나갔다. 갈라진 틈으로 뇌수가 모두 쏟아지는 것 같았다. 시야가 하얀 사막으로 변해 버렸다. 경비가 들어오자 그녀는 나의 뺨을 보기 좋게 한 대 올렸다. 욕을 하는 것 같았지만 들을 수 없었다. 그저 얼 나간 표정으로 그녀를 멍하니 바라보았다. 순식간에 나는 영락없이 성폭행범으로 몰려 버린 것이었다.

변명을 할 수 없었다. 아무리 사태를 설명한다 해도 상황은 이미 서녘으로 기운 해였다. 결코 남자에게 유리하게 전개될 상황이 아니었다. 그녀의 눈물 어린 피해자 진술은 모든 남자들의 정의감에 불을 지폈고, 그녀의 진술이 거듭될수록 나는 점점 상사를 강간하려 덤빈 미친놈, 죽일 놈, 파렴치범이 되어 갔다. 그날 이후, 내 가슴엔 여러 놈이 거주하기 시작했다. 시도 때도 없이 그놈들은 나를 향해 화살을 날리며 상처를 입혔다.

'네가 그렇게 도덕군자였어? 미친놈. 정말 그녀를 품고 일을 치르고 싶은 욕정이 없었단 말이지! 그래, 그녀의 살 냄새를 맡았을 때 기분이 어땠어? 경비가 들어오지 않았다면 네 놈은 어쨌을까? 꼴좋다. 네 놈의 운명은 그게 다인 거야. 덜 떨어진 놈, 마누라와 애새끼는 어쩔래? 네 놈은 원래부터 싹수가 노랬어. 그 소심증, 침이라도 탁 뱉어버리고픈 그 우유부단함. 인마, 남들이 널 순수하다고 말하는 건 널 바보로 생각한다는 뜻이야! 주는 기회도 못 살리는 무능력자, 불쌍한 놈……'

놈들이 설치기 시작하면 머릿속은 온통 전쟁터로 변해 피비린내로 가득했다. 잠을 이룰 수 없었다. 나의 영혼은 폭풍우에 휘말려 찢어지고 깨어진 난파선처럼 변해 갔다. 나도 몰래 헛소리를 내지른 모양이었다. 모두 몸속에 들어온 놈들의 소행이었다. 그러니 무슨 일이든 집중할 수 없었다. 머리가 아팠고 일할 자신이 점점 사라졌다. 나는 하루하루 망가져 갔다. 침울한 바다 속으로 잠기어 갔다. 그런 와중에 그녀는 가장 젊은 나이에 행원의 꽃인 지점장으로 승진되었다는 소문이 고양이 웃음처럼 들려왔다.

퇴근 후 거실에 앉아 항구의 야경을 바라본다. 시드니 오페라하우스를 닮은 국제 여객선 터미널과 아치형 부산대교, 정박한 어선들로 가득한 남항 부두 그리고 용두산 공원의 경치가 한눈에 들어온다. 항구를 끼고 있는 시가지의 불빛도 베란다 창문 전경을 아름답게 수놓고 있다. 전망이 너무 좋아 혼자 쓰기엔 좀 너른 평수지만 가격불문하고 이 아파트를 선택했다. 어떤 이들은 아무리 시내와 근접해 있다 하더라도 섬은 섬이 아니냐며 돼먹지 않은 풍수로 나의 선택을 농락하려 들었지만, 그건 몰라도 한참 모르는 소리이다. 이곳에 온 지 얼마 되지 않아 지점장으로 승진한 것을 보아도 쉽게 알 수 있다.

그러나 오늘 밤은 왠지 모르게 가슴 한쪽이 비워진 것 같다. 그곳으로 허전함이 밀물처럼 기어든다. 나는 그 이유를 알고 있다. 시선이 공원의 우뚝 선 탑신에 머물렀을 때 나의 몸은 후끈 달아오르며 파도 위에 떠 있는 보트처럼 출렁거림을 느낀다. 요즘 들어 홀로 지내는 밤이 많아진 탓이리라. 그래서 그런지 내다보는 도시의 불빛도 꿈틀대는 욕정을 이기지 못해 타오르는 갈증처럼 보인다. 그 가운데 거만하게 우뚝 선 공원의 탑이 있다. 건물 속의 창들은 거대한 탑신을 온몸으로 받아들이기 위해 불빛을 밝히며 교태를 부린다. 내 몸도 어느덧 바다처럼 열린 채 헌신적인 자세로 탑신을 갈망한다. 몸이 꿈틀댄다. 밤의 도시는 알 수 없는 깊이의 늪이 되고 나는 그 속에 빠져 입을 벌린 채 허우적거리고 있다.

어떤 고상한 건축가는 원기둥으로 불끈 솟아오른 공원의 탑을 항구의 풍경에 먹칠하는 꼴불견 중의 하나라고 철거를 주장했지만, 이는 하나만 알고 둘은 모르는 소리다. 저 탑이 없으면 밤마다 들끓는 도시의 욕망을 어떻게 잠재울 수 있단 말인가. 탑신이 내 몸에서 출렁거릴 때마다 아, 난 그 바보 같은 녀석을 떠올린다. 볼품없이 자그마한 외모에 얼굴은 늘 두터운 그늘로 덮여 있고, 소심하기란 노루새끼보다 더하지만 그래도 사내다움이 있다면 그건 남자 직원들도 은근히 부러워하는 물건을 가졌다는 점이었지.

회식자리에서 가끔씩 안주거리로 회자될 때마다 남자들의 기죽은 표정은 채워지지 않은 갈증과 함께 내 몸을 뜨겁게 달구어 놓는 호기심이 되었어. 나의 예리한 촉수는 은밀하게 퍼져 있는 그 소문을 놓칠 리 없었지. 불필요하게 열린 적이 없던 그의 입은 우선 나를 안심시켰고, 무리한 요구를 할 것 같지 않은 그의 순진함은 노리개로 삼아 적당하게 즐길 수 있는 편안한 상대라고 생각했어. 더군다나 나는 녀석의 직속상관이었잖아.

나도 나에게 헌신할 수 있는 사내 하나는 필요했단 말이야. 겨우 관계할 수 있는 만남이란 게 나에게 유리한 상사들이나, 아니면 든든한 물주들뿐인데, 그들에겐 나의 미모가 가장 잘 드는 칼이 될 수는 있었지만 놈들은 언제나 제왕에게 헌신하는 시녀로서의 나를 원했지. 놈들이 나를 지점장까지 만들어 주었고 가끔은 만족을 주긴 했어. 그래도 어쩐지 허전함이 남는 건 숨길 수 없었지. 난 녀석을 하인처럼 마음대로 부리고 싶었던 거야.

그런데 녀석은 그 훌륭한 연장을 가지고도 도끼자루 하나 제대로 만들지 못했어. 아니, 세상에 그런 병신 같은 놈이 다 있지. 지금 생각해도 기가 막혀. 아무리 영웅이라도 집사에겐 주인대접을 받지 못한다는 말도 있잖아. 누구나 한 꺼풀만 벗겨 보면 구린 구석은 다 있는 법이야. 사내놈들은 늙으나 젊으나 암말처럼 팡팡한 엉덩이만 보아도 게슴츠레한 눈으로 침을 흘린다지 않아. 콧구멍이 간지러우면 콧구멍을 쑤실 수밖에 없는 거야. 물론 남의 눈을 피해 일을 치르긴 하겠지만. 그런데 놈의 머릿속엔 쓸데없는 윤리기준만 꽉 차 있었어. 계산하고, 굴리고, 의심하고…….

난 그런 놈을 위해 진수성찬을 차려 놓고 기다린 꼴이 돼 버렸어. 젓가락 하나 들지 못하는 놈을 위해서 말이야. 내가 어떻게 그런 놈을 증오하지 않을 수 있어. 난 그런 놈은 딱 질색이야. 연장을 떼어 개나 줘 버리라지. 결국 녀석을 멋지게 해치웠지. 어떤 놈은 혹 내가 먼저 꼬리치지 않았나 하고 꽤나 똑똑한 의심을 했지만 제까짓 놈들이 날 어쩌겠어. 성문제는 으레 수컷들에게 불리하게 전개되기 마련인 걸. 그나저나 오늘 밤 따라 왜 이렇게 허전한 거야. 누구라도 좋으니 혼절할 정도로 깊숙이 날 맡기고 싶어.

내 몸은 점점 도시의 늪에 빠져 허우적거리면서 도도함을 자랑하는 탑의 위세를 향해 은밀한 꿈을 꾸기 시작한다.

어젯밤은 머리가 아파 제대로 잠을 잘 수 없었다. '훌쩍이'가 자다 일어나 계속 훌쩍거린 탓도 있지만, 한동안 평온을 유지하던 내 머릿속이 또 한 번 전쟁터로 변한 이유였다. 내 속의 놈들은 화살을 날리며 칼을 휘둘러 댔다. 그런데 요즘 들어 변화된 모습이 있다면 놈들에게 일방적으로 당하던 전과는 달리 누군가 놈들에 대항하여 싸우기 시작했다는 점이다. 그가 누군지는 아직 모르겠다. 견고한 갑옷으로 무장하지는 않았지만 버티고 나선 폼이 제법 그럴 듯하다.

어찌 됐든 머리가 아프다고 해서 의사에게 호소할 수 없다. 그런다면 의사는 또 전번 모양 다른 약으로 처방을 내릴 것이 분명하고, 그러면 난 입에 거품이 생길 정도의 갈증과 근육이 마비되는 고통을 겪어야 하기 때문이다. 약을 먹으면 정신이 몽롱해진다. 아마 약은 혈관을 타고 뇌 속을 파고들어 기억할 수 있는 일들과 기억하지 못하는 일까지 심지어 나라는 존재의식까지 마비시키며 무자비하게 파괴하는 것 같다. 약기운이 훑고 지나간 머릿속은 폭풍우가 지난 들판처럼 황량해지고, 슬프거나 기쁜 것 같은 사소한 감정 하나 느끼지 못할 정도로 무기력해지는 것이다. 그래서 요즘은 어떻게든 약을 먹지 않고 견디기 위해 애를 썼다.

머리를 감싸 쥐고 있는 동안 에나가 벌써 식당에서 돌아왔다. 나는 두통 때문에 식욕이 없어 그냥 방에 앉아 있었다.

"들창지기 형, 몸이 안 좋아? 오늘 아침 괜찮던데……."

그는 제법 이를 쑤셔 가며 말했다.

"난 말이우, 목요일이 제일 좋아. 샤워도 할 수 있지, 여기선 그래도 미치지 않았다고 하는 놈은 의사뿐인데 그 멀쩡한 놈과 원한다면 이야기도 나눌 수 있지, 이야기라야 별것도 아니지만……. 난 여길 나갈 수만 있다면 매일 샤워를 할 거야. 기분이 좋아지거든."

그는 혼잣말처럼 중얼거리며 붙박이장에 감춰 둔 사물함을 뒤져 비누조각과 수건을 조심스레 꺼내 들고 방 안을 나갔다. 다시 혼자가 되었다. 다른 사람들은 식사 후 휴게실에 모여 담배를 피우거나 텔레비전을 보며 잡담을 즐길 것이다.

만약 내가 퇴원해 집으로 가게 되면 무엇을 할 수 있을까. 고생하는 아내와 아이를 위해서라도 일을 해야 할 텐데. 과연 내가 할 수 있는 일이 있을까. 내가 낫기라도 할 수 있을까. 그런 상념은 정신병원을 거쳐 이곳에 와서도 아마 수백 번은 더 떠올린 자문이었을 것이다. 번번이 약에 취한 몽롱한 정신이 생각의 집중을 방해했고, 일상이 정지

된 무료한 시간의 늪에 빠져 의욕이 상실되어 버렸고, 내 속의 놈들에 의해 마구 유린당하느라 나로부터 단절되어 버리곤 했다.

그런데 요즘 들창을 통해 공원의 탑을 내려다보는 일이 거듭될수록 나도 모르게 고개를 조금씩 내미는 싹이 있었다. 그것은 내 몸 안에서 자랐지만 나와는 닮지 않았다. 분노와 질책으로 무장된 놈들과 맞서기엔 연약한 모습이었지만 간간히 외치는 울림은 있었다.

'배를 띄워! 그리고 떠나는 거야. 정해진 길은 없어, 뭘 의심하는 거야? 앞뒤 맞추는 계산도 버려! 새로운 항로를 찾아!……'

그는 쏟아지는 화살을 피해 이리저리 옮겨 가며 더듬거리듯 외쳤다. 그 소리는 무력감에 먹혀 작아졌다가도 아이의 울음소리에 놀라 커지기도 했다. 그러나 어떻게 해야 할지 구체적인 모습으로 드러나진 않았다. 더듬이를 잃고 제자리를 뱅뱅 도는 곤충의 모습이 떠올랐다. 촉수가 필요할 것 같았다. 나는 보호사를 통해 의사와의 면담을 요청했다.

아침 교대를 위해 탈의실에서 유니폼으로 갈아입고 있을 때 요양원에서 휴대폰으로 전화가 왔다. 남편이 면회를 와 주었으면 한다는 것이었다. 전화를 받는 순간 반가움보다는 불안한 심정이 가슴을 뛰게 했다. 갑자기 맥이 풀리며 머릿속에 먹구름이 가득 차 버렸다. 그렇다고 남편에 대한 생각을 계속 담아 둘 수 없는 일. 계산대에서 약간의 실수는 결국 나에게 치명적인 손실로 되돌아오고, 그것은 궁핍의 고통으로 이어지니 정신을 차려야 했다. 근무 시간 내내 불안감은 소리 없이 밀려드는 적군처럼 나를 공격해 혼란 속에 빠뜨리려 했으나 냉정한 현실로 쌓은 방어벽에 의지해 그럭저럭 견딜 수 있었다.

　근무를 마치고 오후 늦게 요양원을 찾았다. 남편의 면회를 신청했다. 지난 오 년간 나를 괴롭히기만 한다고 원망했던 남편이 초라한 모습으로 면회실 문을 열고 들어왔을 때, 갑자기 연민이 치솟는 바람에 나도 모르게 눈물을 쏟을 뻔했다. 결국 그에 대한 애증은 각기 다른 얼굴을 가진 게 아니라 한 몸의 두 얼굴임을 알았다. 남편은 나를 보며 미소를 지으려 했으나 어색한 웃음에 지나지 않았다.

　"잘 지냈어? 아프진 않구?"

　남편은 고개를 끄덕였다. 그러면서 나의 눈치를 살피며 자꾸 할 말을 찾는 것 같았다.

　"왜? 무슨 일이 있는 거야?"

　"부, 부탁이 있어. 고생하는 거 알아. 또 이렇게 면회 오라고 해서 미안해. 퇴원시켜 달라는 이야긴 아냐. 단지 오늘 하루만이라도 외출을 좀 부탁하면 안 될까?"

　가슴이 철렁 내려앉았다. 나는 비록 생활이 고단하더래도 그가 요양원에 조용히 있었으면 하고 늘 바랐다. 회복된다는 보장도 없고 또 언제까지 계속될지도 모르는 그의 긴 투병생활을 곁에서 간호한다는 것은 너무나 잔인한 일이라고 생각해 왔다. 그가 발작을 일으키거나 극심한 우울증에 빠져 웅크리고 있을 때, 나는 내 운명을 저주하고 절망한 적이 한두 번이 아니었다. 그에 대한 연민으로 모든 걸 희생하기엔 너무나 지친 상태였다. 그래서 간혹 나에게 치밀어 오르는 화를 참지 못해 남편을 증오할 때도 있었다.

　"왜? 집에 가고 싶어?"

내 목소리에는 퉁명스러움이 묻어 있었을 것이었다.

"아, 아니야. 그건 바라지 않아. 내가 무슨 염치로. 근데 뭐라고 설명할 수 없어. 단지 당신과 만나 자주 거닐었던 그곳들을 한 번 가 보고 싶을 따름이야. 약속할게. 당신을 괴롭히고 싶은 마음은 추호도 없어."

남편은 이곳의 답답한 생활을 잠시라도 벗어나고픈 모양이었다. 그는 퇴원이나 외출이 본인의 의사와는 상관없이 담당 전문의나 보호자의 요청에 의해서만 결정됨을 잘 알고 있었다. 그래서 나의 면회를 요청한 것이리라. 전에는 없던 일이었다. 머릿속이 복잡하게 회전하는 동안 그는 쭈그려 앉아 고개를 숙인 채 침묵으로 자신의 의견을 강요했다. 나와 거닐었던 곳을 가 보고 싶다고……? 남편 머릿속에 나와 공유할 수 있는 애정의 기억이 어떤 것인지 모르지만 내겐 그다지 감동적인 일이 될 수 없었다. 하루하루 벌어먹기도 고생스럽고 불확실한 미래에 대한 걱정이 마음의 여유를 앗아 갔기 때문이었다. 그러나 그는 갇혀 버린 불쌍한 환자였다. 매정하게 거절할 수 없었다. 원무과에 부탁하여 외출 허락을 받았다.

나는 남편을 데리고 나와 마을버스를 타고 시내로 내려왔다. 어스름이 내리는 초가을의 거리는 많은 사람들로 번잡했다. 스쳐 지나는 사람들의 얼굴엔 불행의 그림자라곤 어디에도 없는 것 같았다. 그들 가운데 쓸쓸한 모습으로 뒤섞인 건 점점 누렇게 변해 가는 가로수 잎과 우리뿐인 것 같았다.

그는 복잡한 거리를 걷는 동안 어떤 불안감을 느끼는지 아래만 내려다보고 걸었다. 불안하긴 나도 마찬가지였다. 남편이 갑자기 어떤 돌출 행동을 할지 모르고, 또 혹시라도 아는 사람을 만나면 어쩌나 싶어 두려웠다. 그래서 아름다워야 할 지난 추억의 회상들은 현실의 불행에 억눌려 아련한 감정 하나 건들지 못했다. 왜 갑자기 이곳을 걷고 싶다고 했을까. 지난날의 어느 좋은 기억으로 되돌아가 편안하게 안주하고 싶은 탓일까. 복잡해진 머리와 스멀거리는 긴장감을 덜어 내기 위해 뭘 좀 먹겠느냐며 말을 붙여 보았으나 그는 고개를 저었다. 그러는 동안 몇 개의 영화관을 지나고 남포동 뒷골목을 뒤로 하고 옛 미화당 앞을 지나갈 때까지, 그는 과거를 더듬는 순례자처럼 자기 생각에만 갇혀 말없이 걷기만 했다. 간혹 괴로운지 얼굴을 찌푸렸다.

"여보, 나 공원에 가 보고 싶어. 당신 괜찮겠어?"

뒤따르는 나를 향해 돌아보면서 그가 말했다. 나는 고개를 끄덕였다. 그가 원한다면 오늘 밤은 어디라도 같이 가야 할 것 같았다. 그래도 성한 나에 비하면 그는 환자고 또 얼마만의 외출인가 말이다. 우린 광복로를 따라 걷다 화랑을 지나 공원으로 올라가는 입구까지 왔다. 그는 굳이 설치해 놓은 에스컬레이터를 외면하고 옛 계단을 선택했다. 그리고 천천히 올라갔다. 한 계단 한 계단 올라갈 때마다 그와 함께 심심풀이로 보았던 점집이 지나가고, 물방개 놀이로 내기를 유혹했던 노인의 좌판을 지나가고 겨울철의 호떡집이 지나갔다. 여긴 에스컬레이터를 타고 오르는 현재와 계단이 품고 있는 과거가 동시에 공존하는 묘한 공간이라는 느낌이 들었다. 계단은 과거로 오르는 길이었다.

공원에 올라섰을 때, 광장에는 어둠이 짙게 깔려 있었다. 부산항과 영도, 남항 그리고 천마산이 어둠을 배경으로 파노라마처럼 펼쳐졌다. 그가 입원 중인 요양원도 멀리 올려다보였다. 그런데 남편은 주변을 살피지도 않고, 미리 생각해 둔 것이 있는 사람처럼 곧바로 탑을 향했다. 탑의 꼭대기에 있는 전망대의 불빛이 까마득한 허공 속에 떠 있었다. 그는 고개를 숙인 채 승강기가 있는 탑의 내부로 들어갔다. 다소 엉뚱한 생각으로 여겨지는 그의 행동이 막연한 두려움을 몰고 왔다. 대체 어쩌자는 짓이지. 무얼 하겠다는 거야? 너무 소심해 이곳에 들어오기조차 꺼렸던 사람이?

"여보, 내가 저 꼭대기에 올라갈 수 있을까? 응? 내가 과연 할 수 있을까?"

나는 그를 쳐다보았다. 순간 얼핏 지나가는 그의 결연한 표정이 나의 막연한 두려움을 밀어냈다. "괜찮겠어?"라는 말이 필요 없을 것 같았다. 그는 알 수 없는 어떤 시도를 하려는 것 같았다. 나는 비로소 그가 왜 외출을 요구해 왔는지 알 것 같았다. 그를 한참 바라보다 고개를 끄덕이며 얼른 매표소로 가 탑승권 두 장을 끊어 왔다. 그리고 기다리고 있던 사람들과 함께 승강기를 탔다.

'웅' 소리를 내며 올라가는 승강기 안에서 그는 눈을 꼭 감고 있었다. 승강기가 원통 기둥 속을 움직이고 있는 동안 그의 얼굴표정은 변덕스런 날씨보다 더 심하게 바뀌었다. 주변 사람들은 이상한 눈초리로 그와 나를 번갈아 보았으나 부끄럽지 않았다. 대신 가슴 언저리에 어떤 슬픔이 밀물처럼 차오르는 걸 느꼈다. 그의 내부 속에서 무엇과 치열하게 싸우고 있는 것 같은 아픈 혼란이 나에게 슬픔으로 느껴졌던 것이었다.

승강기가 멈추고 문이 열리자 사람들은 우리를 흘끔거리며 재빨리 전망대 안으로 들어갔다. 그러나 그는 눈을 뜨지 못한 채 머뭇거리고 있었다. 나는 터져 오르는 울음을 참으며 그를 살며시 전망대 안쪽으로 이끌었다. 그는 가늘게 떨고 있었다. 이마에 땀이 송송 맺혔다. 남편은 발걸음을 떼지 못해 엉거주춤한 모습으로 한동안 서 있었다. 시간이 팽창되어 정지된 느낌이었다. 이윽고 그는 심호흡을 몇 번 하더니 걸음마를 처음 배우는 아이처럼 조금씩 발을 밀어 창가로 다가갔다.

창밖은 밤하늘과 구분이 안 되는 어두운 바다와, 찬란한 도시의 불빛들이 허공 아래 가득했다. 겨우 발을 밀어 창에 가까이 다가선 그는 눈을 가늘게 뜨더니 천천히 아래를 내려다보았다. 현기증을 느끼는지 휘청거리는 다리로 겨우 버티고 선 채 이곳저곳을 한동안 바라보다 고개를 돌려 나를 향했다. 하얗게 질려 입을 앙다문 채 땀을 흘리고 있었지만 파르르 떨리는 그의 눈에 도시의 불빛들이 가득 담겨 반짝거리는 게 보였다. 나는 억지로 참고 있던 울음을 터뜨리고 말았다.

바람
위에
앉아

"당구르여, 당구르는 저들의 고길 얻지 않고서도 먹을 수 있습니다. 지난날 '바람 위에 앉아' 는 누구보다도 많은 짐승을 잡아 오히려 저들을 먹이지 않았나요? 당구르여, 주렁주렁 달린 노리개들은 다 떼어 버리소서. 이제부터 벌판을 달려 사냥을 하소서. 사냥터는 여기에만 있는 것이 아니옵니다."

당구르(天君)는 몸을 자꾸 뒤척거렸다. 잠을 이룰 수가 없었다. 달이 '흰마리메'에 고개를 내밀 때부터 마신 술 때문만은 아니었다. 밤이 깊어 어둠이 더욱 짙어질수록 '숲이 낳은 애'가 한 말이 마치 골짜기를 흔들어 대던 우레처럼 귓속을 사납게 울려온 때문이었다.

"당구르여! 벌을 달리고 수풀을 헤쳐 당구르가 잡은 그 짐승으로 먹으소서."

그녀의 말이 귓속을 공명 칠 때마다 치밀어 오르는 것은 어떤 노여움이었다. 그는 숨을 거칠게 몰아쉬며 자리에서 벌떡 일어났다. 누구도 여태 그의 말을 거역한 이가 없었다. '노래하는 새'가 데리고 온 뮬(마을) 겨집들은 하나같이 그가 취하고자 하는 대로 순순히 응했다. 그런데 '숲이 낳은 애'는 조금도 두려워하는 기색 없이, 커다란 눈에 호수 같은 슬픔을 담고 그를 지긋이 올려다보고는 가만히 고개를 가로저었다. 이상스럽게도 당구르는 그녀를 강제로 취하지 않고 물끄러미 내려다보고만 있다가 그냥 마을로 내려 보냈던 것이다.

그는 안정되지 않은 마음을 어쩌지 못해, 어둠뿐인 움집 안을 이리저리 돌아다녔다. 자신이 누웠던 자리엔 호랑이가죽이 네 다리를 펼친 채 엎어져 있었다. 그 머리맡에는 나무를 묶어 만든 받침대 위에 까만 돌(黑曜石)덩이가 움집 안의 어둠보다 더 짙은 어둠의 빛으로 번들거렸다. 그 위로 늘어뜨린 털가죽 휘장에는 돌찌르개(石槍)와 자루 달린 돌도끼가 엇갈리게 묶여 있었다. 이 모두 뭇 사람들이 우러러 숭배하는 당구르의 권위적 상징물들이었다. 그걸 '숲이 낳은 애'가 모를 리 없는 일이었다.

그런데도⋯⋯. 당구르는 바위로 가슴을 눌러 오는 듯한 답답함을 견디지 못해 움집 밖으로 뛰쳐나갔다. 코끝을 스치는 찬바람은 걸치고 있는 갖옷(가죽옷)의 터럭을 뻣뻣하게 일으켜 세울 정도로 매웠다. 그는 몸을 움츠리며 나무 울타리로 둘러싸인 솟터 안을 휘둘러보았다. 그의 움집에 이어 '노래하는 새'와 '벼락 맞은 남기' 그리고 '돌 깨다 눈멀어'의 달개집이 어둠 속에 흐릿했다. 그는 울타리 입구 쪽으로 향했다. 벌판으로 내려가는 벼룻길이 희미하게 보였다. 문 양쪽에는 긴 나무 끝에 하늘만 바라보며 날지 못하는 새가 높이 세워져 있었다. 그는 솟대에 기대어 사방이 산으로 둘러싸인 광활한 벌판을 한눈에 조망했다. 달은 뭇별 사이를 헤치고 '해지는메' 가까이 달려가고 있었고, 붙박이별을 맴도는 곰자리도 '해지는메' 머리 위에 비스듬히 누워 반짝거렸다.

당구르는 벌판에 띄엄띄엄 자리한 뭍을 내려다보았다. 그가 서 있는 언덕 아래 '내건너물'과 건너편 산기슭의 '밝은물' 그리고 가장 멀리 떨어진 '숲골물'이 어둠 속에서도 짙은 윤곽으로 드러났다. 모두 그를 당구르로 받드는 사람들의 물이었다. 그는 찬바람을 가슴 깊이 들이마시며 '밝은물'을 응시했다. 흰 돌이 유난히 많아 멀리서도 잘 보인다고 해서 붙여진 이름이었다. 그곳은 당구르가 어릴 때 자랐던 곳이었다. 그는 '밝은물'에 시선을 붙인 채 얼어붙은 석상처럼 움직일 줄 몰랐다.

— '노래하는 새'는 언제부터인가 나를 당구르(天君)라고 불렀다. 그러나 그도 나와 같이 '밝은물'에서 태어나 함께 자란 동무였다. 그는 어릴 적부터 새처럼 다리가 가늘었다. 또 한쪽이 짧은 봉충다리여서 우리처럼 들판을 뛰거나 메에 올라 자른뿔달린 애기 짐승을 사냥하지는 못했지만, 속 빈 남기에 구멍을 뚫어 이상한 소리를 내며 노래하길 좋아했다. 그래서 물 사람들은 그를 '노래하는 새'라고 불렀다. 난 그와 달랐다. 얼골과 사타구니에 거웃이 날 때쯤 난 '달 보고 짖는 가히'보다 몸이 빨라졌고 들판의 바람보다 빨리 달릴 수 있었다. 그래서 물 사람들은 날 '바람 위에 앉아'라고 불렀다.

난 누구보다도 사냥을 잘했다. 돌찌르개를 다루는 솜씨도 그렇지만 무엇보다도 난 냄새를 잘 맡았다. 마음만 먹으면 보이지 않는 바위 굼기(구멍)에 숨어 있는 짐승도 냄새로 찾아낼 수 있었고, 긴뿔사슴이 잘 다니는 길목도 냄새로 알 수 있었다. 물 사람들이 가장 좋아하는 멧도야지의 움직임도 불어오는 냄새로 알아 내, 그의 굼기 가까이 숨어 있다, 제 집으로 돌아오는 놈의 목줄기에 돌찌르개를 깊게 꽂을 수 있었다. 그 짐승을 남기에 얽어매 끌고 내려올 즈음이면 어김없이 믈 사람들과 '노래하는 새' 는 멀리까지 마중 나와 나를 반겼다. 그리고는 소리 나는 남기로 노랠 부르며 이렇게 외치곤 했었다.

'바람 위에 앉아' 여! 그대가 벌을 가로지를 때
뭇 풀과 남기는 뒤에 엎드려 그대의 그림잴 쫓기 바쁘고,
뭇 짐승들은 이리저리 날뛰며 집 찾아 도망가려 허둥대도다.
우뚝 세운 돌찌르개 끝이 해의 빛으로 번득일 때
짐승들이 흘린 피가 골짜기와 들판을 적시고,
그 위에 풀과 남기는 고운 꽃을 피워 여름을 맺도다.
아, 빛나는 이여! 어둠을 뚫고 일어선 해 같은 이여, 우리들의 빛
이여!

나는 사냥으로 지친 몸을 이끌고 돌아올 적마다 '노래하는 새' 의 외침이 듣기에 좋았다. 그의 노래 소릴 듣고 있노라면 살이 찢어진 아픔도 쉬 잊을 수 있었고, 며칠을 잠자지 못해 무거워진 눈꺼풀도 잊은 채 왠지 모를 힘이 불끈불끈 솟아나 내 몸은 새처럼 가벼워져 날아오를 것만 같았다. 그래서 난 많은 몫의 고기를 베어 내 그에게 던져 주었고 그는 미소를 지으며 고마움의 노랠 부르곤 했었다.

그러던 언젠가 '흰마리메' 에 사냥 나갔던 믈 사람들이 눈에서 불이 나고 몸에 얼룩 줄이 쳐진 큰 짐승에게 다섯이나 물려 죽은 일이 있었다. 겨우 살아서 돌아온 사람들은 두려움에 떨면서 말도 제대로 하질 못했다. 몸은 움집만큼 크고 높은 남기도 훌쩍 뛰어넘으며 앞발을 내리쳐 바위를 부술 만하고 '어훙' 하는 소리가 마치 벼락 같더란

것이었다. 다른 묠 사람들도 그놈에게 여럿 물려 죽었다며 내가 그 짐
승을 잡아 주길 바랐다. 나도 그러고 싶었다. 말로만 듣던 그놈이 어
떤 짐승인지 내 눈으로 보고 싶었다. 그래서 바위를 뽑을 만한 힘을
가졌지만 말을 하지 못하는 벙어리 동무와 함께 돌찌르개 셋과 돌도
끼 둘과 마른고기를 챙겨 '흰마리메'로 올라갔었다.

　우린 해가 앞 메에서 네 번이나 떠오르는 동안 골짜기며 키 큰 남기
숲이며 너덜메로 놈을 따라다녔다. 난 그동안 놈이 밤에만 움직인다
는 걸 알았다. 그러나 놈의 냄새는 나를 비켜 가지 못했다. 그놈이 자
주 다니는 길목을 찾아내 구덩일 깊게 파고 덫을 놓아 놈을 그곳에 빠
뜨릴 수 있었다. 구덩이에 갇혀 눈에 새파란 불을 뿜는 놈과 밤새워
싸웠다. 놈의 앞발에 찍힌 내 등은 찢겨져 너덜해졌고, 동무는 그만
한쪽 귀가 떨어져 나가 별악 맞은 남기 꼴이 되어 버렸다. 그래도 우
린 피를 철철 흘리면서 놈과 싸워 해가 뜰 무렵, 그놈의 가슴에 찌르
개 셋을 꽂을 수 있었다.

　우린 지칠 대로 지친 몸으로 그놈을 겨우 끌고 '흰마리메'를 내려
왔다. 벌판으로 이어지는 모랭이를 돌아서자 묠 사람들이 모두 나와
기다리고 있었다. 그들은 우릴 보자 팔뚝을 쳐들고 큰소리를 질러 댔
다. 그들 앞에 놈을 내려놓자, 사람들이 구름처럼 모여들었다. 어떤
이는 무서워 뒷걸음질치기도 하고 또 어떤 이는 조심스레 다가와 희
멀개진 놈의 눈을 찔러 보기도 하고, 입을 벌려 비죽이 나온 송곳니를
만져 보기도 했다. 그러면서 "이놈 때문에 사람들이 너무 많이 죽었
어" "아니, 이 무서운 놈을 어떻게 잡았을까"라며 한마디씩 던졌다.
나는 느낄 수 있었다. 묠 사람들이 그동안 이 '어홍이'를 잡아 오길

얼마나 기다리고 있었는지를. 그때, '노래하는 새'가 바위 위에 올라 뭇 사람들에게 커다랗게 외쳤다.

"보시오! 무릇 살아 있는 모든 짐승이 무서워 숨죽이고, 우리가 그토록 저어하며 엎드려 떨던 짐승 중의 짐승이 바로 저기에 있소! 날래기는 번개 같고 한 번 울음에 골짜기가 흔들리며 내달릴 땐 구름도 뒤를 따르던 저놈도, '바람 위에 앉아' 앞에선 한낱 지푸라기에 지나지 않았소. 아, 거룩한 이여! 하늘이 해를 낳듯 하늘은 빛으로 그의 몸을 입혔도다. 보입니까 여러분! 보입니까 저 몸에서 뿜어져 나오는 아침해 같은 빛을! 아, 당신은 우리가 그토록 기다리던 거룩하고 높으신 당구릅니다. 우리의 뭍과 벌과 숲을 지켜 주고, 당신 품에서 아이들을 키워 낼 우리의 당구릅니다. 자, 다 함께 외칩시다. 당구르! 다 같이 외칩시다. 당구르!"

그러자 모인 사람들은 모두 팔을 치켜들고 "당구르! 당구르!"를 끝없이 따라 외쳤었다. ─

"당구르여! 날이 이렇게 추운데 무슨 일로 밤새워 밖에 나와 계신 겁니까?"

'노래하는 새'였다. 날은 벌써 밝아 해는 벌판의 뭍을 고루 비추고 있었다. 회상 속에 빠져 있던 당구르는 수심 띤 얼굴로 그를 돌아다보았다. '노래하는 새'는 눈을 내리깔고 머릴 조아리며 조심스레 말을 이었다.

"당구르여, '숲이 낳은 애' 때문에 그러하옵니까? 그 겨집은 가까이 해서는 안 된다고 몇 번이나 이르지 않았습니까? 그 겨집한테는 나쁜 넋이 숨겨 있습니다. '밝은물' 사람들이 저 아득한 '구름너머 재'로 사냥 나갔을 때, 숲에서 울고 있던 애를 어엿비 녀겨 주워 왔을 땐 몰랐습니다. 우리 애들과 다름이 없었으니까요. 그러나 해가 갈수록 그 애의 모습은 달라져 갔습니다. 깊고 푸른 눈 하며 콧날이 선 것 하며 마리 터럭도 달랐고, 무엇보다도 우리 애들과는 달리 살거죽이 눈처럼 하얬습니다. 그 앨 키우던 어미겨집도 하얀 여시의 딸이라 하여 한 움에서 같이 지내길 꺼렸습니다. 그래도 믈 사람들이 두남두어 (가엾게 여겨) 따로 움집을 마련해 주었던 겁니다.

그런데 당구르여, 당구르도 알다시피 믈의 모든 겨집들은 사내들의 가시(아내)가 될 수 있고 또, 모든 사내는 겨집들의 버시(남편)가 될 수 있는데도 '숲이 낳은 애'는 사내들의 가시가 되질 않겠다고 앙탈을 부렸답니다. 그끄저께엔 그 겨집 때문에 한 믈 사람들끼리 서로 다투다 다른 사람을 돌로 쳐 죽인 일도 있지 않았습니까? 서로 그 겨집을 차지하겠다고 싸우다 비롯된 일입니다. 그런 일은 당구르의 믈에서 여태껏 한 번도 없었던 것입니다. 모두 그 겨집의 나쁜 넋에 홀린 탓이지요. 그런데 그토록 말렸건만 당구르는 어젯밤 그 겨집을 가까이 오게 하였습니다. 그 겨집을 믈로 내려 보내고 나서 잠을 이루지 못하고 구름이 드리운 얼굴로 밤새 계신 것은 모두 그 겨집 탓이 아닙니까?"

당구르는 그의 물음에 대답을 하지 않고 뒷짐을 진 채 하늘만 올려다보며 생각 속에 빠져 있었다.

— 그래, 난 '숲이 낳은 애'가 겨집애의 모습을 벗어나 여느 겨집티가 날 때부터 내가 있는 곳에 기웃거린다는 걸 알았다. 믈을 살피러

내려갔을 때도 그 겨집은 숨어서 나를 따라다녔고 심지어 나와 '노래하는 새' 와 '별악 맞은 남기' 와 '돌 깨다 눈멀어' 만이 살고 있는 이 숏터까지 올라와 나를 훔쳐보곤 했었다. 언젠가 울타리 너머로 나와 눈이 마주쳤을 때, 난 그 푸르고 깊은 눈에 비쳐진 암내를 읽을 수 있었다. 그래서 그 겨집을 데려오라 했지만, 정작 '숲이 낳은 애' 는 나를 받아들이지 않았다. 오히려 당구르인 나를 보고 사냥을 하라 한다. 사냥을……. ―

"'노래하는 새' 여, 바른 대로 말해 줄 수 있겠소?"

"당구르여, 갑자기 무슨 말이옵니까?"

"아직도 내 몸에서 나는 빛을 볼 수 있는가 말이오. 여태껏 그대가 나를 우러러 노래하듯 말이오?"

그의 얼굴이 갑자기 흙빛으로 변했다가 다시 낯빛을 온화하게 바꿔 말했다.

"오, 당구르여! 왜 그 겨집이 빛을 볼 수 없다 하더이까? 아니면 당구르의 눈에 그 빛이 보이지 않는다는 겁니까. 당구르여, 저 들판의 아름다운 꽃도 제 모습의 고운 걸 알지 못하고, '흰마리메' 를 거꾸로 비치는 시냇물도 스스로 깨끗한 줄 느끼지 못하는 겁니다. 그렇다고 해서 누가 꽃이 아름답지 않고, 시냇물이 깨끗하지 않다고 말하겠습니까? 당구르여, 겨집의 말에 어지럼을 느끼지 마소서. '숲이 낳은 애' 는 나쁜 넋을 숨긴 겨집이옵니다. 당구르에게는 비 먹은 구름 사이로 비치는 햇살 같은 빛이 늘 그렇게 비치옵니다."

당구르는 벌판을 내려다보고 있던 눈을 거두고 고개를 끄덕이며 움집으로 향했다. 어깨가 축 처져 있어 걸음이 비척거리듯 보였다.

'노래하는 새'는 허리 굽혀 그의 뒤를 따라 움집 안으로 들어왔다. 화로의 불은 이미 꺼진 지 오래되었다.

"아니, 밤새 불을 지피지도 않았습니까? 내가 봐 드려야 하는 건데 그 겨집이 있는 바람에……"라고 말하며 당구르를 곁눈질로 흘깃 바라보았다. 그는 호피자리에 걸터앉아 멍하니 정신을 놓고 있었다. '노래하는 새'는 말린 이끼 북데기를 모아 부싯돌을 서로 부딪쳤다. 한참 후 보얗게 일어나는 불길 위에 마들가리를 얼기설기 세워 놓고 말했다.

"당구르여, 저는 오늘 물을 돌아봐야 합니다. 저들에게 까만 돌(黑曜石) 연장을 나눠 줘야 하구요. 이제 이틀이면 저 아래로 내려갔던 해가 다시 올라오는 첫날이 됩니다. 그날 당신을 낳은 하늘께 바칠 암컷 짐승의 첫배에서 난 무녀리도 잡았는지 살펴야 하구요. 당구르여, 나중에 올라올 때 '숲골물' 겨집 하나 데리고 오겠나이다."

"아, 아니오! 그러지 마오. 나, 나는 그냥 혼자 있고 싶구려. 그런데 '돌 깨다 눈멀어'가 사람들에게 나눠 줄 연장은 다 만들었는지 모르겠소."

"당구르여, 그도 이제 늙었나 봅니다. 그 단단한 까만 돌도 그의 손에 들어가기만 하면 누구도 흉내 내지 못할 날카로운 찌르개와 자르개, 긁개를 떼어 내더니만, 요즘은 부서진 부스러기가 쓸 만한 것보다 많이 나오긴 합니다. 그렇다고 걱정할 건 없습니다. 아직까진 그런대로……"

그는 미혹으로 얼룩진 당구르의 얼굴을 훔쳐보며 말꼬리를 사렸다. 그러면서도 뭔가 불안한 듯 고개를 갸우뚱거리며 움집을 나갔다.

혼자 남은 당구르는 가죽 휘장에 엇갈리게 매어 놓은 돌찌르개와 돌도끼를 물끄러미 올려다보았다. 바람을 가르며 들판을 뛰고 숲을 헤치고 바위메에 오를 땐 찌르개와 돌도끼는 그와 한 몸이었다. 그의 날끝은 언제나 짐승들이 흘린 피로 번들거리는 날카로움이 있었다. 그러나 이젠 짐승들의 숨통을 끊어 놓는 연장이 아니라 사람들이 머릴 조아려 엎드리는 당구르의 상징물로 변해 버렸음을 아프게 느꼈다.

— 그래, '노래하는 새'가 나를 당구르라 부르고 뭇 사람들이 따라 외칠 때부터 나는 사냥을 하지 않아도 좋았다. 이곳에 솟터를 짓고 우리가 옮겨 와 살면서부터 그들은 사냥한 짐승이나 겨집들이 따온 여름(열매)을 맨 먼저 가져와 바쳤다. 난 그들에게 "그대들의 애씀에 하늘의 빛이 함께할지니 기름진 고기와 맛난 여름을 늘 푸짐하게 먹을 수 있으리라. 내가 그렇게 너희를 지키리라"고 말하면 그만이었다. 다 '노래하는 새'가 시킨 일이었다. 그럴수록 더 엎드려 조아리며 당구르를 외치는 그들의 모습이 보기에도 좋았다.

차츰 난 '밝은물'의 '바람 위에 앉아'가 아니라 내가 당구르임을 믿게 되었다. 그렇게 되자 나도 모르게 목소리는 무게에 눌려 낮게 가라앉았다. 나는 몸을 재빠르게 움직일 까닭이 없었다. 뭇 사람들과는 뭔가 달라야 했다. 그래서 내가 걸친 갖옷에 반짝이는 돌노리개를 주렁주렁 달았고, 찌르개를 쥐던 손에 그들이 잡고 싶어 새겨 놓은 커다란 짐승의 뼈를 흔들고 다녔다. 사람들은 그런 나를 거룩하다 하였다. 마침내 내가 하고자 하는 뜻이 곧 그들의 일이 되어 버렸다. 누구도 그런 나를 그르치지 않고 몸을 낮춰 따랐던 것이다.

그런데 '숲이 낳은 애'는 내가 하고자 하는 바를 물리쳤다. 그리고는 날더러 사냥을 하라 한다. 사냥한 것으로 먹으라 한다. 내 마음이 어지러운 것은 그 겨집을 품고 싶은 탓도 있지만, 옛날처럼 바람을 가르고 달리며 숲과 함께하고 싶다는 마음이 더 어지럽힌다는 걸 나는 안다. 아, '노래하는 새'가 말한 것처럼 정말 내 몸에서 해와 같은 빛이 비치긴 비쳐지기는 하는 것일까. ─

　당구르가 자기 의혹에 빠져 사념 속을 헤매고 있는 동안 '노래하는 새'는 까만 돌 연장을 가죽 부대에 담아 '별악 맞은 남기'에게 지게하고는 '내건너물'에 들어섰다. 아이들은 양지 바른 곳에 쪼그려 앉아 햇빛바라기를 하고 있었다. 그런데 누구도 그들을 보고 일어서려하지 않았다. 여느 때 같으면 그들의 출현을 반기며 머릴 조아리거나 인사말 정도는 있었다. 그러나 모두 힘없는 표정으로 개가 먼 산 바라보듯 하였다. '노래하는 새'는 그 앞을 지나기가 어색했는지 연방 헛기침을 하며 물 장로의 움집으로 들어갔다. 장로와 사내 몇 사람이 모닥불을 가운데에 피워 놓고 둘러앉아 이야길 나누는 중이었다. 머리가 허연 장로가 일어나 반겼다.

　"'노래하는 새'여, 어서 오시오. 추운 날에 내려오셨소이다. 이리와 불가에 앉으시오."

　"고맙소. 그동안 탈 없이 지내셨소? 어른이 이 물에 있는 한, 우리당구르께서도 큰 걱정을 하지 않을 겝니다. 오늘은 여러분의 사냥을돕고자 이렇게 연장들을 가지고 내려왔소이다."

　그가 자루에서 연장을 꺼내려 하자 한 사내가 무심한 표정으로 말했다.

"연장은 아직 남은 게 있소이다. 찌르개만 있으면 무엇 하겠소 찔러 잡을 짐승이 없는 걸. 날이 춥고 눈 내려 짐승들도 굼기 속에 들어간 탓도 있지만, 우리의 사냥터엔 이제 귀긴 톳끼 삿기조차 찾아내기 힘든 일이라오. 세 번씩이나 저 멀리 사냥을 나갔지만 모두 빈손으로 돌아올 뿐이었소. '노래하는 새' 여 짐승들은 모두 어디로 가고 여기엔 없는 겁니까? 며칠째 볼가심할 먹이조차 얻질 못하였소. 당구르의 빛이 우릴 잊으신 건 아닙니까? 그렇지 않고서야……."

둘러앉은 사내들은 허기진 눈빛에 원망과 간절함을 담아 그들을 쳐다보았다. 사내들은 이 문제를 놓고 이야길 나누던 모양이었다.

"어르신, 그럴 리 있겠소. 당구르는 하늘의 아들이오. 하늘이 당구르를 지키듯 당구르는 이곳을 지킬 것이오. 모든 게 그러하지 않소. 차올랐던 달도 다시 기울어지는 것처럼 한 번 좋으면 나빠질 때도 있는 것이오. 그러나 잎 떨어진 남기에 새 잎이 돋아나듯 당구르는 또 그렇게 할 것이오. 잊으셨소? 언젠가 비가 많이 내려 온 물이 물에 잠겼을 때, 당구르께서는 이를 미리 알고 높은 곳으로 여러분을 옮기게 하여 모두 탈 없이 살아남지 않았었소. 당구르는 그런 분이오. 믿으시오. 그분의 빛을 믿으시오."

그런 일이 있었다. 그들이 솟터에 살기 시작한 얼마 후였다. 뜨거운 햇빛이 온 물을 달구며 이글거렸다. 풀과 나무도 더위에 지쳐 축축 처지는 벌판을 걱정스레 내려다보고 있던 당구르는, '해지는메' 너머 불어오는 하늬바람 속에서 엄청나게 밀려오는 매지구름의 냄새를 맡을 수 있었다. 짙은 비의 냄새였다. 그는 '노래하는 새'를 시켜 물 사람들을 높은 곳이나 굼기 속으로 옮기게 하고 말린 고기와 열매도 준비하게 했다. 그의 말을 믿지 못해 불만을 터뜨리는 자도 있었으나 대부분은 그의 명에 따랐다. 그 후 이틀 뒤부터 비구름이 몰려와 열흘 이상 억수 같은 비를 뿌리기 시작해 벌판은 곧 물에 잠겼고, 비가 그친 뒤 그 물이 빠지는 데도 열흘 이상 걸렸던 일이었다.

"자, 가시오. 여기 이 찌르개를 가지고 더 멀리 가시오. 가서 몸집 큰 긴뿔 짐승을 잡아 여러분과 아이들과 겨집들을 먹이시오. 당구르가 잡게 해 줄 것이오."

'노래하는 새'는 자루에서 연장을 쏟아 놓고는 더 이상 그들의 요구를 듣기 싫다는 양 움집 밖으로 나와 버렸다. '벼락 맞은 남기'도 묵묵히 따라나왔다. 마을을 지나 들판에 들어서자 그는 혼잣말처럼 중얼거렸다.

"아마도 '내건너물'은 집 자리를 옮겨야 할 것 같다. 여기서 사냥을 한다는 것은 이제 거의 고팽이(고비)에 이르렀는지 몰라."

그는 한숨을 내쉬며 들판을 가로질러 한참을 걸었다. 매서운 찬바람이 벌판에 가득했다. 내뿜는 김으로 얼어붙은 콧수염이 보석을 매단 것처럼 햇빛에 반짝거렸다. 마른 풀이 스러지는 소리가 으스스하게 들렸다.

그들은 그림자가 점점 짧아져서야 '숲골물'에 도착할 수 있었다. 야트막한 산언저리의 양지 쪽에 위치한 물은 당구르의 솟터에서 가장 멀리 떨어져 있었다. 숲을 지나 높은 재를 하나 넘으면 하루거리에 다른 부족의 마을과 접하고 있어 이를테면 변방에 위치한 셈이었다. 그들의 사냥터가 다른 부족과 인접해 있어 항상 위험이 따랐지만, 털

146

가죽과 고기를 얻을 수 있는 긴뿔사슴이 많고, 숲에는 열매가 풍부한 탓으로 비교적 넉넉한 생활을 하였다.

'숲골물' 사람들이 다른 물보다 당구르에게 많은 고기와 신선한 과일을 바친 데에는 연유가 있었다. 한 번은 '숲골물' 사람들이 사슴을 쫓아다니다 민대가리 부족의 사냥터 깊숙이 들어가는 바람에 그들의 포로가 된 적이 있었다. 겨우 탈출에 성공한 사람이 하루를 달려와 이 사실을 물에 알렸고, 세 부족을 느낀 장로는 당구르에게 도움을 요청했다. '노래하는 새'는 당구르의 지존함을 보일 좋은 기회라며 출전을 권했다. 당구르는 각 물에서 날랜 장정들을 소집하고 '별악 맞은 남기'를 뒤따르게 하여 민대가리 부족의 마을을 찾아갔다.

그들은 '숲골물' 사람들이 쳐들어온다는 말을 듣고 마을 어귀에 나와 찌르개를 겨누어 기다리고 있었다. 수적으로 우세한 그들은 기세등등하였다. 그러나 이쪽도 마찬가지였다. 그 무서운 호랑이를 찔러 잡은 당구르를 하늘의 아들로 믿고 있는 한, 그들에게 두려움이 있을 수 없었다. 금방이라도 달려들어 요절을 낼 것 같은 살기가 눈에 번득거리는 걸 본 족장은 약간 기운이 꺾였는지, 자기 마을 사람들과 수군덕거리더니 당구르에게 담판을 요구했다. 내기를 하자는 것이었다. 자기들이 지면 포로를 순순히 내어 줄 것이며, 자기들이 이기면 당구르 물 겨집 열 명을 바쳐야 한다고 제의했다.

"첫 번째는 달리기요. 저기 들판에 있는 큰 남기가 보이는가? 저길 누가 빨리 돌아오느냐요. 할 수 있겠소?"

그는 입가에 미소를 지으며 고함을 쳤다. 자신이 있다는 투였다. 그러자 키가 크고 비쩍 마른 사내 하나가 나왔다. 당구르는 찌르개를

'벼락 맞은 남기'에게 넘기고 자기가 나섰다. 각기 자기편을 응원하는 고함소리가 벌판을 울릴 것 같았다. 출발했다. 두 사람은 들판의 풀을 가르며 달리기 시작했다. 민대가리 부족 사내의 빠르기는 대단했다. 몸이 보이지 않을 정도로 빨랐다. 그렇지만 당구르는 이전에 '바람 위에 앉아'였다. 당할 수가 있겠는가. 사내가 나무 근처에 도달했을 때, 당구르는 벌써 나뭇가지를 꺾어 입에 물고 돌아오고 있었다. 너무 싱겁게 끝나 버린 시합이었다. 당구르 믈 사람들은 기뻐 날뛰며 기세를 드높이는 함성을 높게 질렀다.

"첫째 내기는 우리가 졌소. 그렇게 빠른 줄 몰랐소. 두 번째는 힘내기로 겨루겠소. 저기 마을 어귀에 있는 바위를 들어 건너편으로 옮기는 것이오. 이번엔 우리가 이길 것이오."

그러자 한 사내가 성큼성큼 나서더니 자기 키만 한 바위 앞에 섰다. 우람한 체구였다. 그는 두 팔을 벌려 바위를 껴안더니 '끙' 하는 소리와 함께 바위를 뽑아 일어섰다. 놀라운 힘이었다. 모두들 눈을 휘둥그레 뜨고 입을 벌린 채 경악하는 사이, 그는 바위를 건너편에 내려놓았다. '쿵' 하는 소리에 놀란 당구르 믈 사람들은 도저히 믿어지지 않는다는 듯 입을 다물지 못했다. 의기양양해진 족장은 앞으로 나서며 외쳤다.

"잘들 보았소? 누가 나서겠소. 힘쓸 이 있으면 어서 나와 한 번 옮겨 보시오!"

이번엔 '벼락 맞은 남기'가 앞으로 나섰다. 그도 건장한 체구였지만 그 사내에 비하면 왜소하게 보였다. 민대가리 부족들은 우우 거리며 조소를 날렸다. '벼락 맞은 남기'는 숨을 가다듬으며 바위 앞에 섰다. 침을 손바닥에 뱉어 쓱쓱 문지르더니 쪼그려 앉아 바위를 껴안았다. '꿍' 하며 힘쓰는 소리와 함께 일어섰다. 그러나 바위는 꿈쩍도 하지 않았다. 민대가리 부족들은 손가락질을 하며 웃음을 터뜨렸다. 그는 다시 앉아 숨을 모으고는 관자놀이에 핏줄이 일어나도록 힘을 쓰며 일어났다. 당구르 믈 사람들이 환호성을 질렀다. 그러나 다섯 걸음도 옮기지 못하고 그만 주저앉고 말았다. 그는 고개를 절레절레 흔들며 돌아왔다.

"우핫핫핫, 어찌 일이 재밌게 됐소. 이렇게 해서 비긴 셈인가? 그러면 마지막으로 나와 찌르개 겨루기요. 맞설 이가 누구요! 나오시오."

그는 통쾌한 웃음을 터뜨리며 팔 벌려 찌르개를 짚고 무리 앞에 버티고 섰다. 이번에도 당구르가 나섰다. 그들은 자기 무리를 향해 돌아서서 찌르개를 높이 쳐들고 고함을 내질렀다. 그리고는 찌르개를 그러쥐고 맞서 노려보았다. 순간 주위는 찬물을 끼얹은 듯 조용해졌다. 그들은 발걸음을 좌우로 재빨리 옮기며 공격할 기회를 노렸다. 날카로운 찌르개 날이 햇빛에 번득거렸다. 서로의 허점을 노려 찌르개를 뻗을 때마다 사람들의 시선은 날 끝을 따라 이리저리 옮겨 다녔다.

좀처럼 승부가 나지 않았다. 기합소리와 함께 찌르개를 내리그을 때마다 상대는 민첩한 동작으로 몸을 피했다. 그들의 솜씨는 어느 누구에게도 치우침이 없었다. 그대로 나가다간 날이 저물도록 승부가 날 것 같지 않았다. 이윽고 결단을 내려야겠다는 듯 큰 기합소리와 함께 마주 달려 맞붙을 순간, 찌르개가 교차하며 불꽃이 일었다. 갑자기 무리들의 시선이 땅바닥으로 모아졌다. 족장의 찌르개 날이 부러져 힘없이 굴러 떨어진 것이었다. 당구르 믈 사람들은 양팔을 들어 올려

환호성을 질렀다. 족장의 찌르개 날은 길고 날카로웠지만 그것은 비늘 돌(黑雲母)에서 떼어 낸 것이었다. 까만 돌(黑曜石)에서 떼어 낸 당구르의 찌르개를 당할 수 없었던 것이다. 그는 어이없는 표정으로 부러진 날을 망연히 내려다보고 있다가 순순히 패배를 인정했다.

"졌소. 당신 뭍 사람들을 데려가시오. 그런데 그 찌르개 날은 무슨 돌에서 떼어 냈소. 그 돌은 어디에 있는 것이오?"

'노래하는 새'는 그 광경을 지켜보며 빙그레 미소를 흘렸다. 그 까만 돌이 나는 곳은 그만이 아는 비밀이었다. 그들은 당구르를 앞세우고 의기양양하게 마을로 돌아왔다. 그 후 '숲골뭍' 사람들의 숫터에 대한 경배심은 더욱 도타워졌던 것이었다.

'숲골뭍'에 들어서자 장로가 나와 반겼다.

"'노래하는 새'여! 추운 날씨에 먼 길을 오셨습니다. 그렇지 않아도 내려올 줄 알고 모두들 기다리고 있었더이다."

움집 안은 연기로 가득했다. 뭍 사람들이 둘러앉은 한쪽에는 불을 지펴 고기를 굽고 있는 중이었다. 장로가 가리키는 자리에 가 앉자, 시중들던 겨집애가 가죽 부대의 술을 들고 나와 뿔잔에 가득 따라 건넸다.

"마시지요. 얼었던 몸이 금세 따뜻해질 거요."

'별악 맞은 남기'는 단숨에 술을 마시고는 또 잔을 내밀었다. '노래하는 새'는 향기를 음미하며 조금씩 입 안으로 술을 흘렸다. 핏빛처럼 빨간 액체였다. 이어 익힌 고기를 들고 와 한 덩이씩 자른 후 골고루 나눠 주었다.

"거룩하신 당구르는 잘 계신지요? 요즘 바깥나들이를 삼가고 숫터 안에서만 지낸다지요?"

"그렇소. 당구르는 온 물을 가멸게(풍요롭게) 하기 위해 오직 한마음으로 빌고 있소만, '내건너물'은 겨울나기가 퍽 힘든 것 같았소. 그래도 여긴 좀 나아 보이는군요."

"'노래하는 새'여, 그렇지만은 않소이다. 힘든 건 마찬가지요. 재너머 민대가리 사람들이 곳곳에 울타릴 쳐서 긴뿔사슴을 잡아 가두는 바람에, 날로 사냥하기가 어려워지고 있소이다. 그곳까지 들어가서 잡으려 하다간 또 싸움이 벌어질 것 같아, 눈으로 보면서도 잡지 못하고 빈손으로 오는 날이 많다오."

"그렇소. 긴뿔사슴이란 놈은 떼를 지어 다니기 때문에 우두머리만 잡아 가두면 나머지는 저절로 따라 모이게 되어 있소. 그놈들은 그걸 잘 알고 있었소. 당구르도 이 일을 잘 알고 있어야 하오."

대살지게 보이는 한 사내가 눈을 치켜뜨고 말했다. '노래하는 새'는 고기를 씹으며 고개를 끄덕였다. 그러나 가슴속은 먹구름으로 가득 찼다. 이들은 이제 무엇을 요구하기 시작했다. 몇 해 전만 해도 그렇지 않았다. 당구르에게 바칠 공물은 늘 우선적으로 준비해 가져왔고, 그러면서도 머릴 조아려 그저 감사의 뜻을 전했다. 그런데 세상 이치가 다 그런 것인가. 시작이 성함에 있으면 언젠가 쇠함이 있기 마련인가. 이들의 인심이 그렇지 아니한가. 아, 언제나 한결같음은 그 어디에도 없는 것인가. 그는 탄식했다.

"저어…… '노래하는 새'여."

장로는 그의 눈치를 살피며 조심스럽게 말을 끌었다.

"어르신, 어찌 다달거리며 말을 잇지 못하는 거요. 무슨 말이 하고 싶은 거요?"

그는 분위기가 이상함을 눈치 채고 주변을 살폈다. '별악 맞은 남기' 도 술 빛과 닮은 눈알을 이리저리 굴렸다.

"저어…… 민대가리 마을 사람이 여기에 온 적이 있소이다."

"그 사람들이 왜……?"

움집 안 사내들은 자기들의 장로가 어서 입을 열어 주길 재촉하는 눈치였다.

"내, 말하리라. 그들은 이 까만 돌을 얻고자 했소이다. 이 돌과 긴 뿔사슴을 바꾸자 했소이다."

"뭐, 뭐라고! 그래 뭐라고 했소!"

'노래하는 새' 의 얼굴이 백지장처럼 변했다.

"우리의 당구르에게 얘기해 보겠다고 했소."

"안 되오! 그건 안 되는 말이오! 이 까만 돌은 그들이 가지고 있는 비늘 돌보다 단단하고 날카롭소. 당신들도 보지 않았소. 그 어떤 짐승도 가슴 깊이 찔러 넣을 수 있소. 그런데 그 자들이 이 돌을 가지게 되면……. 아, 아, 아니 되오."

"당구르 묠 사냥터엔 이제 짐승들이 점점 사라지고 있소. 모두 이 겨울을 어찌 날까 걱정하고 있소이다. 날카로운 이 찌르개만 있으면 무엇하오. 정작 잡을 짐승이 없는데……. 차라리 그들에게 돌을 주고 묠 사람들을 배불리 먹게 하고 따뜻이 입히는 게 낫지 않겠소?"

"그렇소이다."

"그렇소이다."

그들은 모두 고기와 털가죽을 얻을 수 있는 이 돌을 어서 그들에게 주는 게 옳다고 외쳤다.

"아, 어리석은 이들이여! 그대들은 왜 모르는가? 당장은 고길 얻어 배부를 수 있겠지만, 얼마 되지 않아 사냥터엔 짐승들이 더 빨리 사라질 것이고, 언젠가는 이 찌르개가 우리의 가슴팍으로 되돌아와 꽂힐 줄은 왜 모르는가? 왜 모르는가. 내가 이 까만 돌 연장을 조금씩 나눠 주는 것도 다 이런 까닭이 있는 것을 그대들은 왜 모르는가."

그는 하늘을 우러러 탄식하며 눈을 감았다. 까만 돌의 윤곽이 눈에 어른거렸다. 까만 돌이 나는 곳은 그만이 알고 있었다. 약초를 캐기 위해 '흰마리메'를 돌아다니다가 깊은 골짜기 냇가에서 이 돌을 우연히 발견했다. 며칠을 걸려 주변을 살핀 결과, 흑요석이 바위를 이루고 있는 굴을 찾아낼 수 있었다. 그는 벙어리인 '별악 맞은 남기'를 데리고 가 바위를 깨어서는 아무도 모르게 운반해 왔다. 그리하여 닷곱장님인 '돌 깨다 눈멀어'를 시켜 연장을 만들게 했던 것이다.

그는 '별악 맞은 남기'에게 눈짓을 해 자루 속의 연장을 나눠 주게 했다. 그리고는 '이 일을 어쩔거나, 어쩔거나'를 신음처럼 내뱉으며 자리에서 일어났다.

"'숲골믈' 이들이여, 기다리시오. 당구르가 이곳을 지켜 주었듯이 앞으로도 당구르의 보살핌이 그대들을 지킬 것이오. 그러니 기다리시오."

그는 이렇게 힘없이 말하고는 움집 밖으로 나왔다. 안에 있는 사내들은 "우린 애옥살림(가난)보다 가멸찬(부유한) 게 좋아. 까만 돌만이 그렇게 할 수 있어"라고 수군거리는 소리가 들렸다.

'노래하는 새'는 '밝은믈'을 향해 휘청거리듯 걸었다. 그 뒤로 허리 구부정한 '별악 맞은 남기'가 어깨에 자루를 메고 따랐다. 맵게 불어 대는 높하늬바람이 그들의 얼굴을 사정없이 훑고 지나갔다. 그는 땅이 꺼져라 한숨만 내쉬었다.

당구르는 하늘만 바라보며 날지 못하는 새를 앉혀 놓은 솟대에 기대어 그들이 뭍로 내려가는 모습을 눈으로 쫓았다. 솟터로 옮겨 산 후 몇 해 동안은, 그가 직접 뭍을 순행하여 장로들과 얘기도 나누고 또 까만 돌 연장을 나눠 주었다. 그런데 언제부터인가 '노래하는 새'는 그가 솟터에만 있어야 한다고 말했다.

"당구르여, 거룩한 빛 뒤로 몸을 감추소서. 빛으로만 저들에게 보이게 하소서. 저들은 눈에 익은 것은 두려워하지 않습니다. 두려움이 없으면 우러러보는 마음도 사라지게 되는 겁니다. 당구르의 뜻과 저들의 뜻은 모두 제가 이르도록 하겠으니 부디 몸을 솟터에 감추웁소서."

— 나는 그의 말이 옳다고 믿었다. 저들이 내 앞에 몸을 낮추고 갓 잡은 고기와 달디단 여름과 싱싱한 푸성귀를 바치는 한, 나는 저들과 달라야 했다. 그래서 난 솟터 안에만 머물기로 했다. 가끔 몸이 근질근질할 때면 그들 몰래 메에 올라 뛰어 보기도 했지만 이젠 그 짓마저 하지 않았다. '숲골뭍' 사람들이 가져온 피 같은 술을 마시고, '노래하는 새'가 데리고 온 겨집들을 품고 있노라면 난 그저 그대로가 좋아진 탓이었다.

그런데 '숲이 낳은 애'는 내 마음을 어지럽혔다. 나를 옛날로 돌아가 벌판을 뛰고 숲을 헤쳐 사냥을 하라고 하지 않는가. 다른 겨집이 그랬다면 어림도 없는 노릇이었다. 그러나 암팡진 그 겨집은 여느 겨집과 달라 보였다. 싸느랗지만 슬픔이 담긴 듯한 깊고 푸른 눈과 앙증맞은 그 입술이 바위틈에 핀 꽃처럼 곱게 여겨지며 마음을 괴롭히는 것은 대체 무슨 까닭인가. 하룻밤 사이 내 마음이 왜 이다지도 어지럽고 괴로워진 것일까. —

그는 움집 안으로 들어가 가죽 휘장에 매달린 찌르개와 돌도끼를 떼어 냈다. 그리고는 돌도끼를 허리에 차고 양팔을 뻗어 찌르개를 겨누어 보았다. 몸을 돌리면서 찌르는 시늉을 계속할수록 이상스럽게도 짜르르한 전율이 느껴졌다. 그러면서 알 수 없는 힘이 스멀스멀 올라와 온몸으로 퍼져 나가는 것 같았다.

그때 밖에서 인기척이 들렸다. 그는 얼른 찌르개와 돌도끼를 내려놓고 밖으로 뛰어나갔다. 움집 뒤로 돌아가 보니 그곳엔 '숲이 낳은 애'가 서 있었다. 움집 안을 들여다보고 있었던 것이다. 그는 휘둥그레진 눈으로 주변을 살피고는 그녀의 손을 끌고 얼른 안으로 들어갔다. '숲이 낳은 애'의 몸은 얼음장처럼 찼다. 더욱이 한쪽 다리엔 다로기(가죽 덧신)도 신지 않은 맨발이었다. 하얀 다리가 새파랗게 얼어 있었다. 당구르는 그녀를 불가로 데려가 앉혔다. 그리고는 벽에 걸린 갖옷을 가져다 어깨 위에 걸쳐 주었다.

"어젯밤 믈로 내려간 줄 알고 있는데 언제 또 올라왔느냐? 여긴 누구도 제 맘대로 들어와서는 안 되는 곳이다. 너도 잘 알고 있을 테지."

"당구르여, 본 사람이 아무도 없습니다. '노래하는 새'가 믈로 내려가는 걸 보고 들어왔나이다."

"그렇다면 저 뒤에서 줄곧 나를 지켜봤단 말이냐?"

그녀는 당구르를 빤히 올려다보며 고개를 끄덕였다. 그녀의 고운 얼굴이 불길에 아른아른거렸다. 당구르는 신음 같은 한숨을 길게 내쉬었다.

"그럼, 내가 저 찌르개와 돌도끼를 떼어 내 찌르는 시늉을 한 것도 보았느냐?"

그녀는 고개를 끄덕였다.

"내가 마음이 괴로워 어쩔 줄 몰라 하는 모습도?"

그녀는 고개를 끄덕였다.

"아, 그건 모두 네 탓이다. 넌 내 품에 안기려 하지 않았고 더군다나 날더러 사냥을 해서 먹으라 했다. 왜 그런 짓을 했느냐?"

"그건 당구르께서 더 잘 알고 있는 일입니다."

그녀는 눈을 내리깔고 다소곳한 표정으로 말했다. 당구르는 뒷짐을 지고 서서 천장을 바라보며 "내가 잘 알고 있는 일이라, 내가 더 잘 알고 있는 일이라……"를 힘없이 중얼거렸다. 한참을 생각 속에 있던 그는 구석으로 걸어가더니 줄에 매달아 논 말린 고기 한 조각을 가져왔다.

"아침부터 올라왔다면 벌써 해가 저녁으로 가는 동안 넌 아무것도 먹지 못했겠구나. 이걸 받아라."

당구르는 고기를 잘게 찢어 사뜻하게 씹고 있는 그녀를 물끄러미 내려다보았다. 하얀 다리와 허벅지가 갖옷 사이로 살며시 드러나 보였다. 요염하기 이를 데 없는 자태였다. 그는 애써 보지 않으려는 듯 지그시 눈을 감고 한숨만 흘려 내었다.

"네가 한쪽 다로기만 신고 올라온 걸 보니 그만한 까닭이 있는 모양이구나. 왜, 뭍 사내들이 널 억지로 가지려 했느냐?"

'숲이 낳은 애' 는 고개를 끄덕였다.

"그래서 넌 이리루 도망친 게구? 그러나 '숲이 낳은 애' 야. 뭍 사람들은 겨집이 받아들이겠다면 누구나 함께 품을 수 있다. 네가 그걸 모르진 않을 테지? 그렇다면 도대체 넌 누굴 받아들이겠다는 거냐?"

"난, 당구르만 받아들일 거예요."

"뭐라고! 나만 받아들이겠다고? '숲이 낳은 애' 야. 당구르 뭍에서는 여태껏 그런 일이 없었다. 한 겨집이 한 사내만을 가질 수는 없는 것이다."

"당구르여, 저는 저 멀리 여름을 따러 나갔다가 여러 마을을 가 볼 수 있었습니다. 모두 사는 모습이 다르다는 걸 알았어요. 우리 들판에 핀 꽃과 저 메 속에 핀 꽃이 다르고, 우리 숲에서 나는 여름과 '흰마리메' 에서 나는 여름이 다르듯 말이에요."

"난 네가 무슨 말을 하고 있는지 모르겠구나. 그렇다면 넌 왜 나에게 안기려 하지 않았느냐?"

"당구르여, 당구르가 옛날의 '바람 위에 앉아' 가 될 때, 그때 날 가질 수 있을 거예요."

그는 괴로운 표정을 지었다.

— 아, 이 애의 야멸찬 말에도 난 이 애를 어찌할 수 없구나. 벌판을 제 맘대로 깡충거리는 암토끼 같은 이 애에게 나는 그만 눈이 멀었고, 몸에서 풍겨 오는 저 싱그러운 숲 냄새에 내 마음은 갈 곳 몰라 헤매고 다님을……. 다니고 있음을……. —

당구르는 그녀를 마주 보고 앉으며 힘없이 말했다.

"'숲이 낳은 애' 야, 너는 내 몸의 빛을 볼 수 있느냐?"

그녀는 파랗고 깊숙한 눈으로 당구르를 바라보며 고개를 가로저었다.

"볼 수 없단 말이지?"

"당구르여, '노래하는 새' 와 뭍 사람들이 모두 당구르에게서 해와 닮은 빛이 보인다고 했을 때, 저도 그런 줄 알고 믿었어요. 그러나 어느 때부터 저는 그 빛을 볼 수 없었어요."

"어느 때부터?"

"제가 달거리가 있고 나서 당구르가 사내로 보일 즈음입니다. 그러면서 당구르에게 처음부터 빛이 없었던 게 아닌가 하는 마음도 생겼고요. '노래하는 새' 의 말만 믿고 모두 그렇게 따른 게 아닌가 하구요."

그의 꼿꼿했던 몸이 신음소리와 함께 무너져 내리듯 꺾여 버렸다.

밖에서 인기척이 들렸다. '노래하는 새' 가 돌아온 모양이었다. 당구르는 불안한 얼굴로 허둥대다가 신고 있던 다로기를 얼른 벗어 그녀에게 주며 재빨리 말했다.

"자, 이 다로기를 신고 어서 빨리 몸을 피해 있거라. '노래하는 새' 가 너를 보게 되면 무슨 짓을 할지 모르겠구나. 어서 몸을 피하거라."

그는 황급히 움집 밖으로 나갔다. '노래하는 새' 와 '별악 맞은 남기' 가 숯터 안에 들어서고 있었다. 그들은 꼭 서리 맞은 구렁이처럼 힘이 없어 보였다. 하늘은 어느새 짙은 구름이 드리워져 금방이라도 눈을 뿌릴 듯 잔뜩 찌푸려져 있었다. 그들은 달개집으로 들어갔다. 당구르도 따라 들어갔다.

'별악 맞은 남기'가 불을 피우는 동안 아무도 입을 열지 않았다. '노래하는 새'는 침상에 걸터앉아 고민에 찬 표정으로 생각 속에 빠져 있었다. 한동안의 어색한 침묵을 깨뜨리고 당구르가 입을 열었다.

"'노래하는 새'여, 뭍에서 무슨 일이 있었소? 왜 그리 어두운 낯빛이오?"

그제야 그는 당구르를 올려다보며 말했다.

"우리 뭍의 사냥터에선 짐승 잡기가 점점 힘들어지는 모양입니다. 녀름이야 그럭저럭 지낼 만했으나 이 겨울나기가 어렵다고 아우성입니다. 이제 저들은 우리가 무엇인가 해 주길 바라고 있습니다. 걱정스런 것은 저 어리석은 이들이 이제 당구르에게 무언가 얻기를 바라고 있다는 것입니다."

"내가 어떻게 해 주길 바라고 있다?"

"그렇습니다. 저들의 마음이란 봄날의 샛바람 같은 겁니다. 가멸땐 아무 말 없다가도 막힘을 느끼게 되면 금세 매몰찬 푸념을 늘어놓곤 하지요. 이제 저들의 바람이 채워지지 않으면 서서히 우릴 차갑게 볼지도 모릅니다."

"아니, 그렇게 몸을 낮춰 우러러 보던 이들이 차갑게 돌아설지 모른다고!"

그는 먹장구름처럼 무거워진 마음으로 한숨을 길게 내쉬었다.

"더욱 두려운 건 '밝은뭍' 사람들의 마음입니다. 당구르도 아시다시피 모레면 저 아래로 내려갔던 해가 다시 올라오는 첫날입니다. 뭍

사람들은 모두 몸과 마음을 깨끗이 하여 하늘께 짐승을 바쳐야 하는
데, 그 무너리를 아직 잡지 못하고 있습니다. '밝은물' 어른은 이 모
두 발칙한 겨집, '숲이 낳은 애' 때문이라고 몹시 언짢아하더이다. 그
겨집이 저는 당구르하고만 함께하겠다고 사내들을 내치는 바람에 서
로 싸우고 미워하는 마음들이 생겼고, 그 때문에 무너리를 잡지 못했
다고 고리눈으로 낯을 붉혀 가며 말했습니다. 아, 일이 점점 어려워지
고 있소이다."

당구르는 어느 한 곳에 서 있지 못하고 움집 안을 서성거렸다. 솟터
로 올라와 살면서부터 아무 하는 일 없이 술에 취해 지내온 나날들이
너무 오래되었음을 불현듯 느꼈다.

" '노래하는 새' 여, 똑똑한 머릴 가진 당신이 말해 보시오. 그러면
내가 저들에게 무엇을 해 줄 수 있는지."

여태껏 위엄을 갖춘 어조가 차츰 애절한 탄식처럼 흘러나왔다. 한
동안 정적이 흘렀다.

"말해 보시오. 내가 뭘 할 수 있는지……."

눈을 가늘게 뜨고 턱수염을 밸밸 꼬던 '노래하는 새' 의 눈빛이 반
짝거렸다.

"당구르여, 허는 수가 없나이다. 올핸 당구르가 가장 아끼는 걸 내
놓으소서."

"내가 가장 아끼는 것이라?"

그는 걸음을 멈추고 허공을 응시하였다.

"이 까만 돌 말이오?"

"아니옵니다."

"그렇다면 내 찌르개 말이오?"

"아니옵니다."

"그러면 내가 가장 아끼는 것이 뭐란 말이오? 내가 잡은 어흥이 가죽깔개를 내 놓으면 되겠소?"

"당구르여, '숲이 낳은 애' 이옵니다. 그 겨집을 바쳐야만 저들의 궂은 마음을 다시 풀 수 있나이다."

"아, 아니 뭐라고! 그 무슨 야나친(냉정한) 소리요! '숲이 낳은 애'를 바치라니……?"

당구르는 경악했다. 그러나 '노래하는 새'는 냉정했다.

"그리하여야 하옵니다. 그 겨집에게는 나쁜 넋이 숨어 있습니다. 그 겨집 때문에 일이 자꾸 아등거려지는 겁니다. 그 겨집의 피로 하늘의 노여움을 씻어야 합니다."

그는 단호했다. 당구르는 나무 등걸에 맥없이 주저앉고 말았다. 무서운 일이었다. '노래하는 새'는 뭇 사람들의 불만과 원망을 함께 잠재울 희생양으로 '숲이 낳은 애'를 선택한 모양이었다.

"아, 아니, 아니 되오. 일이 아무리 어렵게 꼬였다 하나 짐승이 아닌 사람의 목숨을 소드락질(남의 물건을 몰래 훔치는 일)하듯 그렇게 뺏어 바칠 수는 없는 일이오. 그렇게 해서는 안 되오."

절망 속에 빠진 그의 얼굴에는 그 옛날 어떤 용맹스러움도 찾아보기 어려웠다. 퀭한 두 눈으로 모든 힘이 빠져나간 듯 보였다. 그는 비척거리며 일어섰다. 그러나 '노래하는 새'는 다시 한 번 다짐하듯 '숲이 낳은 애'를 희생물로 바쳐야 한다고 말했다.

밖은 이미 어두웠다. 무거웠던 하늘은 기어이 눈발을 흩뿌렸다. 당구르는 몸을 제대로 가누지 못해 비틀거리며 자기 움집에 돌아왔다. 안으로 들어온 그는 문에 기대어 깊은 시름 속에 잠겼다.

— 아, 이제 나도 저기 사위어 가는 모닥불처럼 그 빛을 잃어 가는 모양이다. 마치 아침에 밀린 새벽별이 그 힘을 잃어 가듯이. '노래하는 새'가 날더러 당구르라 부를 때, 나도 그런 줄 알고 믿었던 이 어리석음이여. 어리석음으로 비롯된 숱한 날들의 헛됨이여. 오늘은 내가 아끼는 것을 내 놓으라 했지만, 언젠가 그는 나를 내 놓으라고 납신거릴지도 모르는 일. 아, 무서운 놈이다. 나는 끓어오르는 분한 마음에 치를 떨고 있다. 밸밸 꼬인 거웃을 만지작거리며 넌덕스럽게 떠드는 주둥이에 찌르개를 찔러 넣어 다시는 입을 벌려 나달거리지 못하게 만들고 싶지만, 일이 나도 모르는 사이 너무 크게 벌어져 있어 그럴 수도 없음을 나는 안다. 나는 안다. 그렇다고 그 누굴 탓할 것인가. 탓할 것인가. 아무도 없다. 이 나의 어리석음을 탓할 수밖에……. —

그때 침상 옆에 숨어 있던 '숲이 낳은 애'의 반짝이는 눈빛이 보였다. 그는 그녀 곁으로 급히 다가갔다.

"'숲이 낳은 애'야, 너 여기 숨어 있었구나. 안 그래도 오늘 밤 내 너를 찾으려 했다. 아, 그러나 어쩔거나. 이제 나는 여기서 널 지켜줄 수 없는 걸……."

그녀를 애처롭게 바라보는 당구르의 눈에 눈물이 그렁그렁 맺혔다.

"당구르여, 그렇게 슬허 마소서. 눈물은 겨집에게나 어울리는 것입니다. 저도 '노래하는 새'의 이야길 엿들었습니다."

"아니, 엿들었다고! 그런데도 넌 아무렇지도 않느냐. 도망가지 않고 왜 그대로 남아 있었느냐?"

그는 휘둥그레진 눈에 안타까움을 담아 그녀를 보았다. '숲이 낳은 애'는 두려움에 떨면서도 냉정을 잃지 않은 모습이었다.

"당구르여, '노래하는 새'는 여태 사냥하지 않고서도 먹었습니다. 그가 가진 것이라곤 자른(짧은) 혀를 놀리는 재주밖에 없는 데도 말입니다."

"그래, 그건 나도 가끔씩 느꼈다. 이 숯터가 아니면 그는 남이 먹다 버린 썩은 고기나 주워야 했을 것이다."

"다 당구르 덕분이지요. 당구르를 내세워 숯터를 만듦으로써 그는 배불리 먹고 노래나 부르며 살 수 있었던 거예요. 그는 모든 걸 얻은 셈이지요. 그러나 정작 당구르는 그때부터 스스로를 잃어버린 거예요. 뭇 사람들도 차츰 깨닫고 있어요. 이곳 사람들이나 저희들이 그렇게 다르지 않다는 걸 말이에요."

"난 이제야 겨우 그걸 깨달을 수 있었다. 그는 모든 걸 얻었지만 나는 옛날의 나를 잃어버렸다는 걸. 그런데도 그 간나위 같은 놈이 또 일을 꾸미려 하는구나. 너를, 너를 하늘께 바쳐야 한다면서……."

"이제는 그의 뜻대로 되진 않을 거예요."

"되지 않다니? 넌 꼭 남의 일처럼 말하는구나. 넌 두렵지 않느냐?"

그녀는 초롱한 눈망울로 그윽이 올려다보며 고개를 살래살래 저었다. 당신을 믿고 있지 않느냐, 난 그걸 안다는 듯 자신 있는 표정이었다.

"당구르여, 당구르는 저들의 고길 얻지 않고서도 먹을 수 있습니다. 지난날 '바람 위에 앉아'는 누구보다도 많은 짐승을 잡아 오히려 저들을 먹이지 않았나요? 당구르여, 주렁주렁 달린 노리개들은 다 떼어 버리소서. 이제부터 벌판을 달려 사냥을 하소서. 사냥터는 여기에만 있는 것이 아니옵니다."

당구르는 아픈 곳을 찔러 오는 그녀의 말에 전율했다. 그러면서도 자기 내면에 숨어 자신을 괴롭혀 오던 그 실체가 그녀의 말에 의해 환한 빛으로 드러남을 보았다. 비록 뭍 사람들이 가져다 바치는 고기와 겨집들에 취해 편함과 쾌락을 느껴 왔지만, 항상 마음 한구석에는 뭔가 비어 있는 듯한 허전함이 남아 있어 그를 계속 괴롭혀 왔던 것이었다. 그 허전함 속에는 들판과 숲 속을 자유롭게 뛰며 달리던 옛날의 그가 도사리고 있었고, 싱그러운 풀내음과 그윽한 수향이 자리하고 있었고, 한 번도 가 보지 못했던 해가 중천으로 오르는 곳을 향해 떠나고 싶은 열망이 숨어 있었음을 깨달았던 것이었다. '숲이 낳은 애'의 말은 그러한 열망에 불을 지핀 셈이었다.

그는 갑자기 노리개가 주렁주렁 달린 갖옷이 거추장스럽게 느껴졌다. 뭍 사람들이 올라와서 머리를 조아리던 움집 안이 답답하게만 느껴졌다. 오랫동안 생각 속에 갇혀 움집 안을 이리저리 서성이던 당구르는 이윽고 그녀의 간절하면서도 진심 어린 눈길을 내려다보며 무거운 입을 열었다.

"그러면, 나와 함께 떠나겠느냐?"

그녀는 깊고 푸른 눈에 기쁨의 눈물을 담고 고개를 끄덕였다.

당구르는 당장 떠날 채비를 차렸다. 그녀에게 고깔을 씌우고 다로기를 여러 겹 신겨 단단히 매어 주었다. 가죽 부대를 꺼내 갖옷과 까만 돌을 넣고 말린 고기도 충분히 챙겼다. 돌도끼도 허리에 찼다. 가죽 부대를 어깨에 멘 후 돌찌르개 두 자루를 한 손에 그러쥐었다. 그리고는 '숲이 낳은 애'를 이끌고 움집을 빠져나왔다.

캄캄한 굴속에서 날벌레들이 몰려나오듯 어두운 하늘은 하얀 눈을 쏟아 내고 있었다. 밖은 온통 눈 천지였다. 그들은 벼룻길을 걸어 아래로 내려갔다. 한참을 걷다 올려다본 솟터는 눈에 덮여 그 흔적을 잃어 갔고, 솟대 위에 얹힌 날지 못하는 새만 눈 내리는 밤하늘을 처연히 올려다보고 있었다. 걸어온 발자국은 내리는 눈에 덮여 흔적도 없이 사라져 갔다.

그들은 마을을 등지고 '흰마리메'로 향했다. 눈을 치고 나가는 그의 뒤를 '숲이 낳은 애'는 조용히 따랐다. 무릎까지 빠지는 눈 속을 헤쳐 벌판을 가로질러 갔지만 힘든 줄을 몰랐다. 이상하게도 걸으면 걸을수록 뜨거운 힘이 솟아나 온몸으로 퍼지는 걸 그는 느꼈다. '숲이 낳은 애'의 파란 눈도 더욱 반짝거리며 생기가 돋는 듯했다. 앞을 가리는 눈발도 아무런 장애가 되지 못했다.

그들이 밤새워 눈밭을 헤쳐 '흰마리재'에 올라섰을 때, 그토록 눈을 뿌리던 먹구름은 걷히고 동녘의 하늘은 희붐한 빛으로 밝아 오고 있었다. 눈을 하얗게 인 산봉우리들이 불쑥불쑥 솟아나 구릉을 이루었다. '흰마리메'에서 뻗어나가 시꺼먼 윤곽선을 드러낸 능선들은 수많은 가지 맥들을 거느리며 끝없이 이어져 펼쳐졌다. 마치 땅에 엎드린 거대한 짐승들의 골격같이 힘이 있었다. 그는 구름 속에 잠긴 산들을 가슴 벅차게 바라보았다. 밤새 내뿜던 입김이 고드름처럼 얼어붙은 수염이 햇빛에 반짝거렸다. 그는 양팔을 벌려 떠오르는 해를 향해 고함을 내질렀다.

"나는 이제 다시 '바람 위에 앉아' 다! '바람 위에 앉아' 다!"

그의 우렁찬 고함소리는 골짜기들을 흔들어 깨우며 메아리가 되어 울려 퍼졌다. 순간, 그는 먼 남쪽에서 날려 오는 냄새를 맡을 수 있었다. 그것은 초원의 냄새였다. 숲의 냄새였다. 싱그러움이 가득한 새 봄의 냄새였다.

'바람 위에 앉아' 는 심호흡을 하며 팔을 들어 저 멀리 남쪽을 가리켰다. '숲이 낳은 애' 도 상기된 얼굴에 미소를 가득 담고 고개를 끄덕였다. 그들은 서로를 뜨겁게 껴안고 '흰마리재' 를 내려가기 시작했다.

호접몽 胡蝶夢

"자네도 꿈에 젖었구만 그랴. 그건 꿈이
여! 헛된 꿈. 꿈을 현실이드키 생각하니
이상할 수밖에⋯⋯. 헐 수 없구먼이랴.
차돌도 바람 들면 석돌보다 못하다는
디, 자네도 인자 마음 정해야 쓰겠구먼.
무슨 말인지 알것는가? 마음을 정해야
쓰겄어."

오늘 아침도 소장의 훈시는 길어질 모양이었다. 맑고 포근한 햇빛 아래 연분홍 살구꽃이 은은한 향기를 토하는 관리사무소 앞 공터에는, 공방 담당 장인들과 장터 담당 아낙네들이 열중쉬어 자세로 길게 늘어서 있었다.

그들은 매양 반복되는 소장의 훈시가 지겨운지 봄바람에 날리는 꽃잎에 무연한 시선을 두다가 이내 실없이 맨땅을 툭툭 차는 것으로 보아, 어서 빨리 조회가 끝나기를 기다리는 눈치들이었다. 근무 시간 중에 몰래 낮잠을 즐기다 몇 번을 들켜 호된 꾸지람을 들은 바 있는 장터 주막 한 아낙은 아침부터 쏟아지는 하품을 억지로 참느라 눈물을 찔끔거렸으며, 엿공방 한씨는 왼쪽 눈을 찡그려 가며 뽑아 낸 코털을 한동안 들여다보더니 가볍게 튕겨 내며 큼큼거렸다.

"내가 한 말 이해하시겠죠? 다시 한 번 강조하지만 이제 민속촌에 대한 패러다임을 바꾸셔야 해요. 그래야 우리도 살아남을 수가 있어요. 조상들이 살았던 집이나 복원하고 유물이나 전시해서는 더 이상 관람객들이 찾질 않아요. 좀 실감나게 재현들 해 보세요. 관람객들이 정말 옛날로 되돌아온 기분이 팍팍 들도록 말이에요. 아셨죠?"

작달막한 키에 뒷짐을 지고 턱 버티고 서서 내뱉는 말들은 번들번들한 그의 대머리만큼이나 매끄럽게 흘러나왔다.

"그런데 조오기 조기 대장간 김씨! 대체 누굴 찾느라고 그렇게 두리번거려욧! 내가 시방 무얼 강조했죠?"

서른 중반으로 보이는 김씨가 소장의 고함소리에 화들짝 놀라 멍뚱한 표정을 짓자, 모두들 지겨운 차에 잘 됐다는 듯 일부러 소리 내어 깔깔거리면서 재밌어했다.

"저런 저런, 쯧쯧. 내가 저러니 같은 말을 수십 번이나 강조를 하지. 대장이면 대장장이 역할을 좀 실감나게 해 보란 말이오. 마인드 콘트롤, 마인드 콘트롤 몰라요!"

그는 '콘트롤'에 유난히 강세를 주면서 말을 이었다.

"내가 진짜로 옛날의 대장장이다, 대장장이다. 내가 살고 있는 현재가 곧 옛날이다. 적어도 이 민속촌 안에서는 늘 그렇게 생각하고 행동해야 된다 이 말입니다. 알았어욧? 아이쿠, 자, 자 그만들 웃고 어서 가 일 준비하세요. 어서! 곧 개장할 시간이니까."

소장은 논두렁에서 참새 쫓듯 두 팔을 벌려 앞으로 내저으면서 고함을 질렀다.

그들은 민속촌을 가로지르는 큰길을 따라 어슬렁거리며 흩어져 갔다. 큰길 위쪽 동헌으로 가는 샛길에는 자그마한 공방들이 줄지어 늘

어서 있었다. 대장간 옆으로 한지공방, 죽세공방, 유기공방, 필묵공방, 엿공방이 이어졌고, 그 뒤 고목이 다 된 포구나무 사이로 동헌의 솟을대문이 고색창연한 모습으로 관헌의 위용을 자랑하고 있었다. 관아를 지나 장터로 가는 길 양편에는 지역별 전통 가옥이 짜임새 있게 복원되어 있었는데, 깨끗하게 단장된 흙 담장 위의 복사꽃과 하얀 목련이 가지를 드리우면서 고즈넉한 고을의 향취를 더욱 자아나게 했다.

"어이, 동상. 아즉 시간이 쪼께 있응께 담배나 한 대 묵고 가지라. 나가 할 야그도 있고."

연둣빛 가지를 축축 늘어뜨린 수양버들 밑을 걸어가던 대장간 김씨를 죽세공 장인인 최씨가 불러 세웠다.

"동상, 요즘 무신 고민이 있능가. 영 얼굴색이 해 떨어진 산그늘이여. 그렇게 잘 웃던 얼굴이 워디로 가고 무엇 땀시 한숨만 남았능가이."

최씨는 호주머니에서 라이터를 꺼내 김씨의 담배에 불을 붙여 주며 어깨를 나란히 하여 걸으면서 말했다.

"고민은 무슨 고민이 있겠수. 그냥 사는 게 재미가 없어 그렇지요. 조기회에 나가 공을 차두 별 흥이 나지 않고, 출근해서 일하는 것도 영 시들한 게 내가 왜 이러는지 나도 잘 모르겠소."

그는 담배를 내뿜으며 한숨을 길게 내쉬더니 그만 고개를 떨어뜨렸다.

"와, 전에 선을 본다 카드이 또 잘못돼서 그라능가? 짚신도 짝이 있는 벱이여, 곧 참한 규수 나타나 우리 신랑 워디 있다 이제사 나타났능가 하고 반길 테이 너무 낙심 말드라고잉."

최씨는 그의 어깨를 두드려 가며 기분을 전환시키려 애를 썼으나 돌아오는 대답은 영 실망스런 것이었다.

"퇴짜 맞은 게 어디 한두 번이어야죠. 직장이 민속촌이라고 할 때까진 그런대로 괜찮아요. 그런데 공방 담당 장인이라 하면 그만 안색을 싹 바꿔 버리고는, 인연이 아닌가 봐요, 진작 말씀하셔야죠, 하면서 싹 돌아서는 거예요."

그는 밉살스런 여자의 목소리를 그럴 듯하게 흉내 내면서 쓴웃음을 지었다. 최씨는 그의 낙담한 얼굴을 쳐다보며 그가 여태껏 결혼을 하지 못하는 것이 모두 자기 때문에 비롯된 일인 양 미안한 기색으로 담배 연기를 내뿜었다. 사실 그랬다. 여기서는 기술이 뛰어나 최 장인이라고 불리는 그는 김씨와는 동네 축구 조기회에서 만난 형님 아우 사이로, 철공소에서 일하던 김씨를 그래도 나은 직장이라고 이곳에 데려와, 오 년 전부터 대장간 장인 역할을 하게 만들었던 것이었다.

"근데, 형님. 왜 전통 혼례식장에서 신부 역할을 맡은 서 양 있잖아요? 걔 요즘 왜 안 나오죠?"

"갑자기 자다가 무신 봉창 뚜드리는 소리여! 나가 자네 요즘 이상허다 했지 서 양은 무신 얼어 죽을……. 아, 그리고 본께 아까 조회서 계속 두리번거렸던 게 갸를 찾는다고 그랬능가? 그런겨? 혹시 자네 서 양을……."

"아이구, 형님두. 그런 게 아녜요. 그런 문제가 아니라……."

그는 황급히 손을 저어 부정을 했으나 그러면서도 복사꽃처럼 상기되어 오르는 얼굴을 어쩌지 못했다.

"김 군아, 마 찬물 묵꼬 정신 차리거래이. 그 가스나 눈이 울매나 높은지 니 모르제? 그 가스나한텐 꿈을 깨는 기 니 신상에 좋을 끼다."

옆에서 말없이 따라오던 한지공방 이씨는 서 양 이야기가 나오자 갑자기 속이 뒤틀리는지 그들 대화에 끼어들었다.

"허, 참. 내가 미쳤다구 서 양 이야길 꺼내 두 형님한테 이런 공격을 받을까. 하여튼 형님께 상의 드릴 말두 있구……. 나중에 찾아갈게요. 그럼, 나 먼저 올라가우."

그는 뒤도 돌아보지 않고 대장간 쪽으로 뛰어갔다. 최씨와 이씨는 그의 허둥대는 모습에 서로 고개를 갸우뚱대며 안타까운 시선으로 바라보았다.

대장간으로 들어온 김씨는 공방 옆에 붙은 조그만 방으로 들어가 벽에 걸려 있던 때 묻은 흰색 무명 저고리와 잠방이를 내려 갈아입었다. 벗어 놓은 양복을 그 자리에 가지런히 걸어 놓고, 이마에 머리띠를 질끈 동여매고는 버선을 신고 방을 나왔다. 짚신을 신으려다 불현듯 생각이 난 듯 허둥대며 방으로 들어가 양복 호주머니에서 휴대폰을 꺼내 진동모드로 바꾸고는 저고리 주머니에 찔러 넣었다.

공방으로 나온 그는 먼저 야로에 불을 지피기 위해 부삽을 찾았다. 야로 옆에 있어야 할 부삽이 눈에 띄지 않았다. 주위를 살펴보니 망치와 정, 집게, 대갈마치 등이 제자리에 있지 않고 흐트러진 채 어수선하게 놓여 있었다. 그는 한쪽 구석에 세워져 있는 부삽을 겨우 찾아들고 야로에 갈탄을 퍼 넣은 다음, 아궁이의 나무에 불을 붙였다. 그리고는 바닥에 쪼그려 앉아 손풀무질을 천천히 시작했다.

그러나 생각과 행동은 영 겉도는 듯 보였다. 그랬다. 배움이 남들처럼 많지 않은 관계로 젊어서부터 배운 기술이란 게 겨우 철공소에서 쇠 다루는 일 정도여서인지, 오 년 전 최씨의 권유를 받고 이곳에 왔을 땐 영 별천지 같다는 느낌이 들었다. 월급이 전보다 많아진 까닭도 있지만 우선 일이 수월하면서도 자유롭고, 한다는 일이 눈감고도 만들 수 있는 호미나 낫 정도의 제작을 재현하는 일이라 그로서는 매우 흡족한 기분이 드는 직장이었던 것이다. 더군다나 전통 문화를 재현한다는 거창한 긍지가 한몫 더하는 바람에 두드리는 망치질마다 저절로 신명이 더해지곤 했었다. 그래서 연장 하나하나에 애정을 쏟아가며 닦고 기름칠하여 옛날의 대장간처럼 알뜰하게 꾸미는 재미도 솔솔 맛보았던 것이다.

그런데 작년부터인가. 어느 날 문득 자기가 옛날의 진짜 대장장이로 되돌아간 것 같은 환상에 빠져들면서 적잖이 당황하게 되었다. 일에 너무 열중한 탓이었는지 웬 관람객이 호기심 어린 질문을 던질 때, 자신도 모르는 사이 "예, 나리. 뭐라고 했굽쇼?"라고 굽실거리는 자신을 발견하고는 화들짝 놀란 경우가 그것이었다. 처음에는 자신의 행동이 어처구니없었는지 그만 '허허' 하고 웃고 말았는데, 그런 일이 부지불식간에 자주 일어나게 되자 우선 심각해질 수밖에 없었다. 그때마다 구사하는 어휘란 게 고작 '~깝쇼. ~댑쇼. ~굽쇼.' 정도의 종결어미밖에 없었으나, 옛사람이 된 듯한 착각은 그다지 유쾌한 경험이 아니었다.

그때부터 그에게는 두 가지의 이상한 버릇이 생겼다. 하나는 일하다가도 관람객의 시선을 피해 자주 휴대폰을 꺼내 어디론가 전화를 하는 것이었고, 또 하나는 일을 마친 후, 어둠이 내려 아무도 없는 민속촌을 관람객이 된 기분으로 어슬렁거리며 한 바퀴 휘휘 돌다 늦게야 퇴근하는 버릇이 그것이었다. 그러던 어느 날, 보름달이 교교하게 비치는 남부지방 가옥의 후원에서 서 양의 그 요상한 행동을 우연히 훔쳐보게 된 이후로 자신에 대한 혼란은 더욱 가중되었다.

일주일 전 밤에도 그랬다. 폐장 이후, 남들이 다 퇴근하기를 기다리다 어둠이 짙게 내리자 그는 귀신에 이끌린 듯 공방 거리를 벗어나 혼례청 옆에 있는 지역별 전통 가옥 거리로 잠입했다. 그리고는 전에 서양을 보았던 남부지방 가옥의 후원으로 몸을 숨겨 들어갔다. 담장에 붙어 자두나무의 짙은 그늘에 몸을 감추고 별채 안의 인기척을 엿보았다. 얼마 안 있어 분홍 저고리에 옥색 치마를 입고 빨간 댕기를 나풀거리며 사르르 옮겨 오는 여인을 발견할 수 있었다. 어둠 속에서 보아도 서 양임을 알 수 있었다. 그녀는 섬돌 위에 신발을 가지런히 벗어 놓고는 마루에 올라서 주위를 한 번 살펴보더니 안방 문을 열고 살며시 들어갔다. 곧이어 희미한 등잔불이 아자창에 조용히 피어올랐다. 그는 발자국 소리를 죽여 별채 뒤뜰을 돌아 안방의 사창에 다가서 안의 동정에 귀를 기울였다. 한참이 지난 후, 안에서 여인네의 애절하게 흐느끼는 울음소리가 간간이 새어 나오더니 이내 대화 소리가 들려왔다.

"도련님, 소저의 일생이 창랑(滄浪)의 부평(浮萍)이요, 광풍에 부운인지라. 본디 죄악이 지중하여 유치(幼稚)를 면하기 전에 어머니를 여의고, 여액(餘厄)이 미진한 지 엄친 또한 영문 모르게 멀리 적거하시니 소녀의 형편이 망극하여 구곡에 미치니 여자의 몸이라 임의로

못 하고, 혈혈단신 의탁할 곳이 없어 도련님께 잔명을 부지코저 하옵
니다."

그가 듣기에는 무슨 내용인지 알 수 없으나 간간이 울음 섞인 목소
리로 보아 애절한 신세 한탄임을 짐작할 수는 있었다. 그가 침을 꿀꺽
삼키며 온 신경을 집중시키는 동안, 부자연스럽지만 걸걸한 어떤 남
자의 목소리가 이어졌다.

"낭자, 생이 비록 현인(賢人)에는 불급(不及)이나 경박한 사람은 되
지 않으려니 조금도 염려 말으소서. 내 급제 후 낭자를 모시려니 그때
까지 천금 지체를 보중하소서. 그리고 생의 단심(丹心)을 잊지 마소
서."

그는 꼭 귀신에 홀린 듯하여 주위를 살펴보았다. 달빛이 교교한 가
운데 바람에 흔들리는 나뭇가지 외에는 어떤 미동도 없었다. 그는 사
창의 터진 틈으로 안을 살며시 들여다보았다. 그런데 놀라운 것은 한
쪽 무릎을 세우고 다소곳이 앉아 등잔불을 바라보는 그녀 외에는 아
무도 없었다는 점이었다.

황망한 노릇이었다. 혹시 그녀가 탤런트가 되기 위해 대사 연습을
하지 않나 생각도 했었지만 그건 아닌 것 같았다. 대사의 내용이 그
전과 별 바뀌지도 않았을 뿐더러 그녀의 말소리에는 너무나 절실하
면서도 애절한 실제감이 있어, 꼭 어떤 양반집 자제와 은밀한 약속을
나누는 것으로 생각되었던 것이다. 그러면서도 이상한 건 그녀의 행
동을 훔쳐보고 있는 동안, 자신도 옛날로 돌아가 그녀와 마주앉아 서
로 사랑을 다짐하는 것 같은 착각이 현실처럼 느껴져, 그곳에 뛰어들
어 그녀를 위로하고 끌어안아 주고 싶은 충동에 영 당혹스러웠던 것

이다.

꼭 꿈을 꾸고 있는 것 같았다. 그때, 웃옷에 넣어 둔 휴대폰의 진동이 울리지 않았더라면 무슨 행동을 했을지 자신도 모를 지경이었다. 하여튼 정신이 얼핏 들어 비실비실 그곳을 빠져나와 집으로 향해 왔지만, 서 양의 그 애절한 모습이 아름다운 잔상으로 남아 오랫동안 그를 괴롭히며 혼란스럽게 만든 것이었다.

그는 풀무질을 멈추고 발갛게 피어오르는 불길을 확인하고는 기다란 시우쇠 하나를 야로 속에 넣었다. 그리고 흐트러져 있는 연장들을 챙겨 모아 대강 제 위치에 정리한 후, 기름걸레를 꺼내 모루를 닦았다. 띄엄띄엄 지나가는 관람객들은 오늘따라 대장간을 들리지 않고 그냥 지나갔다. 그래도 그는 집게를 들어 발갛게 달구어진 시우쇠를 꺼내 들고 물속에 푹 넣었다가 위로 쳐들어 보았다. 허연 연기와 함께 금방 푸르스름하게 변하는 것으로 보아 아직 덜 달구어졌음을 느꼈다. 그는 다시 야로 속에 시우쇠를 넣고 풀무질을 몇 번 더한 후 밖으로 나와 길의 동정을 살폈다. 화요일 오전이어서인지 관람객은 거의 없었다. 옆 한지공방의 이 노인은 닥나무를 삶기 위해 가지를 추려 다발로 묶더니 가마솥 안에 세우고 가마니로 둘러싼 뒤, 불을 때고 있는 모습이 보였다.

그는 다시 대장간으로 들어와 집게로 시우쇠를 꺼내 들고 쳐다보더니 모루 위에 얹어 놓고 망치질을 시작했다.

"탁, 탁, 탕, 탕."

예전 같으면 내리치는 망치가 벌건 시우쇠 위에 정확하게 꽂히련만 요즘은 영 헛손질이 많았다. 자주 어긋나는 망치질은 불꽃을 튀게

하면서 시우쇠를 찢어 놓기 일쑤였다.

그때 웬 아이의 목소리가 들려왔다.

"아저씨, 뭘 만들어요?"

고개를 들어 바라보니 예닐곱 살 되어 보이는 아이가 흥미로운 눈초리를 던지고 있었다. 그 뒤에는 젊은 부부가 아이의 질문에 대견함을 느끼는지 흡족한 미소로 서 있었다.

"응, 호미를 만든단다."

"호미가 뭔데요?"

"아, 그건 밭을 매는데 쓰는 농기군데……"

라고 대답하려다 자신의 설명이 아이에게 어울리는 풀이가 아니라는 생각이 들어 망치질을 멈추고 뒤쪽 부부를 쳐다보았다.

"아저씨, 아이들에겐 실물을 보여 주고 설명하는 게 효과적이죠. 만들어 놓은 호미 없어요?"

그는 순간 망연함을 느꼈다. 요즘 들이 이느 것 하나 제대로 완성해 놓은 것이 없다는 것을 깨달았다. 쇠를 달구어 망치질을 계속했으나 그 이상은 나아가지 못했다. 정신없이 두드리다 보면 쇠는 찢겨져 다시 야로 속으로 들어가야만 하는 일이 거듭되었다. 젊은 부부는 못마땅하다는 듯 그를 흘겨보고는, 아이를 데리고 이웃 공방으로 옮겨 갔다.

그는 망치를 놓았다. 모루 위에서 식어 가는 시우쇠를 바라보는 그의 눈에 눈물이 핑그르르 돌았다.

김씨는 손을 털고 뒷짐을 진 채 대장간 안을 서성이다, 공방 뒤켠으로 돌아가 양지바른 헛간 앞에 쪼그려 앉아 담배를 꺼내 물었다. 담배

연기가 건너다보이는 초가지붕 위의 아지랑이처럼 곱게 피어올랐다. 그는 자신의 모습을 찬찬히 뜯어보았다. 둥둥 걷어 올린 잠방이로부터 때 묻은 저고리로 시선이 옮겨질 때마다 그의 입에서는 작은 한숨이 흘러나왔다. 시선을 허공에 두고 멍하니 앉아 있는 동안, 한지공방의 이씨가 저고리에 묻은 검불을 떼어 내며 곁에 와 앉았다.

"날이 참 따시제? 인자 완연한 봄이 됐구먼. 그런데 관람객이 오늘은 와 이래 적노? 보는 사람이 있어야 하는 일도 신명이 날 낀데. 마지 혼자 지랄을 할라 카이 내가 꼭 미친놈 안 겉나. 근데 아침에 서 양은 와 찾았노? 김 군, 니 그 가스나하고 무슨 일이 있는 거 아이가?"

"형님두 일은 무슨 일이 있겠수. 그냥 며칠 보이지 않아 궁금해서……."

그는 이야기할 기분이 아니라는 걸 알리는 듯, 먼 산만 쳐다보며 말꼬리를 흐렸다.

"그렇나. 그런데 그 가스나 정신뱅원에 입원했다 카는 거 니 모르제?"

"서 양이 정신병원에요!"

"와 그리 놀라노? 니 꼴을 보이 무슨 쌈싱이 있긴 있는 모양이제?"

그는 맥이 풀림을 느꼈다. 은근한 향기를 흩날리던 복사꽃이 그만 그의 눈에서 우수수 무너져 내림이 보였다.

"우리는 니가 그 가스나를 은근히 좋아한다는 걸 인자서 알게 된 기라. 그렇지만 마 헛물 키지 말거라. 니가 들으면 섭섭타 카겠지만, 와 장터 주막집 천안댁 알제? 얼마 전에 그 여 자 중매로 내 조카와 선을 안 보았겠나. 근데 그 가스나가 뭐라꼬 했는 줄 니 아나? 내 참 기가 맥혀 웃음도 지대로 안 나오더라."

이씨는 뭔가 억울한 일을 당한 분노가 아직도 사그라지지 않는지 목청을 높여 탁하게 빈정거렸다.

"뭐? 국가에서 주는 맨허증을 딴 사람이면 모를까 그렇지 않으면 결혼할 수 없다꼬 했다 안 카나. 입은 삐뚤어져도 말은 바로 해야제. 서 양 그 가스나, 인물 쪼깨 빼 놓고는 내세울 끼 뭐 있노. 양친 일찍 세상 베릿제. 친척집에 얹혀사는 구차한 신세에 고작 전문학교 나온 기 전부 단데, 그기 뭐 대단하다꼬. 꿈도 야무지제. 지금 생각하믄 성사 안 된 기 하늘이 도운 기라."

"그 소식은 어디서 들었어요?"

"뭐 말이고? 맞선 봤다는 거 말이가?"

"말고요. 정신병원에 입원했다는 거 말이에요."

"와, 면회라도 가 볼라꼬? 신랑 역을 맡은 강 군 안 있나. 강 군이 천안댁한테 이야기한 걸 나한테 전해 주데. 자넨 국가맨허증이 뭔고 아나? 나도 가방끈이 짧아 몇 사람에게 물어서 개우 알았데이. 그거 고등고시 합격한 판검사나 변호사, 아니면 회계사, 의사, 그런 사람들에게 주는 맨허증이라 카데. 그 높은 사람들이 뭐가 아쉽어 지 같은 걸……. 지 신세가 건너다보니 절터인 줄도 모르고."

한지공방 이씨는 자기 조카가 퇴자를 맞은 사실이 너무 분하고 억울한 것인지, 아니면 대장간 김씨에게 언감생심 못 오를 나무 쳐다보지도 말라는 경종인지, 그의 표정을 흘끔흘끔 살피며 팔을 흔들어 이야길 했다.

김씨는 눈을 지그시 감고 지난 회식 때의 일을 떠올렸다. 모처럼 직원들이 모인 회식 자리에서 식사와 겸하여 술이 몇 순배 돌았을 때, 누군가가 그와 옆에 앉아 있던 서 양을 가리키며 농담을 던진 적이 있었다.

"김씨가 비록 노총각이지만 그래도 처녀 총각이 그렇게 나란히 앉아 있으니 보기도 좋네. 어이, 김씨, 어찌 한번 잘해 보지? 여자는 말이야, 자고로 기회가 주어질 때 후다닥 낚아채야 하는 거야. 엎어진 김에 쉬어 간다고, 오늘 같은 날 기회가 좋잖아?"

모두들 낄낄대고 웃으며 고개를 끄덕이는 바람에, 나이 많은 김씨의 얼굴은 그만 홍조로 상기되어 어쩔 줄 몰라 했으나, 정작 서 양은 얼굴색 하나 변하지 않고 냉정하게 앉아 있었다. 그러면서 옆에 앉은 그가 들으라는 듯 새치름한 표정으로 중얼거렸다.

"내가 비록 일주일에 몇 번씩이나 결혼식을 재현하지만, 진짜 결혼식은 남이 부러워할 남자와 멋지고 화려하게 치를 거야. 꼭 그럴 거야."

그는 입을 앙다문 그녀의 눈에 설핏 물기가 스치는 걸 곁에서 바라볼 수 있었다.

그런데 그런 서 양이 정신병원에 입원했다는 건 아무래도 믿기 어려운 일이었다. 그러면서도 밤마다 후원에서 벌였던 서 양의 그 요상한 행동이 머릿속을 빙빙 돌며 더욱 선명하게 살아나는 것은 이상한 일이었다. 김씨는 자신도 모르게 "서 양이 정신병원에 입원했다. 입원했다"를 신음처럼 자꾸 내뱉었다.

"어이쿠, 내 정신 좀 보래이. 백피를 맨든다는 기 삶아만 놓고 그냥 왔데이. 물이 다 쫄았을 끼다. 나 간데이."

황급히 한지공방으로 돌아가는 이씨를 보며, 그도 일어나 대장간으로 왔다. 그리고 발갛게 익은 시우쇠를 꺼내 무연하게 망치질만 계속했다. 도무지 일이 손에 잡히지 않았다. 망치질은 생각만큼이나 헛도는 듯했다. 그는 대장간 안을 한동안 어슬렁거리다 최씨가 일하고 있는 죽세공방을 향해 걸었다. 대나무가 널려진 공방의 작업대에서 최씨는 무언가 열심히 만들고 있었다.

"오늘은 뭘 만드우?"

속대를 가늘게 쪼개어 머리를 땋듯 꿰고 있던 그는 고개만 돌려 김씨를 보았다.

"응, 이거 삼합접작이란 것이여. 보기엔 수수한 것 같아도 이거 제대로 만들려면 높은 기술이 필요한 것이제."

최씨는 여러 가닥으로 갈라진 속대를 발로 밟아 힘들여 고정시키고는, 곁에 있는 앉은뱅이 의자에 그가 앉기를 권했다.

"형님은 팔 것도 아니면서 뭘 그렇게 열심히 만드는 거우? 또 남이 알아주는 것도 아닌데……."

"건, 뭣 말이여! 넘이 알아주길 바래서 이 일 하는 게 아녀. 배운 기죽 다루는 재주뿐이고, 자네도 잘 알드키 축구하다 다리 뱅신 돼 절뚝거리는 기 어디서 뭘 하겠다냐. 이 일이라도 고맙게 생각하고 열심히 해야제. 쓴 배도 다 맛들일 탓인겨."

최씨는 그가 질문하는 속뜻을 꿰뚫어 보고 있다는 양, 일의 성실성을 강조했다.

"근데 자넨 요즘 와 그런다냐? 사람이 많이 변한 것 같여. 전당잡은 촛대마냥 우두커니 앉아 있질 않나. 건 또 무신 소리여. 관람객에게 무신 나리 마님이라니, 자네 제정신이 있는 사람이여?"

그는 나무라는 투로 어조를 높였다.

"형님, 형님은 이곳에서 몇 년이나 근무했수?"

"그건 또 와 묻는겨? 동상도 잘 알드키 민속촌이 만들어지고부터인께 한 이십 년 되었능가."

"저, 혹시 말이유. 혹시⋯⋯."

"뭘 말할려고 그렇게 뜸을 드리는가. 싸게 말해 보드라고잉!"

"혹시 형님두 이런 적이 있었수? 공방에서 일을 하다 보면 내가 옛날에 살고 있는지, 현재에 살고 있는지, 내가 정말 옛날의 대장장이가 아닌지, 영 헷갈리는 기분 말이오."

최씨는 뚜껑의 테두리를 만들기 위해 속대를 꼬던 손을 멈추고 그를 지긋이 바라보았다. 그리고는 나지막한 소리로 말했다.

"결국 그런 일이여? 동상은 이곳에 온 지 몇 년 되었능가?"

"형님이 소개했으니 더 잘 알게 아니우. 한 오 년 됐지요."

그는 고개를 끄덕였다. 그리고 말을 이었다.

"동상이 여태 그런 야그를 허지 않아 어지간히 무던한 사람으로 생각했제. 여기 있는 사람들도 말은 안 하지만 그런 건 다 경험하는 일이여. 모두들 출퇴근 할 때 왜 꼭 양복에 네꾸다이꺼정 매고 다니는지 아는가? 그것도 염천지하 여름철에도⋯⋯?"

김씨는 말없이 고개를 숙이고 앉아 잘라 놓은 댓가지만 잘금잘금 부러뜨리고 있었다.

"나가 자네 심정 왜 모를까이. 그것뿐 아니것제. 다른 회사맨크로 세월 가면 착착 승진하는 것도 아니고, 젊은 놈이 허구한 날 이 짓이나 하며 자빠져야 하니 답답도 할거여."

"그런 건 아녜요. 그저 막일이나 해 먹고 살 나를 이곳에 직장까지 마련해 준 걸 늘 고맙게 생각하고 있어요. 그런데 요즘은 만사 잊고 막일이나 하는 게 낫지 않나 싶을 때도 있는 건 사실이우. 형님한텐 미안한 이야기지만……."

"그려, 자네도 보았것지만 이곳을 평생 직장으로 생각할 순 없을 겨. 일 년도 못 버티고 나간 사람도 부지기수여. 나나 한지공방 이씨는 좀 예외제. 젊었을 땐 몇 번이고 뛰쳐나가려다 용기 부족으로 결국 기회를 놓쳐 뿌릿고, 더군다나 나가 다리 빙신이 돼 뿔고 나니 더더욱 갈 곳도 없고. 이씨도 얽은 그 얼굴로 어울릴 곳이 워디 있겠능가. 이곳밖에 더 있겠는가?"

"그래도 형님이나 이씨 아저씨는 민속공예 전국 경연대회에서 상도 타고 장인이란 이름도 얻었잖아요. 보람도 있을 거구요."

"장인은 무슨 얼어 죽을 장인이여. 그저 흉내나 내는 것이제. 그런데 그 증세는 언제부터 생겼는가?"

"한 일 년 전부터인가 약간씩 혼돈이 오더니 그 서 양의 요상한 짓을 보고 나서 더 심해진 것 같아요."

"뭐시라. 요상한 짓이라니 그건 또 무슨 말이여?"

김씨는 깊은 한숨을 내쉬었다. 그리고 후원에서 훔쳐보았던 서 양의 행동이 눈앞에 선명하게 그려지는지 그동안의 일들을 진지한 태도로 말해 주었다.

"그런데 그 서 양이 얼마 전 정신병원에 입원했대요."

최씨는 놀라지도 않고 담담한 표정으로 고개만 끄덕이며 한동안 생각에 잠겨 있었다.

"충분히 그럴 것이여. 갸가 평소에 지독한 면도 있었지만 어찌 보면 신세 불쌍한 아여. 팔자 도망은 독 안에 들어도 못 한다는 말이 있잖은가. 늘 욕심이 과했제. 욕심이 과한 탓이여."

그는 서 양의 지난 행동으로 보아 정신 이상이 될 소지가 충분했다는 듯 연민 어린 눈빛으로 말했다.

"그 정도는 나도 짐작하고 있어요. 그런데 이상한 건 말이에요. 서양의 그런 행동을 본 이후, 자꾸만 훔쳐보고 싶은 마음을 억제할 수 없었고, 그러다 보니 나도 자연스럽게 동화되어 그녀의 대역을 맡고 싶은 충동이 강하게 일더란 말이에요. 형님은 그게 무슨 소리냐고 하겠죠? 그러나 내가 옛날로 돌아간 기분, 차라리 옛날로 돌아가 대장장이면 대장장이, 아니면 양반집 도령이 되었으면 하는 소망이 날 묘하게 자꾸 이끄는 거예요."

"자네도 꿈에 젖었구만 그랴. 그건 꿈이여! 헛된 꿈. 꿈을 현실이드키 생각하니 이상할 수밖에……. 헐 수 없구먼이라. 차돌도 바람 들면 석돌보다 못하다는 디 자네도 인자 마음 정해야 쓰겠구먼. 무슨 말인지 알것는가? 마음을 정해야 쓰겄어."

최씨는 혀를 끌끌 차며 허공을 쳐다보더니 이내 발로 눌렀던 댓가지를 세워 다시 꼬기 시작했다. 김씨는 돌아앉은 그에게 무언가 말을 할 듯 할 듯 머뭇거리다 자리에서 일어났다. 그리고는 축 처진 모습으로 대장간에 돌아왔다. 그러나 그는 그림자뿐인 사람처럼 보였다.

그날 밤이었다.

직원들이 모두 퇴근한 후, 그는 어둠이 짙게 내린 민가 골목을 걷고

있었다. 그는 언제나 그랬듯이 남부지방 고가의 후원에 살며시 들어
갔다. 날씨가 흐려진 탓인지 나뭇가지의 윤곽이 흐릿하게 보였다. 그
는 별채 뒤쪽을 돌아 안방의 사창 벽에 살며시 붙어 섰다. 그리고는
귀를 모아 안방의 동정을 살폈다. 바람 한 점 없는 봄밤의 고요만이
적막함을 드러냈다. 한참을 그렇게 서성이고 있더니 불현듯 앞뜰로
돌아가, 서 양이 그랬던 것처럼 섬돌 위에 신을 벗어 놓고 마루에 올
라섰다. 그는 주위를 살피면서 안방 문을 열고는 안으로 들어갔다.

그는 더듬거리며 목제 등경을 찾아 세우더니 불을 켰다. 보얗게 일
어나는 불빛에 이층장과 사방탁자가 희미한 윤곽을 드러냈다. 그는
등잔을 바라보며 무슨 생각을 하는지 한동안 묵상처럼 있다가, 다시
문을 열고 밖으로 나오더니 대청 아래로 내려가 머리를 조아리고 섰
다. 꼭 안방마님의 부름을 기다리는 하인의 모습이었다.

그때 어디선가 구슬픈 목소리가 들려오는 것 같았다.

"공은 뉘시온데 공후 댁 규수의 하처를 엿보시는가요?"

"예, 소인은 하방의 미천한 대장장이로, 일생이 울적하여 밤을 배
회하다 술을 두어 잔 마셨더니 주량이 너르지 못해 기운이 희미하고
정신이 아득하여, 춘흥을 이기지 못해 돌아다니다 낭자를 문득 몇 번
본 이후로 심란 또 심란이 가중하여, 분수 무릅쓰고 이렇게 찾아오게
되었나이다. 소원이니 얼굴이라도 한 번 보이소서."

그러자 안에서 여자의 소리가 들리는 듯했다.

"첩의 팔자 기구하여 비록 경박한 처지에 이르렀으나, 어찌 천분을
어기어 대장장이와 서로 친하리오. 그대 소저를 향한 갸륵한 정은 십
분 헤아릴 수 있으나 이미 정약으로 허혼한 몸이니 부디 미련 거두고

돌아가길 바라오."

"소인이 낭자의 뜻을 모르는 바 아니나 마음에 품은 연정이 어찌 귀천에 따라 다를 수 있으며, 허락 여부에 따라 변할 수 있으리오. 소인은 단지 낭자의 그 아름다운 모습을 마지막으로 보고자 소원이니 부디 그 모습을 한 번만 허용하소서, 허용하소서."

그는 거의 울먹이는 목소리에 간절함을 담아 조아렸으나 이번에는 아무 소리도 들려오지 않았다. 계속 허리 굽혀 '허용하소서'를 간청하고 있는 그의 두 눈에서 눈물이 떨어졌다. 도화 몇 송이가 바람에 날려 하늘하늘 떨어졌다. 구름의 터진 틈 사이로 달빛이 언뜻언뜻 보였다. 그렇게 시간이 흐르는 사이 그의 위 호주머니에서 휴대폰의 신호음이 몇 번이고 반복해서 울려왔으나, 그는 듣지 못하는 사람처럼 안방의 등잔불이 꺼질 때까지 그곳을 향해 마냥 홀로 서 있었다.

춤추는 나신 裸身

그녀를 처음 본 후, 수년을 따라다니면서
수많은 상처를 받아 좌절도 하긴 했지만,
그 애가 풍기는 인상은 시종 한 번도 달라
지지 않았다는 점이다. 그믐달같이 날카로
우면서도 청순했고, 애절한 연민을 불러일
으키면서도 요염했다. 세상의 통념을 뛰어
넘는 자유분방한 언행이 간혹 그녀의 아름
다움을 손상하는 천박함으로 비치긴 하였
지만, 나는 그것마저 생각과 행동이 일치
하는 순수함으로 이해했다.

그 애는 춤을 추고 있었다. 오색이 교차하는 환상적인 조명을 배경으로 스포트라이트는 그 애의 움직임을 따라다니고 있었다. 짧은 치마 밑으로 드러난 하얀 다리와 허리를 질끈 묶은 프렌치 슬리브형 블라우스는 출렁이는 긴 머릿결과 어울리면서 눈부시게 빛났다.

양쪽 발을 한꺼번에 구르면서 양다리를 엇갈리게 뛰며 공간을 이동할 때마다, 그 애의 몸에선 반짝이는 은가루가 부드러운 곡선을 이루면서 흘러나오는 것 같았다. 마치 여름날 밤, 쏟아지는 유성우를 끌며 어둠을 헤엄치듯 흐느적거리는 움직임이었다.

그러다 갑자기 공중으로 도약하며 허공에 멈춘 듯하다 가볍게 내려앉은 곳은, 끝없이 이어지는 푸른 들판으로 보였다가, 다시 동작을 바꿀 땐, 파도가 하얗게 부서지는 해안 절벽으로 변해 있었다. 절벽 끝에 아슬아슬하게 서 있던 그 애는 한동안 얼굴을 두 손에 파묻은 채 흐느끼듯 떨고 있다가, 갑자기 몸을 돌려 아티튜드 자세로 빙그르 회전하더니 천천히 옷을 벗기 시작했다.

하얀 블라우스는 조그만 어깨와 가녀린 팔을 벗어나 손가락 끝에 살짝 걸렸다가 가볍게 튕겨져 나가 절벽 밑으로 나풀나풀 떨어져 갔다. 우윳빛처럼 뽀얀 살결이 눈부시게 드러났다. 두 팔을 공중으로 향하고 머리를 뒤로 젖혀 제자리에서 회전할 때마다 밑에서 살짝 들어올린 듯한 팽팽한 젖무덤이 봉긋 솟아올랐다. 먼 우주에서 날아온 영롱한 불빛이 까만 유두 위에서 선명하게 빛났다. 그 애는 팔을 내려 천천히 스커트를 벗었다. 잘록한 허리에서 풀린 스커트는 엉덩이와 둔부를 타고 사르르 흘러내렸다. 쌍둥밤 같은 튼실한 엉덩이와 미끈하게 뻗은 다리가 황홀하게 드러났다.

실오라기 하나 걸치지 않은 그 애의 몸은 하얀 젤라틴처럼 투명했다. 몸 구석구석을 끈적거리는 시선으로 더듬는 물결 속에서 그 애는 한 마리 물고기처럼 자유롭게 유영했다. 그러다 몸을 세워 엘레바시옹을 하려는 듯 몸을 공중으로 솟구치기 위해 뛰어오르는 순간, 그 애는 유리벽으로 쌓인 공간에 갇혀 버린 채, 인형처럼 굳어져 버렸다. 그 애를 담은 유리공간은 빙글빙글 돌면서 점점 축소되어 팽창하더니, 그만 '팡' 하는 섬광과 함께 산산조각이 나 버렸다.

꿈이었다. 아랫도리가 축축해짐을 느끼면서 나는 주변을 둘러보았다. 희부연 어둠이 방 안 가득 고여 있었다. 아내는 어제 산에 올랐던 피곤함 때문인지 아직 잠 속에 빠져 있었다. 나는 아내가 깨지 않도록 조심하면서 방을 나왔다.

산사(山寺)의 겨울밤은 매서웠다. 얼음장 같은 투명한 냉기가 귓불을 얼얼하게 만들었다. 요사채를 돌아 나와 일주문으로 내려가는 계단 위에 섰을 때, 계곡을 덮고 있는 구름은 곧 눈이라도 뿌릴 듯 잔뜩 무거워져 있었다.

그 애가 왜 또 꿈속에 나타났을까. 지상의 모든 굴레를 벗어 던지고, 비상하려는 듯 몸부림치다 그만 유리 파편처럼 깨져 버리는 모습은, 요즘 계속해서 나타나는 꿈의 실체였다. 나는 그 애가 꿈에 나타날 때마다, 뭔가 아련한 연민으로 가슴이 베어지는 아픔을 느끼며 심한 우울증에 빠지곤 했다. 그래서 나는 언제나 그랬듯이 한동안 잊고 지냈던 그 애의 흔적을 또 지우기 위해, 길에 나서야 함을 느꼈다. 담배를 피워 물었다.

내가 그 애를 처음 본 건, 새 학기가 시작되는 대학 강의실이었다. 군대에서 제대한 후, 3학년에 복학하여 '영문학 산책'이라는 다소 낭만적 냄새가 풍기는 과목을 수강하기 위해 강의실에 들어갔을 때였다. 우리 과 학생들의 태반은 여학생들이었다. 간혹 쌀독에 뉘 섞이듯 드문드문 있는 남학생 중에서도 복학생은 나와 둘뿐이었다. 다른 학우들과는 일면식도 없었다. 그럴 것이 내가 2학년을 마치고 군에 입대한 후, 입학한 학생들이 대부분이었기 때문이었다.

서먹서먹한 분위기에 익숙지 않아 일찌감치 뒷좌석을 정해 앉았다. 나이 든 노틀(우린 그때 예비역을 그렇게 불렀다.)이 처음부터 앞에 나서 경망스럽게 설친다는 말을 듣고 싶지 않은 이유도 있었지만, 후배 학우들의 동향을 몰래 살피며 그들을 익히기 위해서는 뒷자리가 유리할 것 같아서였다. 시선이 슬슬 옮겨 가던 중, 끝없이 재잘대던 여학생들의 무리와 홀로 떨어져 조용히 생각에 잠겨 있던 그 애를 발견할 수 있었던 것이다.

그때, 그 애에게서 받은 느낌은 가히 충격적이었다. 인간에게서는 한 번도 경험해 보지 못한 어떤 강한 흡인력을 나는 그때 느꼈던 것이다. 언뜻 보면 아무렇게나 걸쳐 입은 감색 파카와 헤진 청바지 차림으로 수수한 모습이었지만, 어깨 위에 늘어져 조금만 움직이면 곧 출렁일 것 같은 긴 머릿결과 눈처럼 흰 그 애의 얼굴은 절묘한 조화를 이루면서, 이목구비의 윤곽을 신비스럽게 드러냈던 것이다. 꼭 잘 다듬어진 조각상을 보는 기분이었다. 그 기분은 나만 느끼던 특별한 감정이었는지 알 수는 없었으나, 도도하면서도 고고한 기품이 그 애 주위를 늘 감싸고 있어 함부로 근접할 수 없다는 느낌으로 더해 갔다. 그랬다. 그 애는 무엇으로도 이해하기 힘든 신비스런 존재였다.

잠깐만, 내가 대학을 졸업한 지 십 년이 지난 지금에도, 그녀를 그 애라고 부르는 데 대해 어떤 묘한 상상을 하며 오해나 하지 않을까 염려스러워, 약간의 해명을 하고자 한다. 분명 그 애는 '애' 라는 단어가 지시하는 그런 어린 아이나 소녀가 아니라는 점이다. 그럼에도 불구하고 굳이 그 애라고 부르는 데에는 이유가 있다.

그녀를 처음 본 후, 수년을 따라다니면서 수많은 상처를 받아 좌절도 하긴 했지만, 그 애가 풍기는 인상은 시종 한 번도 달라지지 않았다는 점이다. 그믐달같이 날카로우면서도 청순했고, 애절한 연민을 불러일으키면서도 요염했다. 세상의 통념을 뛰어넘는 자유분방한 언행이, 간혹 그녀의 아름다움을 손상하는 천박함으로 비치긴 하였지만, 나는 그것마저 생각과 행동이 일치하는 순수함으로 이해했다. 마치 무서움을 모르는 어린아이처럼 늘 천진하고 투명하다고 여겼기에, 난 그녀를 그 애라는 호칭으로 부르고 싶었을 따름이다.

같은 과 학생들 사이에 나도는 그 애에 대한 평가는 대략 두 가지로 종합할 수 있었다. 하나는 '안개 속의 인물' 이라는 것이었다. 2년을 같이 지내면서도 학우들과의 친밀한 교우관계가 없을 뿐 아니라, 자기 신상에 대해 한 번도 말한 적이 없기 때문에 정보가 전무한 상태라는 것이다. 물론 뒤에서는 그 애에 대한 좋지 못한 추측성 소문이 따라다녔다. 또 하나는 그 애를 '클레' 라고 불렀다. 이는 클레오파트라의 아름다움에 버금간다고 해서 붙인 별명이 아니라, 공주병에 가까운 도도함과 건방짐의 다른 표현이었다. 그리고 어떤 여학생들은 그 애를 '걸레' 라고 부르기도 했다. 유독 그 애에 대해 혹독한 평가를 내리는 것은 주로 여학생들이었다. 안 그래도 미모에 대한 자격지심을 갖고 있는 데다가, 함께 어울리지 않는 그 애의 행동은 결국 자기들을 무시하는 처사라고 생각했기 때문이었다.

교정에 봄이 무르익을 즈음, 그 애에게 관심을 두고 있다는 것을 눈치 챈 고교 후배 동우가 나에게 경고성 조언을 해 왔었다.

"선배! 선배는 군에 갔다 와서 복학하는 바람에 그간 사정을 잘 몰라서 그러는 모양인데, 클레, 걔 말이죠, 우리 과 여학생 중에서 경계대상 제1홉니다. 조심해야 돼요."

나는 '왜?' 라고 반문하려다 그냥 희미한 웃음만 지었다. 3월 한 달을 지내는 동안, 그 애에 대한 좋지 못한 풍문을 다른 과 학생들을 통해서도 수없이 들어 왔었다. 그럼에도 불구하고 첫인상에서 느꼈던 신비감에 도취되어 나는 제정신을 차리지 못한 까닭이었다.

후배 녀석은 이건 선배에 대한 애정이라며 말을 이었다.

"클레 개 봤죠? 학교엔 옷을 아주 수수하게 차려입고 오지요? 하지만 저녁이 되면 섹시하게 갈아입고, 해운대 관광호텔이나 광안리 시사이드에 가끔 나타난다는 거예요. 심지어는 호텔 룸에서 나오는 걸 봤다는 여학생도 있어요. 오죽했으면 '걸레'라고 했겠어요? 우리하곤 아예 상댈 하지 않는다니까요. 아예, 관심 끄는 게 신상에 이로워요. 알겠어요?"

후배는 자기도 접근을 시도해 보았으나 별무소용이었고, 그렇게 사생활이 문란한 애는 사귀지 않는 게 신상에 이로울 것이라는 뜻으로 충고했다. 나는 말없이 고개만 끄덕이고 다음 수업을 받기 위해 사범관 2층에 있는 강의실로 향했다.

강의실 안에는 먼저 와 있던 학생들로 시끌벅적하였다. 자리를 잡고 앉으려다 언제나 목소리 톤이 높던 경숙이의 고성을 들을 수 있었다. 몇몇 여학생들과 같이 동조하여 그 애를 앞에 세워 놓고 공격을 하고 있었다.

"야! 너 같은 애와 같은 과라는 것이 수치스러워! 그간 꾹 참고 말을 하지 않았지만 어쩜 그럴 수가 있어? 아무리 사생활이라고는 하지만……. 야, 야, 입에 올리기도 싫다. 어쩜 그럴 수가……!"

경숙은 그간 벼르고 벼르던 것을 더 이상 참을 수 없다는 듯, 벌건 얼굴로 속사포처럼 쏘아 댔다. 주변 여학생들은 비아냥거리는 소리와 함께 경멸의 눈빛을 던졌다.

"너를 보았다는 애가 한둘이 아냐. 어제는 이 남자, 오늘은 저 남

자, 네가 무슨 창녀니? 그러고도 학생이야? 얼굴만 반반해 가지
고⋯⋯."

무슨 내용인지 짐작이 갔다. 풍문으로 들려오던 그 애의 사생활이
공격의 대상임을 알았다. 그런데 놀라운 건, 그렇게 심한 모욕과 수모
를 받아 가면서도 그 애는 얼굴 표정 하나 변하지 않고 묵묵히 서 있
었다는 점이었다. 여학생들은 그런 분위기에 편승하여 덫에 걸려 꼼
짝도 못 하는 짐승에게 마음대로 공격하는 잔인성을 서슴지 않았다.

거기에는 여학생들의 자존심도 한몫했다. 사범대학 영어교육과라
고 하면 문과 지망 여학생들로서는 상위 성적을 얻어야 합격할 수 있
는 곳이었다. 남학생들도 마찬가지지만 그 정도의 실력을 갖추면 법
대나 상경대를 지망하지 사범대는 별로 택하지 않았다. 그러나 여학
생들은 경우가 달랐다. 여성들의 사회 진출이 그리 쉽지 않은 상황에
서, 졸업하면 교직이라는 안정된 직업을 얻을 수 있다는 장점이 있어
여학생들 사이에는 그 선호도가 매우 높았기 때문이었다. 거기에다
사범대학 중 상위 학과라는 자부심이 대단했었다. 그런 학과에 그 애
같은 학생이 있다는 것은 대단한 수치라고 생각하는 것 같았다.

일방적으로 집중 공격을 받던 그 애가 주변 여학생들을 돌아다보
며 말했다.

"그래, 그렇게들 퍼붓고 나니 속이 다 후련해! 소문이란 건 말이야.
들으려고 기를 쓰는 사람들에게 찾아오기 마련이야. 너희들 말이 다
그르다고는 변명하지 않겠어. 그런데 말이야. 너희들은 무슨 기준으
로 그렇게 나를 비난하는 거지? 혹시 너희들은 너희들이 알고 있고
볼 수 있는 것만 존재한다고 착각하는 것 아냐? 세상은 말이야. 너희

들이 볼 수도 없고 생각하지도 못한 것들도 존재할 수 있다는 것을 좀 알았으면 좋겠어."

그 애의 음성은 물기 하나 없이 건조했다. 또박또박 어절을 끊어 가며 말하면서도 흥분된 감정은 섞여 있지 않았다. 어학생들은 "아니! 애 좀 봐! 어? 어?"라는 어이없는 감탄사만 내뱉을 뿐, 어떤 반박도 하지 못했다. 마침 담당 교수가 들어오는 바람에 그날의 해프닝은 끝났다. 그러나 나는 그때, 귀기 어린 냉정함과 알 수 없는 신비감이 그 애 주변을 감싸고 있음을 느꼈다.

"여보! 한참을 찾았는데 여기에 우두커니 서서 뭐 하는 거예요?"

아내였다. 날은 아직 새벽의 미명 속에 있었다. 아내는 새벽 예불에 참석하기 위해 곤한 잠을 깬 것 같았다. 이미 보살 복으로 갈아입고 있었다.

"피곤할 텐데 좀 더 자지 않구?"

나는 그 애의 잔상을 지우지 못해 건성으로 말했다.

"모처럼 새벽예불에 참석할 수 있는 좋은 기횐데 놓칠 수 있어요? 웬만하면 당신도 참석하지 그래요. 반야심경을 외우고, 백팔 배를 하다 보면 마음이 얼마나 맑아지는 줄 몰라요. 세상에 다시 태어나는 느낌이 든다니까요. 기왕 왔으니 당신도 한 번 경험해 보세요. 네?"

아내의 청을 거역할 수 없었다. 교사의 박봉임에도 시부모님까지 봉양하며 알뜰살뜰 살림을 꾸려 나가는 아내였다. 더군다나 학생들의 지도 때문에 아침 일찍 출근하여 야간 자율학습 감독까지 마치면 밤 10시 이후에야 퇴근하기 일쑤인 바쁜 일과와, 방학이라고 하지만 보충수업에 매달리느라 남들처럼 자유롭게 여행하면서 둘만의 오붓한 시간을 가질 여유조차 없는 생활이었다. 늘 미안한 마음을 가져 오다 모처럼 시간을 내, 둘만의 여행을 떠났던 것이다. 아내가 좋아하는 호젓한 절을 여행지로 정하는 데 선뜻 동의할 수밖에 없었다.

범종이 울렸다. 산사(山寺)를 덮고 있는 적막과 차가운 냉기를 따뜻이 어루만지듯, 종소리는 은은하게 계곡으로 퍼졌다. 범종은 세상 만물을 일깨워 내, 불법으로 인도하려는 의미를 담고 있다고 아내는 말했다. 법당에서 불빛이 새어 나왔다. 아내는 종종걸음으로 대웅전을 향했다. 나는 아직 그 애에 대한 미몽을 깨지 못한 채 무거운 발걸음으로 아내 뒤를 따랐다.

법당 안에는 이미 새벽 예불이 시작되고 있었다. 황갈색 옷을 입은 행자 세 명이 제단을 향해 꿇어앉아 있었고, 그 뒤에 장삼가사를 입은 스님 네 분은 가부좌로 앉아 있었다. 선창스님이 예불문을 읽자, 뒷줄의 대중 십여 명은 일제히 합송했다

"계향 정향 혜향 해탈향 해탈지견향……"

이어 '오분법신향'을 선창하자 일제히

"지심귀명례 삼계도사 사생자부 시아본사 석가모니불(삼계의 도사이시며, 사생의 자부이시며, 우리의 근본 스승이신 석가모니 부처님께 지극한 마음으로 이 목숨 바쳐 귀의하며 예배드리옵니다.)"

을 제창하면서 절을 했다. 새벽어둠을 울리는 독경 소리는 목탁 소리와 어울려 청아하게 퍼지면서 대중들의 흐트러진 마음들을 깨끗하게 정화시키는 듯했다.

그러나 나의 마음은 그렇지 못했다. 그 애에 대한 번뇌가 쉽게 가라

앉질 않았다. 눈을 감고 있으려니 꿈속에 나타난 그 애의 모습이 한없이 자비로운 여래불의 표정이 되었다가, 사천왕상의 부릅뜬 눈이 되었다가, 아귀의 모습으로 어지럽게 변했다. 나의 마음은 안정되지 못하고 우울증의 심연을 헤매고 다녔다.

이어 "원공법계 제중생 자타일시성불도" 하며 예불문이 끝나자 모두 발원문을 올리더니 일제히 일어나 신중단을 향해 반야심경을 봉독했다.

"마하반야바라밀다 심경 관자재보살……"

나는 슬며시 대웅전을 빠져나왔다. 경건하고도 엄숙한 새벽 예불도 나의 우울증은 걷어 가지 못했다. 아내는 이어 가족들을 위해 수없이 발원하면서 백팔 배를 드릴 것이다. 그러나 나는 그 애로 비롯된 번뇌와 우울증을 쫓기 위해 그 애와의 흔적 속으로 들어가야 함을 알고 있었다. 요사채로 돌아와 방 안을 정리한 후, 배낭을 꾸렸다.

한참이 지나자 아내가 돌아왔다. 뭔가를 성취해 낸 뿌듯한 표정이 말간 얼굴에 가득 담겨져 있었다.

"아, 오랜만에 예불을 드리고 나니 세상의 때가 다 씻기는 것 같네요. 그런데 당신 얼굴이 왜 그래요! 우울해 보이는데 무슨 일이 있는 거예요?"

아내는 나의 얼굴과 꾸려 놓은 배낭을 번갈아 보며 걱정스레 물었다. 나는 더듬거리며 부산으로 급히 돌아가야겠다는 말을 꺼낼 수밖에 없었다.

"여보, 정말 미안해서 어쩌지? 사실은 어젯밤 학교에서 비상연락이 왔어. 오늘 급한 회의가 있다고 말이야. 당신과 오랜만에 떠난 여행이라 어지간하면 불참하려 했는데, 아마, 우리 부서에 관련된 일인 모양이야. 어쩌면 좋지? 응?"

나는 걸핏하면 둘러대는 직장을 핑계 삼아 거짓말을 했다. 아내는 실망하는 표정이 역력했다. 그러면서도 내가 걱정되는지 대체 무슨 일이냐고 물어왔다.

"학교에 무슨 심각한 일이 생기겠어? 아마 급히 처리할 공문이 있는 모양이야. 그래서 하는 말인데 이왕 떠난 거 당신은 한 이틀 이곳에서 푹 쉬고 오는 게 어때? 내 걱정은 말구. 무슨 일이 있으면 휴대폰으로 서로 연락하면 되잖아. 응?"

아내는 망설였다. 그녀는 독실한 불교 신자였다. 그렇게 좋아하는 절에서 이삼일 머물 수 있는 기회를 놓치고 싶지 않은 모양이었다.

"그, 그래도 되겠어요? 같이 있으면 좋겠지만 일이 급하다 하니 어쩌겠어요. 조금 있으면 아침 공양시간인데 공양이나 든 후……"

"아니, 됐어. 머리가 무거워 아침 생각도 없어. 지금 나서야 오전 중에 도착할 것 같아. 가서 연락할게."

나는 아쉬운 표정으로 어쩔 줄 몰라 하는 아내를 산사에 남겨 두고 어스름이 걷혀 가는 산길을 내려왔다. 그리고 마을 입구에 있는 차부로 가 부산행 시외버스를 탔다. 아내에게는 미안한 일이었다. 그러나 며칠째 괴롭혀 오는 그 애의 환상을 벗어나기 위해서는 이 길을 택할 수밖에 없었다.

나는 결혼하고 나서 한동안 그 애를 잊고 살 수 있었다. 아니, 잊고 살았다기보다는 잊기 위해 노력했다는 표현이 솔직할 것이다. 그러나 그 애는 주머니 속의 송곳처럼 한 번씩 나의 아픈 기억을 찔러 대는 것이었다. 그러면 나는 며칠을 그 애의 환상에 시달리며 괴로워하다, 그 애의 흔적을 더듬어 찾아가는 과정에서 조금씩 마음의 진정을 얻을 수 있었던 것이다.

　버스는 겨울 그림자가 짙게 드리워진 황량한 들판을 달렸다. 얼어붙은 논바닥이 햇빛에 반사되어 날카롭게 빛났다. 밀려와 부딪히고 잠시 머물렀다 뒤로 사라져 가는 차창 밖의 풍경은 질곡 속에 놓여 있는 나의 마음과 닮아 있었다.

　그때, 그 일이 있고 나서 그 애는 여학생들 사이에 두려운 존재로 변해 버렸다. 경숙이는 예상하지 못한 일격에 그만 얼이 나간 모양이었다. 그 애만 보면 그만 비실비실 피하는 모습이었다. 세상에는 우리가 보지도 못하고 알지도 못하는 수많은 일들도 있을 수 있다는, 마치 삶을 관조한 듯한 그 애의 말에 주눅이 든 꼴이었다. 그럴수록 그 애에게 끌리는 나의 관심은 더욱 깊어 갔다. 소문으로만 들리던 그 애의 정체를 밝히고 싶은 욕구는, 차츰 그 애의 행적을 뒤밟게 했다.

　교정이 신록으로 싱싱함을 더하던 오월의 어느 오후, 도서관에서 나와 정문 쪽으로 걸어 내려가던 그 애를 발견했다. 백양나무가 터널을 이룬 비탈길에는 석양의 어스름과 초록빛 그늘이 짙게 드리워져 있었다. 나는 그 애가 눈치 채지 못하게 뒤를 따랐다. 먼저 그 애가 들린 곳은 학교 정문에서 얼마 떨어지지 않은 허름한 의상실이었다. 내부가 잘 들여다보이지 않아 한참을 서성이며 기웃거리는데, 웬 여자가 밖으로 나왔다.

　나는 처음에 그 여자가 그 애임을 알아보지 못했다. 수수한 청바지

와 셔츠 차림이 화사한 옷차림으로 바뀌었고, 책 몇 권이 안겨 있는 팔에 가방 대신 숄더백이 늘어져 있었다. 옆 재봉 선이 V자로 파인 차이나풍의 짧은 치마에, 유난히도 흰 허벅지가 걸을 때마다 살짝살짝 드러나 보이곤 했다. 미끈한 다리 아래로 단화 대신 굽 높은 구두를 신고 있었다. 어깨를 뒤덮은 긴 머릿결이 아니었다면 나는 딴 여자로 오해할 뻔했었다. 요염하면서도 섹시하게 보이는 그 애의 옷차림은 부잣집의 막내딸과 같은 발랄함과 청순함이 어우러져 보였다.

그 애는 버스 정류소 쪽으로 걸어가더니 해운대행 버스를 탔다. 나는 가로수의 그늘에 몸을 감추어 가며 버스에 뒤따라 올랐다. 버스 안은 혼잡했다. 그 애는 무슨 생각에 빠져 있는지 창가에 붙어서 밖만 내다보고 있었다. 버스가 해운대에 도착할 때까지 내리고 타는 사람들로 복잡했었다.

해운대에 도착했을 땐 벌써 어둠이 깊게 내려 있었다. 그 애는 해송들이 늘어서 있는 바닷가 해안도로를 산책하듯 걸었다. 바다에서 불어오는 미풍에 머리카락을 날리며 걷는 그 애의 모습은 누구보다도 아름다웠다. 나는 그 애 뒤를 몰래 따르며, 여학생들 사이에 풍문처럼 이야기하던 누군가와의 데이트를 즐기기 위해 이곳에 온 것으로 생각하면서, 그 상대 주인공에 대한 궁금증을 버릴 수 없었다.

그녀는 한참을 산책하다 약속 시간이 되었는지 하이얏트 호텔로 들어갔다. 조금 있다가 뒤따라 들어간 나는 호텔 로비 한쪽에 있는 커피숍에서 그녀를 발견하였다. 잘 꾸며진 정원 너머 해운대 앞바다가 훤히 내다보이는 창가에 앉아 있었다. 탁자 위에 책을 올려놓고 허벅지가 살짝 드러나도록 다리를 포개어 앉은 그 애는, 5월이 깊어 가는 밤바다의 풍경 속에 묻혀 있었다.

아직 약속 대상이 나타나지 않은 모양이었다. 나는 그 애와 시선이 마주치지 않도록 장식용 화분 뒤에 앉아 그 애를 살폈다. 경음악인 '어둠 속의 호랑이'가 은은하게 퍼지는 커피숍의 분위기는 감미로웠다. 얼굴을 서로 마주 보거나 옆자리에 앉아 이야기를 나누는 사람들의 모습은 학교 앞 커피숍의 분위기하고는 판이했다. 입은 옷부터가 고급스럽게 보였고, 대화 도중 환하게 웃는 얼굴에는 한결 여유 있는 표정들이 담겨 있었다.

경음악이 여러 번 바뀌는 동안, 사랑을 속삭이던 여러 쌍의 연인들은 로비에 있는 엘리베이터 속으로 사라졌고, 또 어떤 사람들은 호텔 밖으로 나갔다. 좌석의 손님이 여러 번 바뀌는 동안에도 이상스럽게 그 애는 혼자였다. 누구를 기다리는 초조함도 없었다. 커피숍 안에서도 미모가 출중하게 보이는 그 애는, 혼자만의 분위기를 즐기기 위해 오랫동안 자리에 앉아 있는 것 같았다.

경음악이 그치고 필리핀 보컬그룹의 라이브 쇼가 계속되는 동안에도 그 애는 혼자였다. 올드 팝송이 불리고 많은 사람들이 들락거렸지만 그 애의 앞좌석에는 아무도 없었다. 로비에 걸린 시계가 열 시 반을 가리키고 라이브 쇼도 끝난 커피숍에는 이제 몇몇 사람들밖에 남아 있지 않았다. 그 애가 기다리는 사람은 오지 않을 모양이었다. 그 애가 책을 들고 일어선 시간은 거의 11시가 다 되어서였다. 마치 호텔에 투숙했던 사람처럼 유유하게 로비를 나갔다. 그 애가 시내로 나가는 버스에 오르는 것을 확인했다. 승객이 적은 그 버스에 함께 오를 수가 없어 더 이상의 추적을 포기할 수밖에 없었다.

나는 버스의 차창에 기대 빠르게 뒤로 사라지는 풍경들을 보았다. 앞을 가로막았던 산들이 옆으로 비스듬히 물러나 언덕 뒤로 사라졌다. 차창 옆으로 흐르던 강도 구불대며 도망치는 뱀처럼 저만큼 흘러버렸다. 아내를 생각했다. 산사를 내려올 때 아내의 표정은 쓸쓸해 보였다. 결혼해서 5년이 지나는 동안, 시부모와 한 번도 불화를 일으키지 않고, 알뜰하게 남편을 내조한 착한 아내이다. 그런 아내와 오랜만에 가진 여행마저 망쳐 가며 그 애의 흔적을 찾아가는 이유는 그 애가 나에게 너무나 막중한 존재라서 그런가. 나는 차창에 비친 내 얼굴을 물끄러미 들여다보았다. 과연 그런가?

스쳐 지나는 풍경처럼 지난 대학시절의 어지러운 상념들도 떠올랐다가는 사그라져 갔다. 복학해서 그 애를 보고 난 후부터 근 삼 년 동안은 나라는 것이 존재하지 않을 정도의 지독한 열병을 앓았다. 나의 온 기관은 오직 그 애를 향해 열려 있었다. 그 애는 폭음으로 쓰러졌다 느끼는 새벽녘의 갈증과 같은 존재였고, 폭풍우를 헤쳐 나가다 겨우 발견한 샛별 같은 존재였다. 그렇지만 난 그 애를 정말 사랑했을까. 차라리 그 애는 나에게 신기루와 같은 존재가 아니었을까. 다가갈수록 실체는 사라져 버리고 희미한 의식 속에서만 되살아나는 신기루와 같은 존재. 같은 과 학생들은 두려워하면서도 경멸하고, 그 애가 없는 자리에선 화젯거리로 만들어 비난을 퍼부었지만, 나에겐 전혀 이해할 수 없는 딴 세계의 존재처럼 신비롭기만 했다.

"선배, 클레 걔 무서운 아이예요. 선배도 보았겠지만 과외를 해 겨우 학비를 버는 애가 틈만 있으면 그 비싼 호텔 커피숍에 왜 가는지 알아요? 일종의 투자라구요. 뻔하지 않아요? 그런 델 가야 상류층 놈들과 접촉할 수 있고, 그러다 보면 인연이 맺어질지도 모른다는 가능성 때문이죠. 미모를 무기로 해서 말이에요. 없는 돈에 명품을 사는 데는 아낌없이 투자하는 그런 애라고요. 우리하곤 차원이 다르다는 걸 명심해야 될 거요."

기말고사를 준비하느라 도서관에 왔지만 공부에 집중할 수 없어 멍하니 앉아 있는 내가 안타까웠는지 후배인 동우가 나를 끌고 나와 담배를 권하며 한 말이었다.

"넌 어찌 그 애를 그렇게 잘 알아?"

"선배, 그만한 미모를 가진 애가 어디 흔하우? 관심을 보인 놈들이 어디 한둘이겠수? 나도 한 때 클레에게 빠져 한동안 죽자고 따라다녔다고요. 군대도 연기해 가면서. 클레에 대해선 아마 선배보다 내가 더 잘 알 거요."

동우는 클레를 증오했다. 그 애를 따라다니면서 좋지 못한 기억만 남았는지 얼굴을 찡그려 가며 목소리를 높였다. 그래도 나는 동우가 하는 말이, 그 애의 환상에 젖어 시험 준비마저 소홀히 하는 내 모습이 안타까워 일부러 과장해서 비난하는 것으로 받아들였다. 나는 그 애를 증오할 수 없었다. 그렇다고 사랑과 증오가 동전의 양면처럼 한 몸이라 해서 또 그 애를 사랑한다는 뜻도 아니었다. 다만 그 애를 감돌고 있는 신비한 마력 같은 걸 느끼며, 나도 모르게 끌려 들어가고 있을지언정 사랑 때문만은 아니었다.

그 마력의 모습은 두 가지였다. 다른 애들과 달리 도도함과 더불어 고고함이 느껴져 함부로 대하지 못할 것 같은 어떤 힘이었고, 다른 하나는 어쩐지 모르게 느껴지는 안타까운 쓸쓸함이었다. 비가 오는 어느 날, 강의시간이었다. 유리창을 타고 흐르는 빗물 같은 우수가 그 애의 눈에 담겨진 모습을 훔쳐보았을 때, 나는 정신없이 달려가 그 애를 꼭 안아주고 싶은 충동을 참느라 무진 애를 썼던 것이다.

"클레 걔, 아버지가 없어요. 언니가 하나 있는데, 어머니 병간호를 도맡아 가며 생계를 꾸려 나가고 있어요. 그러니 집안이 엉망일 수밖에. 집이 어딘 줄 알아요? 영주동 산꼭대기에 있는 오래된 시영 아파트 알지요? 그것도 14평짜리에……."

동우는 더 이상 말하기 싫다는 듯, 독이 묻은 화살을 마지막으로 날렸다.

"그러니 선배! 백설공주와 왕자 같은 환상에서 그만 내려오구 들어가 공부나 열심히 해요. 노틀이 그렇게 순진해서 어쩌나? 그럼 나 먼저 들어갑니다."

나는 어린놈에게 순진하다는 소릴 듣고 한동안 어이없어하다가 그의 뒤를 따라 도서관으로 들어갔었다.

1학기를 종강하고 기말시험도 끝난 7월이었다. 나의 추적은 계속되었다. 그런데 그 애가 자주 가던 해운대나 광안리에서 그 애의 모습을 찾을 수가 없었다. 혹시 서로 어긋나게 그곳을 찾았을지도 모른다는 생각에 며칠씩 한 곳에 죽치고 있었지만 나타나지 않았다. 나는 늦은 밤 시간에 그 애 집이 있는 영주동 산복도로 위 아파트 근처를 서성대기 시작했다. 나는 어떤 반응을 기대하거나 사랑을 고백하기 위해서 찾은 것은 아니었다. 그렇다면 도대체 그곳엔 왜 갔느냐고 당신들은 물을지도 모르겠다. 나는 당신들이 이야기의 지루함과 애매모

호한 나의 태도에 대해 화를 내고 있음을 짐작할 수 있다. 그러나 세상엔 말로 표현할 수 없는 어떤 감정도 있는 법이다. 내부에 숨어 좀처럼 모습을 드러내지 않는 잠재의식 같은 것 말이다.

하여튼 후배 동우가 말해 준 그 애의 집은 높은 곳에 있었다. 도로에서 아파트까지 수많은 계단을 올라가야 했다. 장마가 잠시 소강상태를 보인 탓인지 밤이 되어도 무덥고 후지 텁텁했다. 그곳에서 내려다보면 부산항이 한눈에 보였다. 배들의 정박등과 컨테이너 부두의 조명등이 어우러져 내항을 환하게 밝혔다. 오른쪽으로 부두를 감싸고 있는 영도에서의 불빛은 거의 환상적이었다. 이 높은 아파트의 불빛도 부산항의 야경을 아름답게 장식할 것이라는 생각이 들자 기분이 묘해졌다.

계단 주변을 서성이며 아래의 풍경을 내다보고 있을 때, 옆에 누가 와 서는 인기척을 느꼈다.

"여기서 뭐 하는 거죠!"

그 애였다. 어깨와 팔이 드러나는 슬리브리스형 블라우스와 각선미가 팽팽하게 드러나는 타이트한 흰색 바지를 입고 있었다. 헝겊으로 만든 큰 숄더백을 어깨에 걸쳤고 드러난 발목 아래엔 줄로 엮은 샌들이 보였다. 갑자기 가슴이 콱 막히며 온몸에 전류가 흐름을 느꼈다. 입이 얼어붙어 말을 할 수 없었다. 남의 도시락을 몰래 먹다 들킨 기분이었다. 그 애는 아마 여행에서 돌아오는 것 같았다.

"내 뒤를 늘 따라다니더니 여기까지 왔군요? 그래, 뭘 하자는 거죠? 나하고 연애라도 하고 싶은 거예요? 댁은 참 이상하군요."

나는 할 말이 없었다. 혹시라도 그 애를 만나면 무엇을 어쩌겠다고 찾은 것은 아니었다. 또 나의 존재를 그 애에게 알려야 하겠다고 찾은 것도 아니었다. 그저 마력에 이끌리듯 막연한 심정으로 찾았기 때문이었다. 나는 그저 그 애의 얼굴만 물끄러미 바라보았다. 가로등과 계단 보안등에 비친 그 애의 얼굴은 그믐달처럼 싸늘했다. 나를 쏘아보는 시선에 냉기가 감돌았다.

"다신 이런 짓 하지 말아요! 뒤따라 다니지도 말고! 나는 댁 같은 사람들과 상관하기 싫으니까!"

나는 멋쩍게 고개를 숙여 맨땅을 툭툭 차다 그 애를 올려다보았다. 그때 내 눈은 까마득한 우물이었을 것이라고 생각한다. 내 마음은 끝 간 데 모르는 깊은 어둠 속으로 한없이 침몰하고 있었으니까.

아랫길에서 총총걸음으로 다가오던 웬 여자가 그 애를 불렀다.

"미연아, 뭘 해? 이제 오는 길이야? 근데 이 사람은 누구지?"

"알 필요 없어! 언니, 같이 올라가."

그 애는 나에게 일별도 주지 않고 서둘러 계단을 올라갔다. 언니라는 사람은 계단을 올라가면서 자꾸 뒤돌아봤으나 그 애는 건물 안으로 사라질 때까지 일별도 주지 않았다. 플라타너스 잎사귀에 빗방울 떨어지는 소리가 들렸다. 갑자기 시꺼먼 구름이 몰려든 하늘은 비를 뿌리기 시작했다. 나는 비를 맞으며 그 자리에 멍하니 서 있었다. 나의 의식 속에는 아름다운 그 애의 모습과 생각으로 꽉 차 버려 다른 무엇도 비집고 들어갈 틈이 없었다.

나는 그 애의 생각에 마비되어 그대로 서 있었다. 여행을 갔던 모양이다. 그래서 커피숍에는 나타나지 않은 것이라 생각했다. 어디에 누구와 함께 갔을까 생각했다. 빗물이 얼굴을 타고 내렸다. 나는 조용히

"미연······" 하고 불러보았다. 연꽃처럼 아름다운? 아니 아름다운 연꽃? 더러운 바닥에 뿌릴 내렸더라도 수면 위의 꽃잎은 눈처럼 하얗고 아름다운 자태로 핀······. 심청을 생각했다. 연꽃에서 환생하여 왕후가 된 심청을 생각했다.

"이봐요? 이렇게 비를 맞고 무작정 서 있으면 어떡해요?"

빗물에 젖은 눈으로 돌아보니 그 애 언니가 우산을 받고 서 있었다.

"동생과 어떤 일이 있었는지 모르지만, 방에서 내다보니 근 한 시간을 이렇게 서 있기만 하는데 오히려 내가 불안해서 내려왔어요. 밤도 늦고 비가 이렇게 오니 동생에게 할 이야기가 있으면 내일 하는 게 어떻겠어요. 자, 이 우산을 쓰고······."

그제야 나는 정신이 들었다. "아니, 괜찮아요. 그, 그냥 갈게요. 안녕히 계세요"라고 말하며 뛰어 내려갔다. 버스를 기다리는 동안에도 그녀는 우산을 쓴 채 나를 내려다보고 있었다.

장마도 끝나고 무더위가 기승을 부리던 8월 초였다. 나는 그 애를 해운대 파라다이스 호텔 커피숍에서 보았다. 로비와 커피숍은 투숙객들과 피서객들로 붐볐다. 열대야가 계속될 정도로 무더운 날씨였지만 호텔 안은 그런대로 견딜 만했다. 대부분 젊은 남녀들이었다. 그들은 아슬아슬할 정도로 노출이 심한 옷들을 걸치고 있었다. 그랬다. 입고 있다기보다 걸치고 있다는 것이 옳을 것이다. 자신의 몸매를 자랑하기 위해 일부러 드러내는 것 같았다. 밤인데도 선글라스를 낀 남녀도 있었고, 주위의 시선은 아랑곳없이 깊은 포옹을 나누는 모습들은 이곳이 마이애미 비치호텔이나 아니면 적어도 서울 압구정동 애들의 휴양지 같은 분위기였다. 세상의 고통은 찾아볼 수 없고 느슨하면서도 자유분방한 젊음이 넘쳐 나고 있었다. 이곳과 어울리지 않은 것이 있다면 피서 온 노부부 몇 쌍과 나 자신 정도였을 것이다.

그 속에 그 애도 있었다. 한쪽 어깨가 완전히 노출되는 라운드 넥 비숍 슬리브 블라우스를 걸쳤고 파란색 짧은 스커트 아래로 드러난 다리를 포개어 앉아 있었다. 그 애의 싸늘한 시선이 나에게 꽂혔지만 상관하지 않았다. 이미 나의 존재가 인정된 이상 숨을 필요가 없다고 생각했다. 약간의 팽팽한 시간이 흐르자, 그 애는 자리에서 일어나 내 앞으로 와 앉았다. 나를 무시하려는 듯 비켜보면서 말했다.

"여긴 또 웬일이죠? 설마 나를 쫓아온 건 아닐 테고……?"

도도하면서도 쌀쌀맞기 그지없는 음성이었다.

"왜? 나는 이런 곳에 오면 안 되는 사람인가?"

재떨이에 담배를 비벼 끄면서 과 여학생 대하듯 존대어를 생략해 버렸다. 그 애는 약간 의외라는 듯 나를 슬쩍 보더니 말을 이었다.

"아무리 따라다녀도 소용없어요. 댁이 나를 어떻게 생각하는지는 몰라도, 나는 댁에게 눈곱만치의 관심도 없다는 걸 깨달았으면 해요. 그럼 이만."

그 애는 자기 자리에 가 앉더니 보아란 듯이 가방에서 담배를 꺼내 물었다. 그때 웬 남자애가 불을 붙여 주면서 그 애 곁에 앉았다. 이마 위의 앞머리를 높이 세웠는데 옆머리와 뒷머리는 짧은 편이었다. 머리카락은 진한 그레이로 물들였다. 밝게 웃는 남자애의 허연 얼굴은 콧대가 반듯하고 눈이 큰 귀염 상이었다. 가끔 나를 돌아볼 때마다 가슴에 늘어진 목걸이가 불빛에 유난히 빛났다. 꽉 조이는 반팔 티셔츠

와 반바지 아래로 보이는 다리에는 털이 거뭇했는데, 샌들을 끌고 있는 폼으로 보아 객실에서 막 내려온 듯했다.

그들은 서로 아는 사이인지 녀석이 팔을 그 애의 어깨 위에 자연스럽게 걸쳐놓고 이야길 했다. 주위 사람들의 대화 때문에 이야기 내용을 들을 수는 없었지만, 간혹 나를 돌아보며 "스토커? 스토커?" 하는 소리는 제대로 들렸다. 그들은 주문한 주스를 다정스럽게 마시더니 그 애가 뭐라고 했는지 녀석은 "오케이" 하면서 일어나 주머니에서 꺼낸 자동차 키를 손가락으로 빙빙 돌리며 계산대로 갔다. 그 애는 다소곳이 녀석 뒤를 따랐다. 조그만 손가방을 들고 있는 모습은 마치 투숙객이 잠시 로비에 내려온 것처럼 보였다.

회전문을 열고 밖으로 나갔다. 나도 뒤따라 계산한 후 현관으로 나갔다. 더운 기운이 울컥 몰려왔다. 그 애는 지하 주차장에서 올라오는 출구 근처에 서 있었다. 백사장으로 통하는 인도에는 많은 사람들로 붐볐으나 나는 그 애 모습밖에 보이지 않았다. 조금 있으려니 출구를 통해 노란 오픈카가 나왔다. 그 애는 앞자리에 얼른 탔다. 어느새 그 애는 밤인데도 선글라스를 끼고 느긋한 자세로 앉은 채, 내 앞을 지나갔다. 그 애를 태운 차는 달맞이고개 쪽으로 달렸다.

나는 지나다니는 사람들에게 이리저리 부딪히면서도 그 애가 사라진 곳을 향해 멍하니 서 있었다. 알 수 없는 외로움이 밀물처럼 몰려들었다. 어쩔 수 없는 마음 한구석이 커다란 구멍을 통해 빠져나감을 느꼈다. 그러면서 비어진 마음 한구석에 묘한 상상이 스멀스멀 채워짐을 느꼈다.

그 애는 지금 머리카락을 뒤로 날리며 고갯길을 오르고 있을 것이다. 먼 바다에서 불어오는 바람은 해송의 수향과 함께 부드럽게 감겨 오겠지. 녀석은 분위기에 맞게 감미로운 음악을 틀지 몰라. 그러다 바다를 내려다보며 산언저리를 돌아가는 환상적인 풍경에 취해, 담배를 한 대씩 피울 거야. 차량 통행은 적고 인적도 없는 그곳을 달리다 보면 녀석은 그 애의 싱그러운 살내음을 맡으며 밑이 간지러운 욕정을 느끼게 될지도 몰라.

녀석은 오른팔을 뻗어 희멀겋게 드러난 그 애의 허벅지를 부드럽게 쓰다듬었다. 그 애는 눈을 흘기며 손을 살짝 밀어 내었다. 녀석은 포기하지 않고 씨익 웃으며 피아노 건반을 치듯 다시 부드럽게 간질였다. 그 애는 콧소리를 내며 "이러면 안 돼, 응?, 안 돼…에……."라고 다리를 꼬면서 더 이상은 막지 않았다. 녀석은 앞을 보고 운전하면서도 온 신경은 손가락 끝에 가 있었다. 모아 붙인 허벅지를 이리저리 더듬던 손은 차츰차츰 위로 올라가 치마 속으로 들어갔다. 계곡을 덮고 있던 팬티의 감촉이 느껴졌다. 녀석은 침을 꿀꺽꿀꺽 삼키며 둔부를 부드럽게 쓸어 내렸다. 마치 투명한 실뱀을 다루듯 아주 조심스럽게 어루만졌다. 가쁜 숨을 몰아쉬던 그 애는 분홍빛 입술을 조금 벌린 채, 고개를 뒤로 젖히면서 비밀의 문을 열 듯 다리를 조금씩 벌렸다. 녀석은 기다렸다는 듯 둔부 밑 가리마 같은 틈으로 손가락을 움직여 내려갔다. 그 애의 입술과 마찬가지로 팬티가 촉촉하게 젖어 있음을 느꼈다.

갑자기 경적과 함께 급정거하는 소음을 들었다. 이어 욕지거리가 여기저기서 튀어나왔다.

"이 새끼야! 죽고 싶어 환장했어?"

"이 새끼 이거, 정신 나간 거 아니야! 젊은 놈이 술에 취했으면 고이 자빠져 잘 일이지, 남 신세 조지려고 해!"

사방에서 자동차 불빛이 몰려들었다. 달려드는 불빛 때문에 정신을 차릴 수 없었다. 나는 네거리 한복판에 서 있다는 걸 알았다. 그 애에 대해 묘한 상상을 하느라 방향감각을 잃은 탓이었다.

나는 해변 쪽 인도로 얼른 뛰어나왔다. 그리고는 해변도로를 걸었다. 밤인데도 해운대의 여름은 인파의 열기가 더해져 식을 줄 몰랐다. 어린애를 앞장세우고 다정스럽게 걷고 있는 가족들의 행복한 모습. 어깨를 기대고 걷는 연인들의 감미로운 속삭임. 백사장에 둘러앉아 소리 높여 노래하는 젊은이들. 그 위에 꽃밭처럼 수놓는 폭죽의 불꽃들. 여름밤은 싱싱하게 깊어지고 있었다. 나도 그들과 일부분이 되어야 했지만 구멍 뚫린 마음은 깊은 어둠과 쓸쓸함만 남아 있었다.

그 일이 있고 난 뒤, 여름방학 내내 나는 아팠다. 신열에 들떠 꼼짝 없이 누워 지내야 했다. 2학기 개강이 되어 더북한 머리와 텁수룩한 수염 그대로 나타난 나를 보고 과 학생들은 한마디씩 입을 댔다.

"선배! 입원했더랬어? 몰골이 말이 아니네……?"

"어디가 아픈 거야? 우리가 알았다면 병문안 갔을 텐데."

"꼭 입산수도하다 내려온 도사 같아. 그래, 도는 깨쳤수?"

"형, 몸이 아픈 거야, 마음이 아픈 거야? 보기엔 마음 쪽 같은데……"

그랬다. 마음이 아팠다. 야릇한 상상을 하는 동안, 가슴을 베어 내는 아픔을 느끼며 여름을 보냈다. 그런데 아무리 돌아보아도 미연인 보이지 않았다. 그 애의 행방을 궁금해하고 있다는 걸 눈치 챈 동우는 나를 볼 때마다 혀를 끌끌 찼다.

"선배! 이게 무슨 꼴이야? 그런데 어떡하지? 오매불망, 전전반측, 각고정려하며 기다리던 애가 덜컥 휴학계를 내 버렸으니? 아, 뜨거운 열정은 님을 향해 불타오르건만 아뿔싸! 사랑을 받을 님은 정작 이곳에 계시지 않도다."

동우 녀석은 신파극의 대사를 외듯 끝을 살짝 올려 가며 장난스럽게 읊조리다, 다시 정색을 하며 제발 정신을 차리라는 말을 수없이 반복했다.

그 애가 없는 학교는 가을걷이가 끝난 벌판처럼 허허로웠다. 가슴에 찬바람이 드는 듯했다. 그래서 미연을 자주 보았던 곳과 그 애 집 주변을 배회했다. 미연을 볼 수 없었다.

가을이 깊어 가는 어느 날 저녁 무렵, 나는 그 애의 아파트 부근을 서성대고 있었다. 그 애 언니가 계단을 내려오더니 내게로 왔다. 집에서 입는 긴 치마에 뜨개질로 짠 스웨터를 걸쳤는데, 얼굴은 병색이 짙은 것처럼 핏기가 없어 보였다. 지난번에는 어둠 속에서 보아 잘 몰랐지만, 미연보다는 서너 살 위인 것 같았다. 내 또래 나이로 보였다.

"이것 봐요? 저번에 미연이와 같이 있던 그 학생 맞죠?"

나는 고개를 끄덕였다.

"또, 미연이 땜에 온 것 같군요. 학생이 며칠째 이러고 서성이는 게 안쓰러워 내려왔어요. 걔를 요즘 학교에서 볼 수 없지요? 예, 맞아요. 동생은 어딜 떠났거든요. 한동안 오지 못할 거예요."

"혹시 어디가 아파 입원이라도……?"

"그런 건 아녜요. 그렇지만 이유는 말할 수가 없네요."

그녀의 얼굴에는 깊은 우수가 깔려 있어 미연이의 차가운 눈길과는 달리 슬픔만 담고 있는 듯했다.

"시간 좀 내 주시겠어요? 여쭤 볼 말도 있고……."

그녀는 마음먹고 내려왔다는 듯 가볍게 고개를 끄덕였다. 그러면서 "오랫동안은 안 돼요. 어머니가 편찮으셔서 내가 곁에 있어야 하거든요"라고 말했다.

우린 계단 옆길로 나가 대청공원을 향했다. 가을이 깊어 가는 공원의 오후는 고즈넉했다. 기우는 햇빛에 비친 단풍의 색깔은 너무 고와 보였다. 난간에 기대 황혼에 반사되고 있는 오륙도를 건너다보았다. 그녀가 곁에 와 섰다.

"우리 미연일 사랑하나 보군요. 그런데 걔가 워낙 성격이 독특해서……."

나는 말없이 잠자코 있었다. 사랑하느냐는 말에 어떻게 대답해야 할지 몰랐다.

"알고 보면 동생은 불쌍한 애예요."

누구도 미연일 불쌍하다고 말하지 않았다. '애'라는 단어 앞에 무서운, 또는 독한, 이상한, 섹시한, 아름다운이란 관형어가 수식어로 따라다녔을지언정 '불쌍한'이란 수식어란 어울리지 않았다. 그러나 그녀가 말하는 '불쌍한'이라는 말이 내 가슴이 아릴 정도로 공명음을 울려왔다. 마치 마음 깊숙이 숨겨져 있던 종을 그녀가 울린 듯했다. 그 여운은 한동안 내 의식을 지배했다.

"누구도 그 애를 사랑할 수 없을 거예요. 무슨 이유지 아시겠어요?"

나는 그녀의 얼굴만 쳐다보았다.

"그 앤 누구도 사랑하지 않기 때문이에요. 난 그 앨 너무나 잘 알고 있거든요?"

"그게 무슨 이야긴지……."

"그걸 학생에게 말해 주려고 일부러 내려왔어요. 여태까지 학생처럼 미연일 이토록 따라다닌 사람은 없었거든요. 보기에 너무 안타까워서……."

그녀의 따뜻한 어조에 그만 눈물이 핑 돌았다.

"그 애의 꿈은 발레리나였어요, 우리 엄마처럼."

"그럼, 미연이 어머니가 발레리나였어요?"

"예. '호두까기인형'에서 독무를 맡을 정도로 국립발레단에서는 유망한 무용수였대요. 미모도 뛰어나고, 미연이가 엄마를 그대로 닮았다고 하면 아마 이해가 되실 거예요."

그녀는 자기 집 내력을 담담한 표정으로 이야기했다. 나는 일방적으로 듣는 입장이었다. 그러면서도 머릿속은 그 애와 언니 그리고 엄마라는 분의 모습이 복잡하게 얽혀졌다.

"자연히 엄마를 따라다니는 남자들이 많았겠죠? 엄만 자신의 미모와 유명세에 걸맞은 남자를 선택하려 했겠죠. 자신의 욕망을 충족시켜 줄 남자 말이에요. 그런데 세상은 한 사람에게 일방적인 행복을 주진 않는 것 같아요. 엄마가 선택한 건 바로 자신의 불행이었어요. 결혼한 사람은 나중에 알게 되었지만 지독한 바람둥이였지요. 누구나 이름만 대면 금방 알 수 있는 재벌의 아들인데, 그 사람이 우리들 아버지이기도 하구요. 이쯤 하면 사연이 대강 짐작되지 않아요? 연속극에서나 나올 법한 이야기지만 이건 우리의 운명을 망그러뜨린 엄연한 사실이에요."

그녀의 우수 띤 얼굴은 변함없었다. 슬픔 이외엔 어떤 감정도 담지 않았다. 모든 걸 체념했거나 달관한 자가 아니면 보일 수 없는 표정이었다.

"나를 낳고, 미연이까지 임신하고 나서야 본부인과 자식들이 있다는 걸 알았대요. 거기다가 엄마가 두 번째 여자도 아니고 무려 다섯째 여자라는 사실은 엄마를 절망하게 만들었죠. 그 충격으로 심약한 엄만 정신병원을 들락거리게 됐어요. 그 사람에겐 좋은 기회였겠죠. 몇 년간을 농락한 대가를 약간의 금전으로 보상하고 관계를 청산하려 애썼나 봐요. 결국 헤어지기로 합의했겠죠. 그러나 이혼이랄 것도 없었어요. 결혼 신고도 돼 있지 않을 뿐더러, 우리들은 그 사람의 호적에도 올려지지 않은 사생아 상태였거든요. 엄만 모든 걸 포기하고서 울을 떠나 생면부지인 부산으로 내려왔어요. 지금 우리가 쓰고 있는 성은 엄마가 국립발레단에 있을 때, 홀아비인 늙은 무용수의 호적에 입적하면서 얻은 거래요. 그분은 이미 돌아가셔서 우린 얼굴도 몰라요."

나는 난마처럼 얽힌 가혹한 운명 앞에 어쩔 줄 몰랐다. 그들이 받은 상처에서 흐르는 피고름 냄새 때문에 숨을 쉴 수 없었다. 눈물로 내려다보던 부산 앞바다가 핏빛으로 물들어 번져 나갔고, 단풍잎을 흔들어 떨어뜨리는 스산한 바람이 악마의 숨결 같아 그 자리에 서 있을 수 없었다.

"잠깐! 잠깐만요. 기다려 주실래요? 내 얼른 커필 한 잔 뽑아 올 테니까요."

그녀는 고개를 끄덕였다. 나는 울컥거리는 가슴을 안고 공원 관리 사무소 옆에 있는 자판기 쪽으로 뛰어갔다. 해가 지고 있었다. 천마산 위의 하늘이 벌겋게 물들어 갔다. 그 애에게 얽힌 처절한 운명이 흘린 핏방울이 마구 번져 나간 것 같았다. 그녀 모르게 눈물을 흘렸다.

나는 커피 두 잔을 뽑아 들고 그녀 곁으로 왔다. 그녀는 벤치에 앉아 어두워지는 시가지를 내려다보고 있었다.

곁에 앉자 그녀는 혼잣말처럼 중얼거렸다.

"미연이는 어릴 때부터 예쁘고 영특했지요. 엄마는 자기와 닮은 미연일 특히 아끼고 사랑했어요. 내가 질투할 정도로. 엄만 집에서 우리에게 무용을 가르쳤죠. 쁘웽뜨, 삐루엣, 오버트, 빠떼르, 발롱……. 동생은 무슨 동작이든 완벽하게 소화해 낸다고 엄마는 늘 감탄했죠. 심지어는 투르 앙레르라고 남자 무용수도 하기 어려운 공중회전 동작을 시킬 정도였으니까요. 그러나 생활은 점점 궁핍해졌고, 버는 사람 하나 없이 몇 년을 버틴다는 것은 매우 힘든 일이었어요. 가끔 엄마가 서울에 갔다 오긴 했지만, 그럴수록 엄마의 정신병은 더욱 심해져 부산 생활이 풍비박산되어 갔지요. 치료비 때문에 서울서 내려오며 샀던 집을 팔고 겨우 이곳으로 이사할 정도였으니까요."

나는 그녀에게 목을 축일 겸 커피를 마시도록 권했다. 그녀는 종이 컵을 두 손으로 감싸 쥔 채 물끄러미 들여다볼 뿐 자기 회한에 빠져 커피를 의식하지 못하는 것 같았다.

"나는 고등학교를 졸업하고 직장을 얻어 살림과 엄마 약값을 도울 수밖에 없었지만 미연이는 계속 공부를 시켜야 했어요. 워낙 영특한 애라서……."

"발레는 계속하지 않았어요?"

나는 걔가 사대 영어교육과에 입학한 것이 이상해 물었다.

"엄마가 수시로 정신병원에 입원하는 상황에 어떻게 무용을 가르칠 수 있겠어요. 그렇다고 사사 받을 형편은 더욱 아니구. 대신 엄만 병적으로 우리에게 남자에 대한 증오를 가르쳤어요. 자신을 이 꼴로 만든 그 사람에 대한 증오 말이에요."

그녀의 얼굴에는 눈물이 흐르고 있었다. 여태까지 난 한 인간의 운명이 이토록 복잡한 줄은 몰랐다. 부모님이 조그만 음식점을 운영하는 우리 집의 가난은 그저 단순한 가난에 지나지 않았다. 평범하게 살아온 나의 삶이 순간 부끄럽게 여겨졌다. 나는 손수건을 꺼내 그녀의 눈물을 닦아 주었다.

"고마워요. 동생이 영어교육과로 간 건, 전적으로 나의 뜻이었지요. 그 이상의 학교도 충분히 갈 수 있는 성적이었지만, 서울로 유학 보낼 형편도 못 되고, 또 그 애를 혼자 생활하도록 내버려 두어서는 안 된다는 생각이었죠. 같이 있어도 마찬가지겠지만 걔를 지키고 싶었어요. 워낙 위험한 애라서. 나중에 선생님이 되면 다른 직업과는 달라 학생들 앞에서 멋대로 생각하고 함부로 행동할 수 없잖아요? 인간을 가르치는 직업인데……. 그 애의 사고방식이 좀 달라지지 않을까 기대하면서 고집했거든요. 그런데 그것마저 이제 힘들어지는 것 같군요."

주위가 점점 어두워졌다. 가로등에 불이 들어오기 시작했다. 그녀는 회한 속에 있다 갑자기 집 생각이 났는지 벤치에서 일어났다.

"시간이 꽤 지난 것 같군요. 빨리 돌아가야 해요. 엄마가 홀로 있거든요. 좀 데려다 주실래요?"

날이 어두워지자 밤공기가 차게 느껴졌다. 그녀는 쌀쌀한 날씨보다 자기 내부의 한기 때문에 떠는 듯했다. 나는 웃옷을 벗어 걸쳐 주려다 그녀가 말을 꺼내는 바람에 동작을 멈추었다.

"이제 이해가 좀 되죠? 누구도 그 앨 사랑하지 못해요. 누구도 사랑하지 않으니까요. 나중엔 어떻게 달라질지 몰라요. 그러나 지금은, 지금은 아-네-요."

그녀는 조용히 흐느꼈다.

"그 애가 어디로 갔는지 묻고 싶겠지만, 차마 알려줄 수 없군요. 나도 정확히 알지 못하고요. 그런데 이름이 뭐였죠? 아, 민우 씨라고 했지요, 민우 씨! 너무 지나친 사랑은 상처받기 쉬운 법이래요. 사랑은 일방적으로 이룰 수 없잖아요?"

한동안 나를 슬픈 눈으로 바라보고 섰더니 "이야길 들어줘서 고마웠어요. 그럼……." 하면서 계단을 올라갔다. 그녀는 내 또래이면서도 성숙한 여인처럼 나를 달래듯 말했다. 그녀가 아파트 안으로 들어갈 때까지 멍하니 서 있었다. 아무 생각도 하기 싫었다. 그들에게 드리워진 운명의 그늘이 가혹하리만큼 무거웠을 거라는 생각에 어떤 분노만 일어났다.

심한 갈증을 느끼듯 흡연욕구를 참느라 진땀이 날 지경이었다. 두 시간 동안 달린 버스는 양산을 지나고 있었다. 이제 곧 부산에 진입한 후, 종점인 노포동에 도착할 것이다. 나는 부산에 도착하면 그 애 언니를 만나야 한다고 생각했다. 삼 일 동안이나 그 애가 나타난 꿈은 징후가 좋지 못했다. 그 애에게 무슨 일이 일어났음이 분명하다고 느꼈다. 투명한 유리공간에 인형처럼 갇혀 빙글빙글 돌면서 축소되더니, 그만 팽창하듯 폭발하는 섬광이 나의 의식을 찔렀다. 그 애에 대한 기억은 불안감을 몰고 다니며 머리를 어지럽혔다.

대학을 졸업할 때까지 그 애는 학교에 나타나지 않았다. 그동안 후배 동우도 군에 입대해 버리고 여학생들 사이에 심심풀이로 회자되던 그 애의 이야기도 차츰 옅어져 갔다. 반반한 미모를 밑천 삼아 돈 많은 놈을 물었느니, 고급 룸살롱에서 누가 그 애 비슷한 여자를 보았다느니, 외국인과 결혼해서 우리나라를 떠났다느니, 중병에 걸려 요양 중이라는 등, 모두 확인되지 않은 추측성 풍문만 나돌았다.

이상한 건, 학기가 지날수록 그 애에 대한 동정론이 메마른 땅에 풀씨가 싹을 틔우듯, 머리를 쳐들었다는 점이다. 아깝다는 것이었다. 같은 여학생이지만 그만한 미모를 찾아보기 힘들뿐더러, 더군다나 그 애는 머리 또한 수재라는 것이었다. 그것은 누구나 동의하는 유일한 찬사였을 것이다. 공부하는 모습을 제대로 본 적이 없고, 그토록 나돌아다니는데도 그 애의 학점은 평균 A를 넘었으니까. 집이 너무 가난한 탓이라고 결론짓는 여학생들의 얼굴에는 그 애가 부재한 가운데서만 느낄 수 있는 오랜만의 여유로움이 있었다.

그러나 나는 4학년 2학기가 다 지나가도록 그 애를 잊지 못해, 병든 수캐처럼 헐떡이고 다녔다. 갈만한 곳을 모두 뒤지고 다녔다. 해운대며, 광안리며, 영화제가 열리는 남포동 극장가. 그 애는 없었다. 그러는 중, 그 애의 집이 이사했음을 알았다. 가끔 보이던 그 애 언니마저 보이지 않기에 이웃 사람들에게 물어 겨우 그 사실을 알아냈다. 남천동 삼익빌라로 이사했다는 것이었다. 그러면서 그 집이 무슨 돈이 있어 고급빌라로 갔는지 모르겠다며 의아한 표정들을 지었다.

나는 급히 산복도로를 내려와 남천동으로 갔다. 관리사무소에 들어가 그 애 집의 동과 호수를 확인했다. 그토록 찾아 헤매다 정작 볼 수 있을 거라는 생각이 들자, 그만 허탈감이 밀려들었다. 한참을 망설이며 서성대다 관리실에 부탁하여 인터폰을 통해 그 애 언니와 통화했다. 10여 분 기다려서야 그 애 언니가 나왔다. 여전히 수수한 옷차림이었지만 얼굴은 전보다 수척해 보였다. 그녀는 화가 난 표정으로 나를 쏘아보더니 앞장서서 걸었다. 미안한 감정을 어쩌지 못해 담배만 거푸 피우면서 뒤를 따라갔다. 동 사이로 난 산책길을 돌아 건물 사이로 바다가 보이는 구석진 자리로 갔다.

그녀는 홱 돌아다보더니 말했다.

"끈질긴 분이군요. 제가 전에 모두 말씀드렸으면 충분히 이해가 됐을 텐데, 아직도 미련을 버리지 못했나요? 여긴 또 어떻게 알았죠?"

"이, 이웃 사람들에게 물어……."

나는 더듬거리며 말을 잇지 못했다. 그녀가 내게 한 이야기의 진의는 모르는 바가 아니었다. 그 애를 더 이상 찾지 말라는 완곡한 표현이었을 것이다. 그러나 그 애의 행방에 대한 궁금증은 떠돌던 풍문처럼 괴로운 허상들만 쌓이게 했다. 나는 그 허상에 눌려 숨이 막힐 지경이었던 것이다.

"궁금해서요. 정말 어떻게 됐는지 궁금해서요. 딴 뜻은 없었어요. 단지 걔가 어떻게 됐는지……."

그때 나는 울고 있었을 것이다. '궁금'이란 표현 대신에 '불쌍'이라는 감정을 대치시켜도 무방했을 것이라고 생각했다. 걔 언니를 보자, 알지 못할 서러움이 북받쳐 올라 스스로를 주체하지 못한 탓이었다. 그러나 그녀는 울면서 소리쳤다.

"뭐가 그리 궁금하세요! 보면 모르겠어요? 병자가 누워 있고 제대로 벌지도 못하는 내가, 어떻게 이런 집에 살 수 있겠어요? 예? 정말 모르겠어요? 내 입으로 말해 줘야 속이 시원하겠어요?"

그녀는 두 손으로 얼굴을 감싸며 흐느꼈다. 나도 모르게 "잘못했어요. 내가 잘못했어요"라는 말을 신음처럼 뱉으며, 그녀를 와락 껴안아 버렸다. 그녀는 내 가슴에 얼굴을 파묻으며 "잔인해요. 당신은 정말 잔인한 사람이에요"라고 소리 내 울었다. 나는 그때 그믐밤보다 어둡고 살을 도려내는 아픔보다 더 고통스런 그 소릴 들으며 꼼짝도 할 수 없었던 것이다.

그 후, 그 애를 본 건 다음해 12월 초였다. 내가 그 애를 보았다기보다 그 애가 나를 찾아온 것이었다. 나는 졸업을 앞두고 치른 교원임용고사에 보기 좋게 실패했었다. 당연한 결과였다. 치열한 경쟁률을 뚫기에는 준비가 너무 부족한 탓이었다. 우리 학과로 보면 응시한 대부분이 합격을 해야 옳은 탓으로, 그만큼 나에게 쏟아지는 비난은 컸었다. 누구를 원망할 수 없었다. 그것은 전적으로 나로 비롯된 문제였기 때문이었다. 그래서 다음해를 준비하기 위해 졸업 후에도 학교 도서관을 들락거리며 생활하고 있었다. 그달 중순에 있을 임용고사에 대비하기 위해 책에 파묻혀 있는데, 불현듯 그 애가 내 앞에 나타난 것이었다. 나는 너무 놀라 입을 다물 수 없었다.

"선배! 시간 좀 낼 수 있어요?"

더욱 놀란 것은 나를 '댁'이라고 부르던 애가 '선배'라는 호칭을 사용했다는 점이었다. 나는 대답도 못 하고 허둥지둥 일어나 그 애 뒤를 따라나갔다. 미연은 아무 말 없이 인문관을 거쳐 정문 쪽으로 내려갔다. 나는 머릿속이 하얗게 변해 버려 아무 생각도 못 하고 자석에 이끌리듯 뒤를 따랐다. 마침, 구내를 돌아 나오던 택시를 발견하자 그 애는 불러 세웠다. 그리고는 나에게 손짓을 했다. 엉겁결에 그 애와 함께 뒷자리에 나란히 앉게 되었다.

"해운대로 가요, 아저씨."

그렇게 가까이 앉기는 처음이었다. 무슨 말을 해야겠는데 가슴이 부들부들 떨리고 신열에 들떠 입을 열 수 없었다. 그저 앞만 응시했다. 택시는 온천장을 빠져나와 동래로터리를 돌더니 산업도로에 들어섰다. 그 애도 잠자코 있었다. 아무 대화가 없는 우리가 이상했던지 운전기사는 룸미러를 통해 슬쩍슬쩍 훔쳐보았다. 해운대에 도착하는 동안 그 애를 알게 되면서 겪어야 했던 지난 3년간의 일들이 주마등처럼 지나갔다.

하루도 빠지지 않고 나를 지배했던 그 애의 허상 때문에 겪어야 했던 괴로운 시간들이 떠올랐다. 그 애 언니와 마지막으로 만났던 그 이후, 일부러도 잊기 위해 애를 썼고, 더군다나 임용고시 준비에 신경을 쏟느라 조금은 희석됐을 것으로 알았는데, 결국 그렇지 않다는 걸 느꼈다. 그 애가 출현한 한순간, 잠시 숨겨진 불씨는 다시 불길이 지펴졌던 것이었다.

　우린 택시에서 내려 백사장의 양끝으로 이어지는 해안도로를 나란히 걸었다. 해운대의 겨울바다는 황량했다. 여름 내내 뜨겁게 달구었던 젊음의 열기가 하얗게 퇴색하여 모래 위에서 반짝거렸다. 밤 새워 춤추며 부르던 노랫소리도 갈매기의 쓸쓸한 울음소리로 남아 겨울바람에 흩어졌다. 긴 머리카락을 날리며 먼 바다를 응시하고 있는 미연의 모습도 변해 있었다. 냉정하면서도 청순했던 모습 대신, 프렌치 슬리브형 정장에 오버코트를 걸친 성숙한 여인으로 서 있었던 것이었다. 쓸쓸했다. 그 애의 우수 띤 얼굴처럼 모든 게 쓸쓸했다.

　"언니를 통해 이야길 들었어요. 선배! 왜 나 같은 인간을 그토록 쫓아다니며 시간을 허비한 거죠?"

　"시간을 허비했다고……!"

　나도 모르게 고함을 지르듯 튀어나온 말에 나는 당황했다. 그러고 보니 우습게도 그 애하고는 거의 처음으로 건넨 말이었다. 순간 나는 그토록 많은 일들을 나의 생각 속에서만 간직하고 있었지, 그 애와 제대로 이야기를 나눈 적이 없었다는 걸 알았다. 그 애는 약간 당황하더니 우울하게 말을 이었다.

　"아직도 미련을 버리지 못하고 있군요. 나에 대해 그렇게 몰라요?"

　"그건 그렇고 휴학은 왜 했어? 복학할 생각은 있는 거야?"

　나는 그 애의 입에서 자기에 대한 얘기가 나올까 두려워 말을 바꿨다. 그 애는 나를 물끄러미 보더니 야릇한 미소를 지었다.

　"휴학한 게 아녜요. 학교를 그만둔 거죠. 나 같은 애가 학생들을 가르친다는 일이 어디 당키나 한 일이에요? 선배도 보고 들어서 알겠지만 난 그럴 위인이 못 돼요. 선배! 내가 왜 선배를 이곳에 오자고 한지 알아요?"

그 애는 말을 빠르게 쏟아 내고는 시선을 바다 쪽으로 돌려 버렸다. 나는 알고 있었다. 나의 생각이 그 애의 생각이 될 수 없음을. 그 애가 해운대로 가자고 했을 때 이미 와 닿는 바가 있었다. 나는 고개를 저었다.

"환상을 버리세요! 그동안 내가 무슨 짓을 했는지 말해 줄까요?"

미연은 자기 자신에 분노하는지 설움에 겨운 목소리로 말했다. 나는 듣고 싶지 않았다. 울컥거리는 슬픔을 감추기 위해 돌아서서 걸었다.

연인 한 쌍이 솜사탕을 서로 입에 넣어 주며 까르르 웃었다. 밀려나가는 파도를 따라나갔다가 다시 밀려드는 파도를 피해 깡충거리며 뛰어나오는 애를 환한 웃음으로 지켜보는 남자애도 있었다. 한없이 헝클어진 마음으로 걸으며 조용히 되뇌어 보았다. 이 애는 과연 나에게 무엇일까. 나는 정말 이 애를 사랑하고 있는 것일까. 그런데 왜 이 애만 생각하면 가슴이 이다지도 아픈 것일까.

그 애가 뒤따라와 팔짱을 끼더니 파라다이스 호텔 쪽으로 이끌었다. 나는 감정이 북받쳐 속으로 울고 있었다. 팔짱을 낀 채 로비에 들어선 미연은 나를 커피숍으로 데리고 갔다. 그리고는 전에 그 애가 자주 앉았던 창가 쪽으로 갔다. 우린 서로 마주 보고 앉았다. 나는 시선을 피해 창밖을 내다보았다.

"선배, 나를 봐요. 우리가 이렇게 연인처럼 다정히 앉아 사랑을 속삭일 수 있다면 얼마나 좋겠어요. 하지만 불행히도 우린 아니에요. 우린 예전과 달라진 게 없어요. 적어도 난 달라진 게 없다고요!"

"그래, 달라진 게 없어. 달라진 게 없어. 모든 게 그대로야."

나는 그 애의 어조와는 달리 중얼거리듯 말했지만 자신이 없었다. 꼭 내 자신이 달라져서는 안 된다고 말하는 것 같아 고개를 숙였다.

"여전히 그대로군요. 고집불통 같으니"라면서 갑자기 일어나 나의 팔을 끌었다. 우린 지하 1층으로 내려갔다. '체리' 라는 스탠드바였다. 실내는 조명이 어두웠다. 아직 이른 시간인지 손님이 하나도 없었다. 여자 바텐더만이 홀로 지키고 있었다.

미연은 '스윙' 이라는 위스키를 시켰다. 바텐더는 미연의 귀티 나는 외모와 초라한 복장의 내가 서로 어울리지 않는지 자꾸 곁눈질로 쳐다보았다. 그 애는 얼음을 채우지 않고 스트레이트로 연거푸 석 잔을 마셨다. 나는 머뭇거리며 한 잔을 비웠다.

"선배, 이건 내가 사는 거야. 걱정하지 말고 마셔. 그리고 잊는 거야. 응? 자."

나의 잔을 채워 주더니 자기 잔에도 술을 채워 그대로 마셨다. 넉 잔째였다. 그 애의 말투도 친구에게 대하듯 변해 있었다. 취기가 오르는 걸 느꼈다. 그러면서도 머릿속은 여러 생각으로 복잡하였다. 해운대로 데리고 와 쓰라렸던 추억을 상기시키는 이유는 짐작했다. 그러나 이곳까지 와 저렇게 술을 연거푸 마시는 이유는 또 무엇인가. 저 애답지 않은 일이었다. 한참이 지나서야 깨달았다. 그건 사랑의 반증이었다. 지독한 외로움이라고 생각했다. 그렇지 않고서야 이런 수고를 할 필요가 없었기 때문이었다. 얼마 있지 않아 그걸 다시 확인할 수 있었다. 황금빛 나는 동그란 술병에 술이 반으로 줄었을 때, 그 애는 울먹이며 말했다.

"선배, 그동안 내가 무슨 짓을 했는지 알아? 응?"

그 애는 나의 반응을 기다리지 않았다.

"돈 많은 영감과 1년 반을 살아 주었어! 영감이 원하는 건 모든 걸, 모든 걸 다 들어주면서 말이야! 난 냄새 나는 좁은 방에서 궁상떨며 살기 싫었거든. 덕분에 집도 생기고 돈도 생겼어. 그런데 이 바보 같은 녀석아! 넌 이럴 때 내 뺨이라도 한 대 갈겨야 되는 거 아냐? 응? 그래야 하는 거 아니냐구? 그래서 넌 할 수 없다는 거야! 할 수 없다는 거⋯⋯."

라면서 그 애는 소리 내어 흐느꼈다. 난 정신이 아뜩하여 어떻게 해야 할지 몰랐다. 가슴 가득 차오르는 슬픔뿐이었다. 그저 술만 연거푸 마실 줄만 알았다. 그 애는 한 잔 더 마시더니 내 앞에 와 정색으로 말했다.

"넌 내가 무엇이 좋아서 그렇게 따라다닌 거야? 응? 이 얼굴이 예뻐서? 이 몸이 탐이 나서? 그럼 가져 봐! 네 마음대로 가져 보라구! 병신! 넌 지켜볼 줄만 알았지 가지지 못해. 늘 뒤에서 지켜만 보았어. 그게 사랑이야? 응? 그게 사랑이냐구!"

그 애는 울부짖으며 내 가슴속을 파고들었다. 그 애는 심해보다 더 깊고, 그믐보다 더 어둔 그런 울음을 터뜨렸다. 그때 내 심장은 그 애의 슬픔 속으로 곤두박질치고 있었다. 가슴이 점점 뜨거워졌다. 심장이 타올라 그 애와 함께 영원히 사라져도 좋을 것 같았다. 눈물을 하염없이 흘렸다. 아, 이 애도 나를 생각하고 있었구나! 나를 생각하고 있었구나.

한참을 그렇게 울고 난 후, 그 애는 얼굴을 들며 말했다.

"이제 가! 다신 날 찾지 마. 내 걱정은 말고. 난 여기서 누굴 기다려야 해."

그 애는 나를 보지도 않고 술잔만 매만졌다.

"나, 결혼할지 몰라. 사법연수원생이야. 곧 서울로 갈 거야."

그 애가 남긴 마지막 말이었다.

버스가 노포동 터미널에 도착했다. 그때 일을 생각하며 회한에 젖어 유리창에 비친 내 눈은 붉게 변해 있었다. 나는 배낭을 챙겨 메고 버스에서 내려 서둘러 터미널을 빠져나왔다. 부산에 가까워질수록 불길한 꿈 때문에 조바심이 더욱 심해졌기 때문이었다. 나의 부산 도착을 산사에 있는 아내에게 알리려다 그만두었다. 또다시 그 착한 아내에게 거짓말을 하고 싶지 않았다. 서둘러 택시를 탔다.

"남천동 삼익빌라로 갑시다."

나는 뒷좌석에 기대어 눈을 감았다. 그 애 집에 도착하기 전에 마지막으로 정리해야 할 이야기가 있다. 그것은 나의 신상에 관한 일이다. 그 애와 헤어진 지 근 8년이 흐르는 동안 나에게도 많은 변화가 있었다. 그간 일을 간략하게나마 밝혀 두는 것이 이 이야기를 마무리 짓는 데 도움이 될뿐더러, 지금까지 읽어 준 당신들에 대한 최소한의 예의라고 생각하기 때문이다.

나는 그 애와 쓸쓸히 헤어졌다. "나, 결혼할지 몰라. 서울로 갈 거야"라는 말이 온 의식을 휘젓고 다녔었다. 다시는 그 애를 볼 수 없을 것 같은 예감이 들었기 때문이었다. 번민 속을 헤매고 다니면서도 교원임용고사에 응시할 수밖에 없었다. 이미 한 번 실패한 쓰라림도 있거니와 사대 졸업생으로는 딱히 다른 분야로 진출하기란 그리 쉽지 않은 까닭이었다.

다행히 합격을 하였다. 그리고 운 좋게도 이듬해 3월 시내에 있는 고등학교에 영어교사로 발령을 받아 사회에 첫발을 디디게 되었다. 신열에 들떠 고민하고 방황하면서 괴로워했던 고통의 강을 뒤로하고, 대학시절의 종지부를 찍을 수 있었다. 그래도 그 애에 대한 잔열이 남아 있지 않았다면 그건 당신들을 속이는 일이 될 것이다.

그러나 인문계 고등학교에서의 일과는 그걸 허용하지 않았다. 오전 7시부터 자율학습이 시작되어 본 수업과 보충수업을 한 후 저녁 자율학습 감독까지 끝내면 밤 10시가 넘는, 그야말로 전쟁터를 방불하는 그런 곳이었다. 그 일은 방학 동안에도 계속되었다. 그 애를 생각하면 그저 눈물이 날 것 같은 연민으로부터 벗어나기 위해, 나는 더욱 일에 매달릴 수밖에 없었다.

고통은 의지와 시간을 이길 수 없는 모양이었다. 아픔이 점차 옅어지던 스물여덟 살의 어느 날, 난 선을 보게 되었다. 선배교사의 누이동생이었다. 그녀는 그 애와 너무 달랐다. 순종적이면서 너무 연약했다. 그러나 그 애와 공감되는 부분이 있다면 그것은 어딘지 모르게 쓸쓸함이 엿보여 꼭 안아 주고 보호해 주고 싶은 연민을 불러일으킨다는 점이었다. 그녀와 결혼을 했다.

결혼 후에도 가끔 그 애가 꿈속에 나타나면 아련한 기억이 떠오르며 며칠을 우울하게 지내곤 했었다. 처음에는 그 애의 환영에서 벗어나기 위해 애를 써 보았지만, 그럴수록 더 깊은 수렁 속으로 빠져드는 것을 느꼈다. 그래서 찾은 방법은 괴롭히는 그 애의 환영 속에 뛰어들어, 그 애와의 흔적을 하나하나 지워 나감으로써 아픔을 덜어 내는 일이었다. 지금 그 애의 집을 찾는 것도 우울한 정서에서 벗어나기 위한 몸부림의 한 방편이었다.

택시에서 내려 기억을 더듬기 위해 잠깐 배회했다. 주위에 있었던 벚나무의 키가 커졌을 뿐 변한 게 없었다. 관리실에 물어 3층을 확인한 후, 계단을 올라갔다.

문 앞에 섰다. 약간의 설렘과 두려움이 교차하면서 가슴을 뛰게 했다. 혹시라도 그 애가 있다면……. 머뭇거리는 사이에 현관문이 덜컥 열렸다. 그 애의 언니가 외출복 차림으로 나오려다 나와 눈이 부딪혔다. 놀란 표정으로 망연히 서 있던 그녀는 얼른 나오면서 문을 닫았다. 나는 그때 보았다. 그녀의 어깨 너머로 가슴과 무릎이 묶인 노파가 휠체어에 앉아 있었던 것이다. 그 애 어머니임을 직감했다. 그녀는 문을 잠갔다. 그리고는 나의 팔을 끌며 황급히 계단을 내려와 출입구를 빠져나왔다.

"여긴, 왜 또, 찾아왔죠?"

책망하는 듯한 그녀의 첫 마디였다. 나이보다 훨씬 늙어 보였다. 웃음기라곤 전혀 없는 수척한 모습이었다.

"그동안 고생이 많았나 보군요. 어딜 가시는 모양인데 그리 바쁘지 않다면 잠시 시간을……."

그녀는 대답 없이 벚나무가 터널을 이룬, 단지 사이로 난 길을 걸었다. 그녀의 고개 숙인 모습은 잎을 떨어뜨리고 앙상한 가지로만 서 있는 나무들과 무척 닮아 있었다.

"미연이 걔, 요즘 잘 지내고 있겠지요?"

"아직도 동생을 못 잊는 모양이군요."

"그, 그런 게 아니라……."

"그래요. 세월이 많이 흘렀죠. 견딜 수 없을 것 같던 상처도 세월이 흐르다 보면 어느덧 아물기 마련이겠죠."

"그게 아니라, 하도 요즘 이상한 생각이 들어서 말이죠. 걔한테 무슨 일이나……?"

그녀는 걸음을 멈추고 나를 빤히 올려다보았다. 나는 문득 공연히 잘 지내는 애에게 무슨 일이 생겼으면 좋겠다는 투로 들리지나 않을까 해서 괜히 머쓱해졌다.

"미안해요. 딴 뜻은 아니고……. 잘 지내고 있겠죠?"

"동생에 대해 전혀 모르고 계셨군요."

"아니, 예? 그렇다면, 그렇다면……. 역시 불길한 예감이 맞았군요."

나는 조마조마하던 가슴이 덜렁 내려앉음을 느끼며 신음처럼 흘렸다.

"지금, 그 애 면회 가려는 중이었어요."

"네에! 면회라뇨? 어디 아파요?"

"민우 씨라고 그랬죠? 민우 씨, 걔 요즘 요양원에 있어요."

말을 듣는 순간 정신이 아뜩해지며 호흡이 멈추는 것 같았다. 세상이 물구나무 서듯 빙글빙글 돌았다.

"나도 이제 지쳤나 봐요. 해서는 안 될 말을 이렇게 쉽게 하네요. 아까 보셨죠? 휠체어에 묶여 있는 사람, 그분이 어머니예요. 그런데 난, 난, 또, 동생에게 면회 가야 해요. 이게 무슨 운명이죠? 이 무슨 더러운 운명이냔 말이에요!"

그녀는 울지 않았다. 보지 않아도 눈앞에 선했다. 하루에도 수백 번씩 자조하며 던진 질문이었을 것이다. 그녀는 체념한 것이다. 그러나 그 체념에도 이제 지쳐 가는 것이라 생각했다.

"어디예요? 걔가 있는 곳이?"

"민우 씨, 민우 씨가 봐선 안 될 곳이에요. 그렇게만 알고 돌아가세요."

"아냐! 봐야겠어요. 걔가 어떻게 됐는지 봐야겠어요!"

머릿속이 뒤죽박죽되면서 현기증을 느꼈다. 나는 지나가던 택시를 불러 세웠다. 그녀를 끌고 택시에 탔다.

"걔가 있는 곳이 어디죠?"

"아저씨, 기장읍으로 가 주세요."

나는 한숨을 내쉬었다. 그렇지 않고서는 질식할 정도로 가슴이 답답한 까닭이었다.

"미안해요, 민우 씨. 동생도 이걸 원치 않을 건데, 내가 그만……."

"아니? 그게 문제예요! 어쩌다, 어쩌다가, 정말……."

나는 누군지도 모를 대상에게 원망 섞인 고함을 내질렀다.

"내가 너무 힘들어서, 그렇다고 상의할 사람도 마땅히 없고……. 한 번씩 민우 씨를 생각했어요. 그러나 그건 너무 염치도 없을 뿐 아니라, 도리가 아니라고 생각했어요."

나는 차창에 기대 한숨만 내쉬었다. 그녀는 내친 김에 모든 걸 말해 버리려는 듯, 이야기를 계속했다.

"미연이가 결혼했던 건 아시죠?"

나는 고개를 끄덕였다.

"그 사람은 사법연수원 2년 차라고 했어요. 수료하면 검사로 발령 받을 거라고요. 미연인 일을 어떻게 꾸몄는지 서울로 가 그 사람과 결혼했지요. 그런데 일 년도 채 못 돼 그 남자가 사기꾼이란 걸 알았어요. 그 남잔 미연일 기업 회장의 딸쯤 생각했나 봐요. 명품을 즐겨 입는 외모를 보고 말이에요. 아니면 미연이가 그렇게 거짓말했거나. 둘 다 마찬가지인 셈이 됐죠. 민우 씨도 알잖아요. 걔가 얼마나 위 세상에 뛰어들길 원했는지. 미연인 걔 성격대로 미련 없이 헤어지고 내려왔어요. 다행스러운 건 애가 없었다는 거예요."

"그때가 언제였죠?"

"육 년 전이에요."

육 년 전이라면 내가 발령 받고 2년이 지난 때라고 생각했다.

"난 동생에게 이 모든 것이 다 인과응보라고 말했어요. 모질게 들렸겠지만 할 수 없었어요. 그 앤 너무 위험했거든요. 동생은 내게 화를 내다 얼마 안 있어 서울로 다시 올라갔지요. 그리곤 연락이 왔어요. 항공회사에 취직했다고요. 매달 돈도 부쳐 오고, 자주 내려오기도 했었는데, 그러다 이 년 전인가, 걔에게 이상한 조짐을 느꼈어요. 한번은 휴가를 받았다며 내려와서는 전에 없이 집에서 춤을 추는 거예요. 중학교 때 이후로는 한 번도 무용을 한 적이 없었는데, 난 옛날 생각이 나 그러는 줄 알았죠. 그러나 그게 아니었어요. 한날은 걔 방에서 여러 사람의 목소리가 들리는 거예요. 동생이 혼자 있는 줄로 알고

232

있는데, 순간, 난 하늘이 무너지는 듯한 절망감을 느꼈어요. 엄마와 증세가 너무 같았기 때문이었지요. 서울에서 동생에게 무슨 일이 있었는지 모르지만……."

그녀는 가슴이 다 타 버렸는지 물기 하나 없이 바삭바삭한 목소리로 말했다. 나는 목구멍까지 차오르는 오열을 참으며 눈물만 주르르 흘렸다. 한참 숨을 고른 후 그녀는 말을 이었다.

"내가 그리 말렸지만 동생은 아무 일 없다는 듯 서울로 다시 갔어요. 그러다 작년 10월인가 회사 부장이란 사람에게서 전화가 왔어요. 가족 누구라도 좀 올라왔으면 좋겠다고……. 직감했죠. 서울을 어떻게 올라갔는지 몰라요. 동생은 삼성병원 정신병동에 입원해 있었어요. 가까운 동료라는 분의 이야기가 헛소리도 헛소리지만 사람들이 많이 모인 곳이면 동생은 춤을 추었다는 거예요. 그것도 나체로……. 나중엔 회사 사무실에서도 그런 일이 있었나 봐요. 삼성병원에 아는 분이 있어 우선 거기로 입원시켰다는 것이었어요. 민우 씨! 미연이가 왜 그렇게 됐을까요? 네? 그 똑똑하고 예쁜 애가 왜 그리 됐을까요."

그제야 그녀는 맥이 풀리는지 눈을 감은 채 고개를 꺾어 차창에 기대었다. 얼굴이 석고상처럼 하얗게 바래 있었다. 이야기를 힘겹게 이끌어 내느라 기운이 소진된 것 같았다.

택시가 기장읍으로 들어섰다. 나는 어디쯤 내려야 할지 몰라 눈을 감고 있는 그녀를 흔들었다. 그때, 택시기사가 말했다.

"정신병원이라면 여기 한 군데밖에 더 있는교? 외진 곳으로 더 들어가야 하지만 내 거기까지 모셔다 드리리다. 본의 아니게 엿들어 버렸지만, 그 처자가 누군지 무척 안됐구먼. 본인은 또 그렇다 치더라도 간호하는 식구들은 어떻겠어? 영 죽을 맛이 아니겠소?"

　그러면서 산길을 달려 병원 정문 앞에 내려 주었다. 하얀 건물 벽면에 녹십자가 그려져 있고, 그 밑에 '한빛 정신요양원'이라는 글자가 보였다. 병원 건물은 소나무 숲으로 둘러싸여 적막 속에 있었다. 인적이 없었다. 세상에서 멀어진 고도처럼 너무 조용했다. 간혹 소나무를 스치는 바람소리가 아니면 어떤 소리도 들리지 않을 것 같았다. 나는 그녀를 부축하고 걸었지만, 오히려 내 팔이 가늘게 떨리고 있음을 알았다.

　"삼성병원에서 여길 소개하기에 입원시키게 됐어요."

　그녀는 너무 외진 곳에 동생을 입원시키게 된 것이 마음에 걸리는지 혼잣말처럼 중얼거렸다.

　현관에 들어섰다. 새로 지은 건물이라 내부가 깨끗했다. 현관 옆 사무실 창구에 다가가자 안에서 일을 보고 있던 아가씨가 우릴 보더니 아는 체했다.

　"미연 씨 면회 오셨군요? 가만 있자. 오늘이 수요일이지? 그럼 면회날이 맞네."

　그녀는 장부를 뒤적이며 중얼거렸다.

　"아, 그런데 어쩌지요? 오늘 면회가 힘들겠는데요."

　그녀는 잠시 잊었던 걸 기억했다는 듯 난처한 표정을 지었다.

　"왜 힘들다는 거죠?"

　불안한 마음으로 물었다.

　"의사 선생님의 지시가 있었는데……. 일단 제가 한 번 알아보고 오겠어요."

그녀는 잠시 기다리라고 말하고 안으로 들어갔다. 한참 후 돌아 나왔다. 그리고는 면회 장소가 아닌 진료실로 우릴 안내했다. 안에 들어가자 안경을 쓴 40대 초반쯤 보이는 의사가 과장된 액션을 취하며 우릴 반겼다.

"어? 오늘은 두 분이 오셨네. 뭘 좀 드실까, 커피?"

나는 정신병원이란 델 처음 와 봤고 그 적막한 분위기에 익숙지 않은 탓도 있었지만, 머릿속에는 그 애에 대한 걱정으로 가득 차 있어 무얼 마시면서 여유를 부릴 경황이 없었다. 그러나 그는 사람 좋은 웃음을 띠며 말했다.

"오늘은 면회가 좀 어렵겠어요. 요즘 상태가……. 안 좋긴 하지만 뭐, 그렇다고 염려할 건 없어요. 우리가 최선을 다하고 있으니까."

그녀는 금방이라도 눈물을 쏟을 듯 물었다.

"왜요? 우리 미연이가…… 심해졌어요?"

"아니, 아니, 요즘 증세가 좀 악화된 것 같아 접촉을 피하는 게 좋을 듯싶어서 그래요. 곧 좋아질 겁니다. 예, 좋아질 거예요."

그는 손사래를 치며 그녀를 달래듯 낙관적으로 말했다. 그러나 그녀는 분위기를 짐작했는지 뒷머리를 벽에 기대고 울음을 터뜨리고 말았다. 난 의사에게 간청했다. 그 애와의 관계를 설명하고, 얼굴을 한 번만이라도 보아야 한다고 사정을 했다.

그는 "그거 곤란한데, 그거 곤란한데"를 연발하다, 나의 애절한 부탁을 차마 거절할 수 없어서인지 자기를 따라오라고 했다. 나는 그녀에게 가 보자는 눈짓을 보냈다. 그러자 그녀는 "나는 안 가! 난 보지 않을 거야!"라며 울부짖었다.

의사의 뒤를 따라 계단을 올라갔다. 2층을 돌아 3층으로 올라갔다.

"미연 씨는 4층에 있어요. 2, 3층은 경미한 환자들을 위해 합방으로 운영하죠. 미연 씨는 좀 특수한 환자예요. 다른 환자들이 같이 있는 걸 용납지 못해요. 망상장앱니다. 그것도 우월과 과대망상장애. 자기를 환자로 인정하지 않는 거죠. 허위 사회를 만들어 놓고 그 속에 칩거하면서 자기만의 세계를 즐기는 겁니다. 솔직히 말한다면 예후가 좋지 못해요. 거기다가 심한 발작 증세까지 겹쳐…… 요즘 그게 문제라는 겁니다."

그는 계단을 오르느라 가쁜 숨을 몰아쉬면서도 빠르게 말했다. 4층 복도는 이중문으로 막혀 있었다. 간호사실을 지키던 건장한 사내가 재빠르게 뛰어나왔다. 그리고는 의사의 눈짓에 따라 자물쇠를 열었다. 복도를 완강히 가로막고 있던 철문이 열렸다. 이중으로 막고 있던 양 여닫이문을 열고 들어갔다. 가슴이 뛰었다. 음침하고 육중한 분위기와 그 애를 어떻게 볼까 하는 두려움 때문에 아무 말도 못 했다. 왼편의 바깥 창문들은 모두 쇠창살로 막아 놓았고 오른편으로 이어진 병실들은 문이 굳게 닫혀 있어 세상과 격리된 교도소의 감방을 연상시켰다.

"따라오세요. 여기서는 어떤 소리를 내도 안 돼요. 아시겠어요?"

조심스런 발걸음으로 의사 뒤를 따랐다. 의사는 복도 끝 부분인 409호실에 가 멈추었다. "여기예요"라고 그는 속삭이듯 말했다. 굳게 닫힌 철제문에는 눈높이 부분에 안을 들여다 볼 수 있는 조그만 장치가 되어 있었다. 의사는 그곳을 가리켰다.

"우린 안을 볼 수 있지만 안에서는 보이지 않죠."

선뜻 눈을 대기가 두려웠다. 그 애가 이 안에 있다니, 이 안에 있다 니……

의사는 먼저 안을 살펴보고 나서 속삭이듯 말했다.

"지금, 1인 다역을 연출 중이에요."

나는 안을 들여다보았다. 아, 그 애가 있었다. 조그만 방에 홀로 갇 혀 있었다. 바람에 흩날리던 긴 머릿결은 짧은 단발로 잘려져 있었고, 아무 옷이나 잘 어울리던 그 애가 헐렁한 환자복을 입고 있었다. 조각 상처럼 희고 윤곽이 또렷했던 그 애의 얼굴은, 눈자위가 푸르스름한 초췌한 모습으로 변해 있었다. 그 애는 웃다가 금방 성낸 얼굴로, 누 굴 달래는 듯하다가 토라진 모습을 수시로 연출했다. 쉬지 않고 뭐라 고 중얼거렸지만 무슨 소린지 들리지 않았다.

"이인증도 아닌 다인증을 연출하고 있죠. 극도의 도착 상탭니다."

의사는 내 귀에 대고 말했다. 나는 눈을 뗄 수 없었다. 순간, 그 애 는 투명한 얼굴로 일어났다. 나와 눈이 마주쳤다. 나도 모르게 "미연 아!"라고 부르려고 했을 때, 의사가 내 입을 막았다.

그 애는 방 안 한가운데에서 빙그르 한 바퀴 돌았다. 한쪽 다리로만 서서 들려진 다리의 무릎을 90도로 꺾었다가 쭉 펴는 동작을 여러 번 반복했다. 그 애는 춤을 추기 시작했던 것이다. 오버트, 삐루엣, 다시 빠떼르, 발롱을 연속적으로 이어가더니, 몸을 부드럽게 회전하면서 옷을 벗기 시작했다.

눈부시게 하얀 어깨와 등 그리고 유방이 드러났다. 그리고는 바지 를 벗어 버렸다. 길게 뻗은 다리가 미끈하게 드러났다. 성숙한 여인에 게서 느낄 수 있는 관능미가 좁은 방에 가득했다. 그 애는 대양을 헤쳐 나가는 물고기처럼 자유롭게 유영했다. 그러다 팔을 공중으로 쭉 뻗고 고개를 뒤로 젖힌 채 공중으로 뛰어오르려는 듯 몸을 세웠다. 그 애는 비상하기 위해 안간힘을 썼다. 그러나 마음대로 되지 않는 듯 표정을 일그러뜨리며 애를 썼다. 그러다 그 애는 눈에 핏발을 세우며 괴성을 지르더니 머리를 벽에 마구 부딪쳤다. 의사도 비명소리를 들었는지 나를 밀치고 안을 들여다보고는 황급히 외쳤다.

"간호사! 간호사! 사백 구호 밸리움! 사백 구호 밸리움!"

건장한 사내가 주사기를 들고 뛰어왔다. 나는 정신이 없었다. 복도 천장이 빙글빙글 돌았다. 복도 바닥이 일어나 이마를 때렸다. 나는 겨우 기다시피 하여 계단을 내려와 밖으로 나왔다. 고개를 들어 보니 정원의 나무들이 핏빛으로 물든 채 웃고 있었다. 분수대의 물줄기가 벌건 핏물을 쏟아 내고 있었다. 균열된 잿빛 하늘의 틈 사이로 커다란 웃음소리가 들리는 듯했다. 나는 그곳을 향해 가장 밑바닥부터 끓어오르는 오열을 길게 터뜨렸다.

그녀가 울면서 나를 감싸 안았다.

"가요, 민우 씨. 이제 그만 가요."

나는 병원을 어떻게 떠나 왔는지 모른다. 기장읍에 와서야 비로소 정신이 들었다. 택시를 탔다. 우린 서로 말이 없었다. 그녀는 난마처럼 얽힌 가혹한 운명을 자조하듯 퀭한 눈으로 허공만 쳐다봤다. 나도 마찬가지였다. 지워지지 않을 그 애의 환영에 또 얼마나 아픈 시간을 보내며 괴로워해야 할지 몰랐다. 차가 송정 고개를 넘어가자 그녀는 주문을 외듯 중얼거렸다.

"그 앤 죽을 거야. 그 앤 죽을-거-야."

차창에 물방울이 비쳤다. 진눈깨비가 내리고 있었다. 나는 해운대 신시가지로 향하는 지름길을 버리고 달맞이고개로 돌아서 가자고 기사에게 부탁했다. 차가 언덕을 오르자 잿빛 바다가 왼편으로 내려다보였다. 하얗게 부서지는 파도 위로 눈이 내리고 있었다. 그녀는 초점 잃은 시선으로 바다를 바라보며 그 애가 죽을 거라는 말만 신음처럼 흘려 냈다. 바다는 거대한 입을 벌려 날벌레처럼 흩날리는 진눈깨비를 말없이 들여 마셨다. 그 애를 둘러싼 기억의 단상들은 파편으로 부서져 바다 위에 흩어졌다. 가슴에는 주체할 수 없는 눈물이 하염없이 흘러내렸다. 무너져 내리는 잿빛 하늘 사이로 그 애의 형상이 흐물흐물 되살아나고 있었다.

그곳에서 미연은 춤을 추고 있었다. 세상의 온갖 욕망과 굴레를 모두 벗어 던진 듯, 그 애는 나신(裸身)으로 춤을 추고 있었다. 이 꽃 저 꽃 기웃거리는 나비처럼 내리는 눈 사이를 부드럽게 유영했다. 그러다 몸을 세워 상승하려는 듯 힘차게 도약을 시도하자, 이번엔 그 애의 몸이 하늘로 가볍게 날아올랐다. 유성우를 뿌리듯 눈 속을 날아다녔다. 그러다 눈과 한 몸이 되어 하늘 높이 사라져 갔다. 나는 온몸으로 슬픔을 느끼며 그 애의 흔적을 안타깝게 바라보았다. 하얀 꽃으로 피어난 기억들이 눈물 속에 용해되고 있었다. 몇 굽이의 고개를 넘어가는 동안에도 나는 그 애가 사라져 간 허공에서 도저히 눈을 뗄 수가 없었다.

환멸의 방식

정 훈(문학평론가)

1.

현실 바깥에서 들려오는 소리에 귀 기울일 수 있는 사람은 적어도 현실주의자는 아니다. 그는 낭만주의자이거나 허무주의자일 가능성이 짙다. '바깥' 이나 '너머' 는 이편에서 볼 때는 한갓 신기루에 지나지 않을지라도 그곳에서 손짓하는 표정에 사로잡히는 부류에는 실상 불순한 의식을 담고 있는 경우가 많기 때문이다. 불순하다는 말에는 무엇이 섞여 있다는 뜻이 들어 있다. 바깥에서 응시하는 눈길에 선뜻 뒤돌아보거나 어딘가 머뭇거리듯이 스스로가 발 딛고 있는 삶의 자리에서 한 발짝 물러서는 일도 마찬가지다. 틈이 많은 것이다.

근대소설이 태어나 자라 온 궤적은 문제적 개인이 세계와 관계하는 방식이 여러 갈래로 분화된 과정에 지나지 않다. 그런데 이 다양해진 세계 대응 방식들 속에는 여전히 개인이 세상과 화해하지 못하고 끊임없이 물음을 던지거나 잃어버린 자아를 되찾는 싸움을 벌이는 양식이 늘 있어 왔다. 그 까닭은 내면과 세계 사이에 갈라진 금을 삶의 본질적인 형식으로 받아들이고, 이를 운명에 맞서는 자기 영혼에 선험적인 토대로 설정하기 때문이다. 예민한 영혼을 가진 사람일수록 '바깥'에서 내미는 손길에 민감하다. 현실에 철저하지 못하고 무언가 부족하거나 넘쳐흐를 때 그는 '낭만'과 '이상'을 찾는다.

근대로 접어들면서 소설의 인물이 행동으로 적극 나서지 못하고 방황하거나 번민에 휩싸여 쉽사리 자신의 무기력을 드러내는 경우가 많다. 이럴 때 그는 궁극적으로 패배의 물살에 자신을 허락하는 셈이 된다. 세계와 현실에 불응하지만 마침내 운명인 듯 비극적인 삶의 형식을 수락하고야 마는 내면구조를 보여 주는 것이다. 루카치 식으로 말해서 '환멸적 낭만주의'(『소설의 이론』)의 속성을 갖는 작품들이 오늘날 한국 소설에서 가끔 쓰이고 있는 점에서 비루한 현실을 인식하고 이를 극복하는 방식에 개입하는 당대의 작가적 시각을 읽을 수 있다.

이런 관점에서 볼 때 문성수의 소설은 낭만과 환멸로 가득하다. 이상을 추구하되 불온한 현실을 온전히 거부하고 꿈을 향해 온몸을 던지는 형태가 아니라 상상한 유토피아적 세계를 뒤틀린 방식으로 전유하는 패턴을 보인다. 문제는 이러한 분열증적 징후가 주인공의 직접 체험을 통한 말하기의 방식이 아니라 관음증적인 보여 주기의 방식으로 드러나는 데 있다. 관음의 대상은 소설을 이끌어 가는 주된 모티프이자 동기로 작용한다.

그는 발자국 소리를 죽여 별채 뒤뜰을 돌아 안방의 사창에 다가서 안의 동정에 귀를 기울였다. 한참이 지난 후, 안에서 여인네의 애절하게 흐느끼는 울음소리가 간간이 새어 나오더니 이내 대화 소리가 들려왔다.

"도련님, 소저의 일생이 창랑(滄浪)의 부평(浮萍)이요, 광풍에 부운인지라. 본디 죄악이 지중하여 유치(幼稚)를 면하기 전에 어머니를 여의고, 여액(餘厄)이 미진한 지 엄친 또한 영문 모르게 멀리 적거하시니 소녀의 형편이 망극하여 구곡에 미치니 여자의 몸이라 임의로 못 하고, 혈혈단신 의탁할 곳이 없어 도련님께 잔명을 부지코저 하옵니다."

그가 듣기에는 무슨 내용인지 알 수는 없으나 간간이 울음 섞인 목소리로 보아 애절한 신세 한탄임을 짐작할 수는 있었다. 그가 침을 꿀꺽 삼키며 온 신경을 집중시키는 동안, 부자연스럽지만 걸걸한 어떤 남자의 목소리가 이어졌다.

—「호접몽(胡蝶夢)」

그 애는 방 안 한가운데에서 빙그르 한 바퀴 돌았다. 한쪽 다리로만 서서 들려진 다리의 무릎을 90도로 꺾었다가 쭉 펴는 동작을 여러 번 반복했다. 그 애는 춤을 추기 시작했던 것이다. 오버트, 삐루엣, 다시 빠떼르, 발롱을 연속적으로 이어가더니, 몸을 부드럽게 회전하면서 옷을 벗기 시작했다.

눈부시게 하얀 어깨와 등 그리고 유방이 드러났다. 그리고는 바지를 벗어 버렸다. 길게 뻗은 다리가 미끈하게 드러났다. 성숙한 여인에게서 느낄 수 있는 관능미가 좁은 방에 가득했다. 그 애는 대양을 헤쳐 나가는 물고기처럼 자유롭게 유영했다. 그러다 팔을 공중으로 쭉 뻗고 고개를 뒤로 젖힌 채 공중으로 뛰어오르려는 듯 몸을 세웠다. 그 애는 비상하기 위해 안간힘을 썼다. 그러나 마음대로 되지 않는 듯 표정을 일그러뜨리며 애를 썼다. 그러다 그 애는 눈에 핏발을 세우며 괴성을 지르더니 머리를 벽에 마구 부딪쳤다. 의사도 비명소리를 들었는지 나를 밀치고 안을 들여다보고는 황급히 외쳤다.

— 「춤추는 나신(裸身)」

먼저 「호접몽」에서 인용한 대목을 살펴보자. 민속촌에서 대장장이로 일하는 '김씨'가, 마찬가지로 그곳에서 전통 혼례식에서 신부 노릇을 하고 있는 '서 양(孃)'을 민속촌 폐장이 끝난 뒤 전통 가옥의 별채로 잠입해서 몰래 엿보는 장면이다. 이 소설은 제목에서도 알 수 있듯 꿈과 현실의 경계가 모호해지는 인물의 심리를 반영하는 테마가 주된 기둥이다. 가령 김씨의 경우, 대장간에서 일을 하다가 "어느 날 문득 자기가 옛날의 진짜 대장장이로 되돌아간 것 같은 환상에 빠져들"고, 또한 그가 내심 마음에 두고 있는 서 양 또한 인용한 부분에서 보는 것처럼 비현실적인 의고체를 쓰면서 마치 사극에 나오는 배우처럼 '연기'에 몰입한다.

이 두 인물이 보여 주는 현실 몰각의 태도와는 별도로, 서 양이 읊조리는 '대사'에서 "혈혈단신 의탁할 곳이 없"다는 구절은 '한지공방'에서 일하는 이씨가 서 양의 처지를 일러 말한 "친척집에 얹혀사는 구차한 신세"를 정직하게 고백하는 것으로 볼 수 있다. 다만 분열하는 사고로 해체해 버린 현실 감각을 여실히 드러내었다는 것뿐, 서양의 의식은 오로지 현실에서 이상으로 뻗쳐 가는 일관된 정신을 유지하고 있는 점에서 '추상적 이상주의'를 재현하고 있다고 보아야 할 것이다. "진짜 결혼식은 남이 부러워할 남자와 멋지고 화려하게 치를 거야. 꼭 그럴 거야"라고 다짐하는 서 양의 중얼거림은 어느 순간 인용한 대목처럼 왜곡된 방식으로 꿈을 전유해 버리는 양상으로 귀결한다.

이렇게 분열된 내면구조는 중편 「춤추는 나신」에서는 더욱 일그러진 형태를 보여 준다. 서술자인 민우가 대학에 복학하여 알게 된 미연을 그가 졸업한 지 십 년이 지난 현재 다시 만나는 과정을 그린 이 작품에서도 현실과 꿈의 전도(顚倒)가 일어난다. 민우는 복학하여 듣게 된 첫 강의시간에 "도도하면서도 고고한 기품"을 풍기는 미연을 보고 그 자신도 알 수 없는 애정을 느끼면서 미연의 주위를 서성인다. 그러는 가운데 미연의 언니에게서 미연 집안에 얽힌 사정을 듣게 된다. 유망한 발레리나였던 미연의 어머니는 한 남자로부터 버림받아 그 충격으로 정신병을 얻어 불행한 여생을 보내고, 미연 또한 어머니에게 어릴 때부터 발레를 배웠으나 가난과 어머니의 병 때문에 어쩔 수 없이 언니의 권유로 '사대 영어교육학과'에 들어갔던 것이다.

학업에 몰두하지 않고 자유분방한 대학 생활을 보내던 미연을 마음에 접어 둔 채로, 민우는 십 년이 지난 현재 미연의 언니를 만나 미연이가 그동안 한 남자에게 속아 결혼이 파탄 난 사실과 항공회사에 취직했지만 헛소리를 하거나 사람들이 모여 있는 곳에서 벌거벗은 채 춤을 춘다는 등의 얘기를 듣는다. 인용한 대목은 민우가 정신병원에 입원해 있는 중에 증세가 악화된 미연의 모습을 보는 장면이다.

현실에 농락당하고 적응하지 못해 방황하다가 미쳐 버린 미연은,

그가 간절히 바랐으나 마침내 이루지 못하고 패배해 버린 자기 세계의 파멸을 상징한다. 「호접몽」의 서 양 또한 마찬가지다. 우리는 이 여자들에게 호기심을 느끼고 다가가는 두 남자의 시선을 좇다가 가까운 거리에서 확인하는 여자들의 자아분열에 놀라게 된다. 엿보기든 관음의 형식이든 한 세계가 다른 세계를 바라보는 서술 구조에서 서술자는 불순한 자기의식에 잔인한 균열을 내는 타자에 '관조' 와 '참여' 의 두 가지 선택사항에서 어느 한쪽을 강요받게 된다. 문성수의 소설들에서는 관조가 우세하다. 이것은 추상적인 이상을 현실 세계와 조화시키지 못하고 신경증이나 자기동일성으로 관념을 점유해 버리는 문제적 개인의 절망과 추락을 '어떤 거리' 를 두고 관망한다는 뜻이다. 이 거리감은 작가가 작품에서든 현실에서든 그에게 잠재되어 있는 환멸의 한 양상이기도 하다.

2.

환멸은 허무의식과 궤를 함께 한다. 그리고 허무는 세계가 부조리한 구조로 되어 있음을 겪어서 알게 되거나 직관으로 체득한 자에게 자연스레 생기는 세계 인식의 하나이다. 환멸이나 허무는 생활 세계의 중심에서 멀찌감치 떨어져 사건과 대상을 조망하는 자리에 개인을 붙들어 맨다. 그 까닭은 이들 요소가 현실의 모순과 불합리한 측면에 적극 끼어들어 바람직한 상태로 나아가게 하려는 인간의 실천의지를 미리 박탈하기 때문이다.

이것은 「호접몽」과 「춤추는 나신」에서는 비뚤어진 방식으로 좌절

된 꿈을 체화하려는 두 여성을 엿보는 남성 주체 속에 잠재한 아니마적 보상심리로 드러난다. 이는 '서 양'과 '미연'이 각각 '대장장이 김씨'와 '민우'의 무의식에 들어 있는 여성성의 투영이라는 뜻이 아니라, 대체로 안정된 직장 생활을 하는 가운데서도 주머니 속의 송곳처럼 가끔 튀어나오는 니힐리즘적인 현실 냉소가 두 남성 주체가 관심을 두고 있던 여성 타자의 불행한 삶으로 치환되어 형상화되고 있다는 말이다. 환멸과 허무의 소극적이고 무의식적인 거리두기로서이 두 작품이 놓여 있다면, 서술자가 불안정한 생활에서 촉발된 흔들리는 자아정체성을 되찾기 위한 과정을 보여주는 「선셋」과 「출항지」에서는 적극적인 개선 의지로서 길 찾기를 시도하지만 타인들과 소통하는 과정에서 오히려 방향의 좌표가 실타래처럼 얽혀 버리는데초점을 맞춘다. 이럴 때 자아의 혼란스러움은 속물을 자처하는 인간유형을 만나면서 더욱 증폭되거나 잠재된 내면의 가치를 일순간 깨닫게 되는 성숙의 계기를 맞이하는 경로를 거치면서 순화된다.

"그렇다면 무엇이 그토록 의미를 가져야 하는 거죠? 예술을 가장한 허위의 정욕 말입니까. 아니면 유치한 노인의 추악한 정념이 의미 있단 말입니까?"

나는 숨을 헐떡거렸다.

"그렇지만 젊은이 그대의 단견을 너무 직설적으로 표현하진 마시오. 누구나 자기가 볼 수 있는 세상만을 느끼게 되는 법이오. 보아하니 당신도 우리와 같은 동류에 불과한 것 같은데……?"

―「선셋」

대학을 졸업하고 십 년 동안 다니던 직장을 그만둔 화자가 아내와 순탄하지 않았던 결혼 생활 따위로 홀로 집을 나서 헤매다 발견한 카페 〈선셋〉에서 그곳 손님들과 나누는 대화다. 그를 사로잡는 것은 무기력과 허무였다. 카페에서 "루벤스의 배경 짙은 인물화" 같은 카페 여주인을 보고 알 수 없는 매력을 느끼지만 여자 또한 겉과 속이 다른 정치꾼인 구(區)의원 후보의 포악한 손아귀에 휘둘려 사는 존재임을 알게 된다. 여자는 서술자에게 "돛마저 찢겨져 풍랑에 시달리는 폐선 같은 느낌"을 주는 사람이라 해서 그와 동류의식을 나눈다. 삶의 알맹이가 몽땅 빠져나가 텅 비어 버린 공허감과 우울을 서로에게서 확인하지만 현실은 매정하다. 카페에서 만난 도예가와 중학교 교감이 주고받는 말들은 서술자로서는 매스꺼운 헛소리에 지나지 않는다.

위 대목처럼 도예가는 "예술을 가장한 허위의 정욕"의 화신으로, 교감은 "유치한 노인의 추악한 정념"의 소유자로 매도된다. 이들은 겉으로는 고상한 척하지만 알고 보면 천박한 자들로서 속물의 전형을 보여 주는 인물들이다. 돈에 얽매여 악착같이 기를 쓰는 사람들에 실망한 나머지 보험회사를 그만둔 화자한테 그런 나약한 남편을 향해 발악하며 힐난하는 아내의 거머리 같은 현실 순응력마저도 "독한 허무감"을 더해 줄 뿐인 비루한 생활 세계였다. 그가 이런 현실을 뛰쳐나와 무작정 길을 걸었던 것은 자신에게 덕지덕지 붙어 있는 상처들을 지우기 위해서였지만, 길 위에서 만나는 사람들이 보여 준 속물 근성에 한층 갈피를 잡지 못하고 혼란스러워하는 자신을 만난다. 그가 '속물들'과 얘기하는 가운데 주절거린 노새의 우화에서 "자신이 얼마나 오랫동안 제자리를 맴돌고 있었는지를 비로소 깨달은 거"라는 말은 바로 그가 현실에서 받은 상처를 소독하기 위한 방법으로서 시도한 길 찾기가 마침내 갈림길에서 머뭇거리고 주저하며 아무 데로도 나아가지 못하는 나약함을 자조하는 알레고리가 아니었을까.

반면에 「출항지」에서 잡지사에 근무하는 무능한 '강 기자'가 편집 주간의 권유로 특집기획을 맡아 후배인 정 기자가 소개한 카페 〈테네리페〉 현장 취재를 하던 가운데 만나는 군상들에게서 확인하는 그로테스크한 광경은 속물과는 정반대의 지점에서 형성되는 자아정체성의 발견을 가능하게 한다. 그렇지만 강 기자가 깨닫는 자신의 본모습을 「선셋」의 화자와는 달리 허무의 재확인이 아니라 의식하지 않은 곳에서 똬리를 틀고 있던 잠재된 욕망을 들춰내는 데서 찾게 된다는 점에서 삶의 이정표를 세우는 측면에서 보면 더욱 본질에 가깝다. 이는 카페에서 남들이 듣든 말든 종종 독백조의 말을 내뱉곤 하는 '광대 같은 사내'의 말 무용론(無用論)에서 그에게 떠오른 다음과 같은 생각에서 잘 드러난다.

어떤 사건이나 자신의 의도를 말이나 글로써 옮기려 할 때, 과연 사실의 실체를 어느 정도나 꿰뚫어 전달했다고 볼 수 있을까. 이미 말이나 글로 옮겨지는 순간, 윤색되거나 본질과는 멀어져 실체를 흐트러지게 만들지는 않았던가. 그것은 오랫동안 자신을 괴롭혀 오던 물음, 잡지를 통해 세상을 변화시켜 보려 했던 무모한 시도에 대한 물음과 무엇이 다르다고 할 수 있겠는가.

—「출항지」

"잡지를 통해 세상을 변화시켜 보려 했던 무모한 시도에 대한" 회의는 실상 그가 현실에서 자기 성찰과 성숙을 위한 현실적인 방도였던 잡지사보다 더 중대한 가치가 있다는 각성에 이어진다. 이러한 잠재된 욕망은 작품 말미에서 그를 "새로운 세계를 향한 떠남"에 대한 갈구에 앞날의 초점을 맞추는 데서 뚜렷해진다. 자아가 좀 더 성숙해지기 위한 매개로서 타인들의 기괴하고도 비현실적인 언행은 외부와 소통하는 가운데 자신을 발견하는 우회기법 속에 중요한 자리를 차지한다. 「출항지」가 성장소설이 아니듯이 타인들과 교류해서 자신을 반성하고 다시 눈을 뜨는 일이 곧바로 정체성을 확인하게끔 해 주는 연결고리가 되지는 않는다. 그러나 '문제적 개인'이 자신을 반추하고 새로운 길을 떠날 수 있게 해 주는 조력자로서 기능할 수는 있다. 환멸과 허무가 깊어져 현실 패배에 절망하고 여기에서 벗어날 길 없는 비극의 상황에 빠질 수 있는데도 새로운 길에 대한 가능성을 건져 올리는 까닭은, 위 두 편의 소설들에서 서술자가 만나는 인간들이 어떤 식으로든 절망스러운 현실을 객관적으로 볼 수 있게 하는 실마리를 제공하기 때문이다.

소심한 은행 직원이 직속상관인 여 차장(나중에 지점장이 되는)의 성적 유혹에 반항하다 도리어 성폭력범으로 몰려 결국 정신병원에 입원하게 되는 줄거리가 토대인 「탑에 오르다」에서도 마찬가지의 구조가 드러난다. 현실의 폭력이 한 인간의 정신세계를 얼마나 황폐화시키는지를 보여 주지만, 오히려 타인과 부딪쳐서 생긴 외상(外傷)을 치유하는 길로써 용두산 전망대인 탑에 결국 오를 수 있었기 때문이다. 이전에 그는 고소공포증이 있어서 아내가 간절히 원했는데도 탑에 올라갈 수 없었던 것이다. 독특하게도 이 작품은 세 사람의 주요인물이 각각 서술자가 되어 이야기를 전개하는 형식으로 짜여 있다. 여기서 '탑'은 이들에게 각각 현실의 탑(아내), 새로운 항로를 개척하게 하는 등대가 되어 주는 탑(남편), 욕정과 신분 상승의 욕구를 부추기는 욕망의 탑(지점장)으로 설정되어 있다. 세 인물의 시각이 반영된 세 탑의 꼭짓점 사이에서 미끄러지고 어긋나는 여러 욕망들은 사실 이 작품에서 중요한 서술자로 나오는 인물(정신병원에 '수감'된 화자이자 남편)이 처한 정신의 위기와 그 극복으로서 등탑(燈塔)하는 지난한 행위를 부각시키고 추동하는 서술 구조적 동인(動因)인 셈이다.

「바람 위에 앉아」는 소설집에 실린 작품들 중에 가장 오래된 시간이 배경으로 나온다. 원시 시대라 할 수 있는 시·공간에서 펼쳐지는 '당구르(天君)'의 고뇌와 결심이 이 소설의 갈등 구조이다. 그런데 다른 작품들과 마찬가지로 「바람 위에 앉아」 또한 부족민들에 대한 환멸과 애증, 그리고 뒤따른 각성과 부족이탈로 어어져 '수동적 내면성 → 적극적 외면성'의 짜임새를 보여 준다. 앞서 살펴본 「호접몽」과 「춤추는 나신」의 경우 억압과 외상을 왜곡된 형태로 표출하지만 정작 '이상'을 체현해 버리는 상승구조로 이루어져 있고, 「선셋」, 「출항지」, 「탑에 오르다」의 작품들에서도 현실 문제로부터 비롯하는 허무와 상처를 치유하는 모색으로서 자아를 반추하는 점에서 상향(上向)의 수직구조를 보여 주었다. 「바람 위에 앉아」에서 주요인물인 '당구르'를 적극적으로 개선시키는 인물은 '숲이 낳은 애'이다. '숲이 낳은 애'로 말미암아 당구르는 원래 자신의 이름인 '바람 위에 앉아'에 걸맞은 존재로 거듭 태어나는 것이다.

3.

예기치 못한 상황 때문에 겪게 되는 어려움과 절망을 가까스로 이겨 내면서 개심(改心)하는 이야기는 오래전부터 소설의 소재로서 자주 쓰였다. 주인공이 세상과 타협하지 못하거나 습속의 울타리에 갇혀 있다가 어떤 계기로 진실을 터득할 경우, 우리는 개인이 삶의 굴곡과 장애를 극복하는 과정에 주목하기보다는 그가 출발해서 원점으로 되돌아가는 지점에 놓인 어떤 표정에 신경을 곤두세우곤 한다. 지나온 날들을 반추하고 회한(悔恨)하여 새로운 마음을 다짐하는 곳에서 나타나는 순간적인 분위기는 이야기 형식이 끝을 맺는 자리에서도 지워지지 않는 인상으로 남는 것이다. 세상으로부터 받는 상처와 멸시는 극심한 내적 혼란을 일으키지만 이는 결국 어떤 방식으로든 그것들을 발판 삼아 자신의 맨 얼굴을 추스르는 기회가 된다. 내면의 성숙은 치기 어린 낭만으로 점철된 지난날의 미성숙한 마음 상태로부터 진전된 완결 태로서 존재하는 것이 아니다. 다시는 돌아갈 수도 없고 유전자처럼 배어 있는 상흔을 지울 수 없다는 담백한 현실성으로부터 자기가 선 자리를 객관화시킬 때 그는 성숙한 자로서 존재한다.

문성수의 소설에서 한 가지 특이한 점은 과거의 흔적으로부터 자유롭지 못하고 붙들려 있는 인물이 끝내 자신을 개신(改新)하지 못하고 주저앉아 버리는 이야기가 작품의 주된 서사형식으로 나오는 점이다. 「배는 돌아오지 않는다」의 '갑판장 강씨'가 그렇고 「그는 바다로 갔다」의 '전직 통신사'가 그렇다.

그러나 보승은 늘 바다에 머물러 있기를 원했다. 부두에 내리면 그는 거의 말이 없어졌다. 카페 구석자리에 혼자 셰리주를 마시거나 어두운 라스 골목을 걸어가는 그의 뒷모습에는 언제나 숱한 역경을 인내한 듯한 침묵만이 늘 맴돌았다. 혹 선원들은 그 침묵의 휘장 속엔 바다에서 죽은 부친과 형의 죽음이 있다 했고 또 다른 이는 딴 놈과 눈이 맞아 자식을 버리고 도망친 아내가 있다고 했다. 그러나 그건 확인할 수 없는 뜬소문 같은 거였다. 그는 누구에게도 자신의 이야길 꺼내지 않았다. 그런데 그가 바다에 나와 있을 땐 달랐다. 마치 밤하늘을 밝히는 항성처럼 생기가 맴돌았고 눈에는 야수 같은 정기를 느낄 지경이었다. 영락없는 뱃사람이었다.

—「배는 돌아오지 않는다」

'보승(갑판장) 강씨'는 서술자의 진술처럼 "영락없는 뱃사람이었다". 오랫동안 바다와 싸우며 살아온 사람이 그렇듯이 그에게는 바다가 고향이고 땅이 타지(他地)였다. 강씨는 "김제호 사장이 선주로 있는 제승2호를 마지막으로 배에서 내린 후 행방"이 묘연해진 인물이다. 김제호 사장 또한 그가 배를 탈 무렵 갑판원으로 일한 동생이 '양승작업' 때 사고로 바다에 실종된 뒤로 일선에서 물러나 300톤급 제승1, 2호를 거느리는 선주로 있으면서도 오래전 항해의 추억에 사로잡혀 있다. 김 사장이 비록 동생을 바다에서 잃은 사고로 그 충격에서 완전히 벗어나지 않았다 해도 조그만 선박회사를 운영하면서 바다에 대한 애증이 내면화된 반면에, 강씨의 경우 배를 타지 않게 된 뒤부터 "부두에 불쑥 나타나 이 회사 저 회사 사무실을 찾아다니며 난데없이 배가 언제 들어오느냐고 매일 똑같이 묻고는 나"가는, 과거에 매몰된 인물로 전락하였다. 자신의 정체성을 뚜렷이 설정하여 확신한 나머지, 상황과 형편에 따라 더욱 자신의 내면과 의식을 조절하지 못하고 고정시켜 버릴 때 퇴행이 일어난다.

「그는 바다로 갔다」의 전직 통신사는 바다에 선원으로 나가 있다가 돌아온 뒤에 확인한 아내의 부정으로 현실 적응에 실패한 인물이다. 그는 술집에서 만난 여자와 살림을 차린 후 그 기쁨과 행복에 겨워 "망망대해에서도 어떤 고독감을 느끼지 못했"다. 그러나 아내가 자신이 바다에 나간 동안 여러 남자와 방탕한 생활을 한 사실을 눈치 챈다. '3항차'를 마치고 집에 돌아왔을 때 아내가 집을 떠난 사실을 확인하고 급기야 수소문해서 시내 술집에서 찾아낸 아내는 "낯선 사내 품에 안겨 술을 마시고 있었"던 것이다. 그렇지만 그가 결국 아내를 용서한 까닭은 체념과 외로움이었는데, 아내가 있던 원래 자리를 인정하고 아내가 그동안 겪었을 외로움을 그도 공유했기 때문이다. 하지만 이 사건으로 그가 며칠씩이나 숲에 올라 바다에서 들려오는 어떤 소리에 사로잡혀 온 정신을 집중하는 행위는 분명 그가 현실에 적응하지 못했을 거라는 판단을 뒷받침해 준다.

은행의 말단 창구지기에 "가난한 어머니와 불쌍한 동생을 부양할 책임감만 잔뜩" 진 이 작품의 화자가 현실에서 그의 유일한 위안거리인 공원의 숲길 산책에서 종종 만나곤 했던 전직 통신사는, 배타고 나가 있으면서 아내를 그리워하는 감미로움에 빠져드는 때도 잠시, 어느덧 리시버를 통해 아내가 다른 남자와 사랑을 나누는 신음소리의 '환청'에 몸부림친다. 그가 아내의 부정한 짓을 확인한 다음부터 소리에 민감하게 되었는데, 그가 듣고자 한 소리의 정체는 바다에 나가

있으면서 아내와 맺은 사랑의 약속에서 비롯하는 생의 희열과, 이에
맞서서 그의 마음속에 잠재되어 있던 불안과 어둠이 들끓는 숭엄함
이 뒤섞인 소리였다.

　"들리지요. 분명 들리지요? 아! 저 소리. 살아 있는 저 소리. 예,
동지나 해를 지날 때 폭풍경보가 내렸지요. 우리 배는 이미 그 영향
권 안에 들어가 있었고, 그날 밤, 난 저 소리를 뱃전에서 들었어요.
배를 둘러싼 사방의 수평선이 희뿌옇게 빛나고 너울과 파도 끝이
어둠 속에서 파닥파닥 튀어 오르더니, 어디서 울려오는지 모를 거
대한 짐승의 숨소리 같은, 그때 기묘한 감동! 아, 이제야 나는 내가
무슨 소리를 들으려고 했는지, 무슨 소리를 들으려고 했는지 알 수
있어요."

─「그는 바다로 갔다」

　그는 포장마차에서 '화자'와, 결혼을 앞두고서 불현듯 모든 일들
이 의심스러워져 허망에 빠져 버린 사내와 포장마차에서 술을 먹은
다음날 사라진다. 바다에서 들려오는 "거대한 짐승의 숨소리 같은",
또한 "바다 밑에서 끓어오르는 듯한 그 기괴한 울음소리"를 화자는
"애절하면서도 간곡한 어머니의 울음소리"로 바꿔치기하면서 자신
을 추스른다. 이런 의미에서 본다면, 전직 통신사가 현실 적응에 애를
먹으면서까지 듣고자 했던 소리의 실체는 작품에서 명확하게 제시되
고 있지는 않았지만, 바로 화자가 극심한 우울증에 빠져 현실에서 뛰
쳐나오고자 했으나 도리어 그 갈구마저 삼켜 버릴 듯했던 원시적인

생명력이 아니었을까. 전직 통신사가 사라지자 그가 바다로 갔을 것이라 짐작하는 태도에서도, 전직 통신사의 실종과 그가 줄곧 무언가를 들으려고 했던 소리의 실체를 바다 저 깊숙한 곳에서 솟구쳐 오르는 웅장하면서도 꿈틀거리는 듯한 포효의 몸짓과 연관해서 판단했으리라 추측할 수 있다.

두 작품에서 옛일에 집착하여 생활에 순응하지 못하는 강씨와 전직 통신사가 보여 준 '파탄'은 소설의 분위기를 한층 암울하면서도 비극으로 치닫게 해 주는 스토리 장치다. 그러나 이들의 '몰락'은, 다른 한편으로는 삶의 의미와 가치를 찾으려 애를 쓰는 길로 수렴하는 서사 구성에서 '필요악'으로 기능한다. 무너지는 자리에서 생겨나 꿈틀거리며 자라나는 싹은 그 어떤 것에 대한 본능적인 희구이다. 이번 소설집에서 바다를 배경으로 하는 작품들이 공통으로 드러내는 이면 주제 속에 이러한 이중성이 내적 구조로서 웅크리고 있는 것이다.

4.

이야기를 중심에 놓고 볼 때 분명 문성수의 소설은 환멸에서 비롯하는 현실 추락과 내면의 타락으로 가득 차 있다. 시·공간의 배경이 다른 소설들과 동떨어진 「바람 위에 앉아」를 논외로 하자면 거의 모든 작품들에서 삶의 어두운 측면에 몰입하여 무너져 버리는 인물들의 내적 고통과 허무가 텍스트의 분위기를 지배한다. 스스로를 뒤틀린 방법으로 상처를 씻어 내는 의식(儀式)을 통해 현실과 화합하지는 못하지만 자신의 외상(外傷)을 적극 표현하는 경우나, 생활에서 부딪친 폭력적인 인간·사회관계로 자기를 되돌아보는 여정을 선택하는 경우에도 모두 이러한 그물망에서 자유롭지가 않다. 그렇다고 해서 작가는 냉소로 일관하지는 않는다. 인물들이 대개 소극성과 내면지향성으로 자신을 둘러싼 세계에 빨려 들어가고 흔들리는 모습을 보여 준다. 그렇지만 이런 이야기 형식에서 곧바로 비극적 세계관을 도출하는 것이 무리인 까닭은 어쨌든 상처받은 인간이 스스로 선택하게 되는 '파국'의 지점에서 눈에 보이지 않는 생의 출구를 작가가 마련해 놓고 있기 때문이다. 이는, 이번 소설집에서 주된 서사 기능으로 제시된 바다를 소재로 한 작품들(「출항지」, 「선셋」, 「그는 바다로 갔다」, 「배는 돌아오지 않는다」)에서 더욱 두드러진다.

처음 갈등이 생기면서부터 그 갈등이 '해소'되기까지의 서사 시간이나 이야기 구조는 조금씩 다르지만, 네 편 모두 바다를 접점으로 해서 열리고 닫히는 새로운 세계의 면목을 암시하고 있기 때문이다. 비록 그 바다가 생생한 현실로 다가오지 않고 조금 비현실적이면서 추상적인 느낌으로 와 닿지만, 작가는 '바다'라는 숭고한 공간에서 틔워 올리는 마력을 소설로 귀띔해 주고 싶었으리라. 거칠고 광폭한 원시성을 지니지만 우리 모두에게 집단 무의식의 하나로써 존재하는 바다의 상징은 그 원형적 이미지 못지않게 현실과 맞닿은 생활공간이다. 이 생활공간이 낭만의 매개가 될 때 현실은 바다로 빨려 들어가지 않을 수 없는 악몽이 된다. 그러나 '나쁜 꿈'인 추악한 현실을 위로하여 좀 더 성숙한 자기인식으로 나아가게끔 하는 예술 장치가 될 때 바다는 비로소 환한 예감으로 다가온다. 소설을 읽으면서 그 가슴 벅찬 틈을 엿볼 수 있었다.